Diogenes Taschenbuch 23508

Ingrid Noll
Falsche Zungen
Gesammelte Geschichten

Diogenes

Die Erstausgabe erschien 2004
im Diogenes Verlag
Nachweis am Schluß des Bandes
Umschlagillustration:
Joseph Granié, ›Marguerite Moreno‹, 1899

Für Julia

Veröffentlicht als Diogenes Taschenbuch, 2005
Alle Rechte vorbehalten
Copyright © 2004
Diogenes Verlag AG Zürich
www.diogenes.ch
150/05/52/2
ISBN 3 257 23508 9

Inhalt

Mütter mit Macken
   Falsche Zungen 9
   La Barbuda 19
   Der gelbe Macho 26
   Das Wunschkind 41
   Maiglöckchen zum Muttertag 49

Hobbys und Handarbeiten
   Stich für Stich 61
   Die blaurote Luftmatratze 70
   Der Schnappschuß 88
   Der Autogrammsammler 94
   Fisherman's Friend 114

Lausige Liebhaber
   Die Sekretärin 133
   Herr Krebs ist Fisch 141
   Nasentropfen 170
   Donau so grau 173
   Annika 180

Nolls Nähkästchen
 Wie man von seinen Fans um die Ecke
  gebracht wird 185
 Das Händchen 189
 An Elise 192
 Weihnachten in China 198
 Gans en famille 203

Feine Familien
 Ein milder Stern herniederlacht 213
 Warum heiraten? 227
 Goldene Löffel 229
 Der Schneeball 237
 Mariä Stallwirtschaft 245

Nachweis 252

Mütter mit Macken

Falsche Zungen

Zu seinem zehnten Geburtstag bekam Holger ein Tagebuch geschenkt, und ein paar Wochen lang schrieb mein Sohn wie ein artiges Mädchen seine kindlichen Erlebnisse auf.

Es war absehbar, daß er bald die Lust daran verlor. Erst drei Jahre später tauchte das Buch wieder auf, zufällig entdeckte ich es unter Holgers Schlafanzügen. Seine ersten sexuellen Selbsterfahrungen haben mich eher belustigt als beunruhigt, denn Holger bemühte sich, sie auf englisch zu formulieren. Zu faul, um ein Lexikon zu benutzen, übertrug er umgangssprachliche Ausdrücke wortwörtlich in die fremde Sprache. Welche Mutter hätte sich über diese unfreiwillige Komik nicht ebenso amüsiert wie ich!

Aber auch mit den englischen Dokumentarberichten hatte es bald ein Ende. Das Tagebuch ruhte eine Weile, bis es Holger mit etwa fünfzehn Jahren erneut zur Hand nahm. Inzwischen hatte ich längst herausgefunden, daß er sein Diarium in einer verschlossenen Schublade aufbewahrte. Der Schlüssel hing jedoch – welch unbewußte Symbolik! – unter einem gerahmten Foto direkt über seinem Schreibtisch. Abgelichtet bin darauf ich mit meinem winzigen, noch gar nicht fetten Söhnchen auf dem Arm. Es hat mich immer gerührt, daß Holger ausgerechnet dieses Foto ausgesucht hat, denn eigentlich hätte man ein Pin-up-Girl oder die Abbildung eines Rennwagens erwarten können. Erst sehr viel später wurde mir klar, daß er das plumpe Arrangement extra für mich installiert hatte.

Was er aufschrieb, war oft langweilig, gelegentlich aber auch zu Herzen gehend. *Wenn ich nur wüßte, ob ich schwul bin?* vertraute mein Sohn seinem Tagebuch an.

Selbstverständlich muß man davon ausgehen, daß sich sehr viele junge Menschen mit dieser Frage herumquälen. Die eigene Identität ist noch nicht geklärt, die Sorge, wie wohl die Eltern über ihre eventuelle Homosexualität urteilen würden, bereitet schlaflose Nächte. Hatten wir je über solche Probleme gesprochen? Ich konnte mich nicht daran erinnern, meine Antipathie gegen widernatürliche Praktiken auch nur ein einziges Mal geäußert zu haben.

Aber jetzt gelang mir ein Bravourstückchen der Verstellung, denn ich brachte bald darauf die Rede auf einen lieben Jugendfreund in Amerika, den es zwar in der Realität nicht gab, über dessen Schwulsein ich aber völlig beiläufig und unbefangen sprach. Holger konnte aus meinem Bericht mühelos entnehmen, daß ich überhaupt keine Probleme mit Homosexualität hatte, sondern sie für eine normale Möglichkeit menschlicher Beziehungen hielt und sie respektierte.

Zwei Tage später las ich: *In Mathe kriege ich wahrscheinlich eine Fünf, Mama wird sich wahnsinnig aufregen.*

Beim Zwiebelschneiden und Speckauslassen sprach ich ganz nebenbei über meine eigenen Zeugnisse und erzählte ihm, wie sehr ich vor den Wutausbrüchen meines strengen Vaters gezittert hatte. Zum Glück sei das ja heute anders, sagte ich, sicher hätten seine Klassenkameraden – ebenso wie er selbst – keine Prügel zu befürchten.

»Das nicht gerade«, meinte er, »ihr habt subtilere Methoden, um uns fertigzumachen.«

Nichts macht mir mehr angst als Liebesverlust, und ich erkannte in Holgers Worten eine Drohung. Als das fatale Mangelhaft tatsächlich im Zeugnis stand, zuckte ich nicht mit der Wimper.

»Halb so schlimm«, tröstete ich und lud Holger zu McDonald's ein.

Fast alle haben einen eigenen Laptop, las ich, *oder dürfen zumindest den ihrer Eltern benutzen. Mama ist in dieser Hinsicht leider eine Niete.*

Das war allerdings richtig, denn bisher hatte ich nie einen Anlaß gehabt, mich mit Computern zu beschäftigen. Es mag daran liegen, daß ich wesentlich älter bin als die Väter und Mütter von Holgers Klassenkameraden. Aber ich sah ein, daß ich egoistisch war; man durfte seinen Kindern nicht den Zugang zu modernen Medien verbauen. Also begleitete ich meinen Sohn in ein Fachgeschäft und bezahlte anstandslos ein ziemlich teures Gerät, mit dem ich nichts anfangen konnte. Aus pädagogischen Gründen bestand ich jedoch darauf, daß ich offiziell als Besitzerin fungierte. Bereits in der darauffolgenden Nacht kamen mir jedoch Bedenken. Wie, wenn Holger nun alle Aufzeichnungen auf seiner Festplatte speicherte und es nie wieder möglich war, auf diskrete Weise seine Ängste, Wünsche und Sehnsüchte zu erfahren?

Vielleicht hätte ich mißtrauisch werden müssen, daß es trotzdem bei den handschriftlichen Eintragungen blieb. Ein einziges Mal, als er sein Handy in der Küche vergessen hatte und die Treppe hinunterlief, konnte ich rasch in sein Zimmer huschen und einen Blick auf den Bildschirm werfen. Der Computer war diesmal noch eingeschaltet, und ich konnte überfliegen, was mein Sohn notiert hatte. Leider handelte es sich um eine Liste, mit der ich nichts anzufangen wußte. Regelmäßige Einnahmen und Ausgaben waren ordentlich vermerkt, Daten und wohl die Initialen irgendwelcher Personen aufgeführt. Als ich Holger trapsen hörte, verschwand ich ebenso lautlos, wie ich gekommen war.

Immerhin wuchs in mir der Verdacht, mein Sohn könnte brisante Geheimnisse verbergen. Am nächsten Schultag, wo er laut Stundenplan bis zum Nachmittag nicht zu Hause war, begann ich mit einer umfassenden Razzia.

Auf einem Elternabend hatte uns Holgers Klassenlehrer über die Gefahren von Designerdrogen und Disco-Cocktails aufgeklärt, wofür Jugendliche in diesem Alter leider sehr empfänglich seien. Eine der Mütter, die ich wegen ihrer übertrieben liberalen Meinungen wenig schätze, fuhr mich anschließend nach Hause. »Von Haschisch war seltsamerweise nicht die Rede«, sagte sie und erzählte, daß ihr Sohn Gras rauche, ein reines Naturprodukt und längst nicht so gefährlich wie jenes Zeug, vor dem der Lehrer gewarnt habe. In ihrer eigenen Jugend habe sie auch alles ausprobieren müssen.

Da sich Holger nie in Diskotheken herumtrieb, hätte auch ich Haschisch erwartet, als ich auf die Plastiktütchen stieß. Aber worum mochte es sich bei diesen namenlosen Pillen handeln? Tranquilizer, Anabolika, Halluzinogene, Weckamine? Am ehesten Appetitzügler, beruhigte ich mich selbst.

Nach dieser Entdeckung wollte ich mich fast schon wieder der liebevollen Dekoration einer Schwarzwälder Kirschtorte widmen, als ich fast zufällig in den ausgedienten Kachelofen griff. Seit langem wurde er nicht mehr befeuert und diente Holger als Schuhschrank. Ich muß gestehen, daß ich einen leichten Ekel vor den Turnschuhen pubertierender Knaben habe, selbst wenn es sich um die des eigenen Sprößlings handelt. Unter einem kunterbunten Gemenge unterschiedlicher Treter angelte ich einen artfremden Gegenstand hervor. Es war eine Brieftasche aus rehbraunem Leder, weder neu noch alt, weder teuer noch billig. Ich setzte mich auf die Ofenbank und öffnete die Börse, die auf jeden Fall nicht aus meinem Haushalt stammte. Innen befanden sich ein Führerschein, ein Personalausweis, eine Kreditkarte und etwa vierhundert Euro. Der Name des Besitzers, Matthias Rinkel, kam mir bekannt vor. Nach einigem Nachdenken erinnerte ich mich, daß es Holgers Sportlehrer war. Dabei hatte ich meinem Sohn schon vor längerer Zeit ein ärztliches Attest besorgt, um ihm die demütigende Turnstunde zu ersparen.

Mein Junge dealte und stahl. Sollte ich einen Psychologen einschalten? Besser als ein studierter Seelenklempner kann eine Mutter die Gedanken ihres Kindes lesen. Holger war kein schlechter Mensch, sondern stand vermutlich unter dem Einfluß einer kriminellen Bande. Ich beschloß, nach bewährter Methode vorzugehen, und sprach zwei Tage später von einem eigenen Jugenderlebnis, das ich mir zugegebenermaßen bloß ausgedacht hatte.

Holger hörte sich die Geschichte vom Sparstrumpf seiner Urgroßmutter mit unbewegtem Gesicht an. »Wieviel Kohle war drin?« fragte er.

»Genug, um mir endlich einen eigenen Plattenspieler zu kaufen«, sagte ich, »aber ich wurde schließlich doch von Skrupeln geplagt. Meine Oma hatte ja ebenfalls Pläne, was sie mit diesem Geld anfangen wollte. Sie brauchte dringend einen neuen Kühlschrank.«

»Und?« fragte Holger und stopfte sich fünf Scheiben Serrano-Schinken in den Mund.

»Nach einigen Tagen habe ich Omas Ersparnisse klammheimlich wieder unter ihre Matratze gelegt«, sagte ich, »und glaube mir! Ich war glücklich und erleichtert über diese Entscheidung.«

Holger gähnte. »Und der CD-Player?« fragte er.

So etwas gab es damals noch gar nicht, belehrte ich ihn, aber es sei wie ein Wunder gewesen, daß mir meine Oma zu Weihnachten den ersehnten Plattenspieler geschenkt habe.

Als ich ein paar Tage später das Tagebuch aufschlug, kamen mir fast die Tränen. Als alleinerziehende Mutter hat man es nicht immer leicht, aber nun war ich bestimmt auf dem richtigen Weg. *Habe die Brieftasche in R.s Schließfach geworfen und kann endlich wieder ruhig schlafen. Ohne es zu ahnen, hat mir Mama dabei geholfen.*

Das Corpus delicti lag tatsächlich nicht mehr im Versteck. Auch schien mir fast, als hätte Holger sein Schuhlager ein wenig aufgeräumt. Einen winzigen Anflug von

Verdacht habe ich damals gleich wieder verdrängt, obwohl es eigentlich auf der Hand lag, daß er bei seinem reumütigen Eintrag ein bißchen dick aufgetragen hatte.

Das war ihm aber wahrscheinlich selbst schon aufgefallen, denn er schrieb kurz darauf von einem Vergehen, das ich bei Gott nicht ernst nehmen mochte. Blumen auf dem Friedhof zu pflücken ist zwar nicht die feine englische Art, kann aber sicherlich als Jugendsünde zu den Akten gelegt werden. Ich verkniff es mir, von eigenen geringfügigen Delikten zu sprechen. Im Grunde war ich davon überzeugt, daß er den Frühlingsstrauß einer Angebeteten überreichen wollte, und das hatte schließlich eine sehr charmante, ja erfreuliche Komponente.

Kurz darauf verlangte er Geld für ein T-Shirt, denn das alte sei ihm zu eng geworden. Bei unserem abendlichen Entenbraten hatte er das neue bereits an. Auf rosa Untergrund glitzerte mir eine silberne Inschrift entgegen: I HATE MY MA. Über seinen skurrilen Humor hätte ich mich kranklachen können, aber ich verzog lieber keine Miene.

Vielleicht enttäuschte es ihn, daß ich weder auf den entwendeten Grabschmuck noch auf das T-Shirt reagiert habe. Als ich das nächste Mal sein Tagebuch aufschlug, erkannte ich aber mein listiges Söhnchen wieder und mußte schmunzeln. Er hatte mein Spiel genauso durchschaut wie ich das seine. Und weil er sich wünschte, daß ich sein geniales Tagebuch auch weiterhin las, erfand er haarsträubende Lügengeschichten und bezichtigte sich sogar, bei Folterungen mitgewirkt zu haben.

In den Nachrichten sieht man täglich, wie überall auf der Welt Greueltaten begangen werden, sei es von perversen Menschenfressern, sei es von fanatischen Selbstmordattentätern. Obwohl Holger ja Tag für Tag in der Schule hockte, schilderte er doch ausführlich, wie er in einem anderen Erdteil an bestialischen Verbrechen teilnahm. Ein sensibler Junge war er schon immer gewesen, nun schickte er sich offenkundig an, alle Schuld der Welt auf sich zu laden.

Wollte er womöglich seine realen Missetaten durch erfundene Geschichten ad absurdum führen? Ich nahm es nicht besonders ernst, daß er jetzt in die Rolle eines Monsters schlüpfte. Durch einen Kindskopf ließ ich mich auf keinen Fall provozieren; Gelassenheit war von jeher meine besondere Stärke. Allerdings habe ich es mir von da an völlig verkniffen, auf seine geschmacklosen Botschaften auch nur andeutungsweise einzugehen – dummes Geschwätz muß man einfach ignorieren.

Eines Tages las ich: *Demnächst werde ich Kikki umbringen.*

Dieser Satz gefiel mir gar nicht. Kikki war kein Phantom, sondern ein geistig zurückgebliebenes Mädchen aus unserer Straße, zwei Jahre älter als Holger. Täglich wurde sie von einem Bus zur Behindertenwerkstatt gefahren und nachmittags wieder heimgebracht. An freien Tagen lungerte sie gern vor ihrem Elternhaus herum und sprach Passanten an. Da sie arglos und gutmütig war, ließen sich viele auf einen kleinen Plausch ein, wenn ich persönlich auch keine Lust dazu hätte. In der Nachbarschaft munkelte man, daß Kikki neuerdings Interesse am anderen Geschlecht zeige. Wahrscheinlich hatte Holger das läppische Gegurre auf die Palme gebracht, was von einem Gymnasiasten auch nicht anders zu erwarten war. Ich konnte seine Abneigung gut nachvollziehen und hätte meine Hand dafür ins Feuer gelegt, daß er seine Aggressionen bloß verbal abreagieren wollte. Deswegen hielt ich es zunächst für überflüssig, die Rede auf Kretins zu bringen.

Zwei Wochen später las ich in der Zeitung, daß Kikki vermißt wurde, und konnte es anfangs kaum glauben. Aber meine strapazierten Nerven hatten mir keinen Streich gespielt, unter dem abgebildeten Foto stand tatsächlich *Erika Dietrich*. Die Bevölkerung wurde gebeten, auf ein Mädchen im blauen Anorak zu achten, das älter war, als es den Anschein hatte. Nach Kikkis Verschwinden fühlte ich mich tagelang überfordert und ratlos und wagte nicht, meinem Sohn in die Augen zu sehen.

Heute früh mußte ich lesen, daß man Kikkis Leiche im Stadtwald gefunden hat, kann mir aber immer noch nicht vorstellen, daß mein Sohn etwas damit zu tun haben könnte. Ich weiß ja aus Erfahrung, daß Holgers Selbstbezichtigungen immer nur haltlose Phantastereien waren.

Doch kann ich mich wirklich darauf verlassen? Seit einer Stunde sitze ich nun schon am Küchentisch und grübele, ob es nicht eine einleuchtende Erklärung für Holgers Mordandrohung gibt. Hatte er die Tat vielleicht beobachtet oder die Leiche noch vor der Polizei entdeckt?

Aber leider erweisen sich meine psychologischen Argumente als haltlos, denn Kikki wurde ja noch gar nicht vermißt, als Holger ihren Tod ankündigte. Hals über Kopf renne ich in Holgers Zimmer. Ich muß mich noch einmal vergewissern, ob ich jenen verhängnisvollen Satz wirklich gelesen oder alles nur geträumt habe.

Das Tagebuch liegt nicht in der Schublade. Zum ersten Mal steht sie offen und ist leer, aber im Kachelofen werde ich fündig. Dort entdeckte ich auch Holgers erdverkrustete Handschuhe und eine kleine Bernsteinkette. Nach fieberhaftem Blättern komme ich an die richtige Stelle im Tagebuch. Holger hat heute nur einen einzigen Satz an mich gerichtet: *Und als nächste bist du dran!*

La Barbuda

Mein Name ist Magdalena Ventura, aber seit mich der Spanier Ribera gemalt hat, nennen sie mich alle nur noch: *La Barbuda*, die Bärtige. Bis zu meinem 37. Lebensjahr war ich eine Frau wie jede andere. Meine drei Kinder waren fast erwachsen und gut geraten, mein Mann und ich konnten trotz schwerer Arbeit ganz zufrieden mit unserem Leben sein. Ob mich der liebe Gott oder der Teufel strafen wollte, vermag ich nicht zu sagen, aber ich will mich nicht durch Flüche versündigen. Eines Tages entdeckte ich, daß mir die Haare an der Stirn ausfielen, gleichzeitig aber am Kinn zu sprießen begannen. Anfangs scherzten wir noch darüber, aber bald wurde mir die Sache unheimlich.

In unserem Städtchen in den Abruzzen gibt es zwar keinen Medikus, jedoch eine tüchtige Hebamme. Seit meinen Schwangerschaften bin ich mit ihr ganz gut bekannt, und anfangs vermochte sie mich zu trösten. Sie hatte schon von anderen Frauen gehört, die bereits vor dem vierzigsten Lebensjahr eine Veränderung durchmachten und oft unter zunehmender Gesichtsbehaarung zu leiden hatten. Eine harmlose Laune der Natur, die angeblich nichts mit einer Krankheit oder einer göttlichen Prüfung zu tun hatte. Die Hebamme, Cecilia heißt sie, lieh mir ihren kostbaren Handspiegel und eine zierliche Schere. Jeden Morgen begann ich, an mir herumzuzupfen und zu -schneiden, kam aber bald nicht mehr nach.

Mein Gemahl, Felice de Amici, konnte sich auch nicht so recht mit meiner Vermännlichung abfinden und befragte seinerseits einen Bader und Zahnreißer, der auf dem Markt Tinkturen feilbot. Stolz kam er mit einer teuren Salbe aus Murmeltierfett nach Hause, die schauerlich stank und überhaupt keine Wirkung zeigte.

Ich versuchte es mit kirchlichem Beistand. Der Pfarrer verordnete mir eine Wallfahrt, und ich pilgerte vergebens zur Madonna dei Miracoli.

Auch Cecilia brachte sich wieder ins Spiel und kochte eigenhändig ein Gebräu aus Eidechsenschwänzen, Wasserpastinaken, Seidelbast und Brechnuß. Tagelang war ich krank von dem Zeug, nur meinem Bart schien die Roßkur zu bekommen. Als ich wieder auf den Beinen stand, wäre ich indes lieber tot gewesen.

Inzwischen hatte ich nämlich eine traurige Berühmtheit in unserem Ort erlangt. Die Gassenjungen johlten, wenn ich auftauchte, die Mädchen riefen: »Schnell weg, die Hex' kommt!«

Auch im Wirtshaus war ich anscheinend ein bevorzugtes Thema und Anlaß zu derben Späßen. »Wißt ihr schon, dass Magdalena und Felice nicht mehr zu unterscheiden sind? Die gute Frau ist über Nacht zum Zwilling ihres Mannes geworden.«

Ein Fremder, der von mir gehört hatte, klopfte eines Tages etwas zaghaft an unsere Tür und bat meinen Mann, mich anschauen zu dürfen. Felice hat zwar immer zu mir gehalten, aber seine Geduld ging allmählich zu Ende.

»Von mir aus könnt Ihr sie sehen, aber nur wenn Ihr dafür bezahlt«, sagte er und verlangte zwecks Abschreckung eine astronomische Summe. Ob man es nun glaubt oder nicht, der Fremde aus Neapel öffnete seinen Beutel bereitwillig, ohne den Preis herunterzuhandeln. Da wir im Laufe der Zeit ja viel Geld für meine Heilung ausgegeben hatten, dachte mein Mann wohl: Warum nicht, wenn der Kerl so dumm ist.

Der Neugierige trat also ein, verbeugte sich vor mir und setzte sich zu uns an den Tisch. Er sah mich lange und kritisch an und meinte dann zu Felice, er brauche einen Beweis, dass ich tatsächlich eine Frau sei. Mein Mann überlegte eine Weile, schüttelte aber dann den Kopf.

Angesichts des hohen Betrags, den der Neapolitaner für die Besichtigung gezahlt hatte, bekam ich Gewissensbisse. Mußte man ihm nicht etwas mehr anbieten als einen harten Küchenstuhl? Und war ich meinem Mann, der stets für mich aufkommen mußte, nicht ebenfalls etwas schuldig? Ganz langsam löste ich die Spangen meines Kleides und ließ den Träger des Untergewandes zur Seite gleiten. Dann griff ich unter die Stoffbahnen und nestelte meine linke Brust hervor. »Soll es auch noch die rechte sein?« fragte ich.

Doch dem Fremden hatte es vor Staunen die Sprache verschlagen.

Auch mit meiner Fassung war es vorbei. Weinend verließ ich den Raum, hörte allerdings noch, was der Neapolitaner sagte. Mein Fall werde bestimmt den spanischen Vizekönig interessieren, behauptete er, das sei nämlich ein Gelehrter, der sich oft und gern mit den vielfältigen Wundern der Natur beschäftige.

Danach hörten wir nichts mehr von unserem Besucher, aber durch ihn war Felice auf eine fatale Idee gekommen. Am nächsten Markttag mußte ich mich hinter ihn auf das Maultier schwingen und mit nach Aquila reiten. Dort einigte er sich mit dem Quacksalber, daß ich in dessen Zelt zur Schau gestellt werden durfte.

Es wurde eine qualvolle Premiere für mich, auch Felice litt. Unser ganzes Leben lang hatten wir nichts als Plackerei und kaum Zeit für Vergnügungen gehabt, den Rummel auf dem Markt empfanden wir als ungewohnt, ja bedrohlich. Zudem waren wir beide keine Menschen, die gern im Rampenlicht standen, und Leute aus der Stadt mochten wir sowieso nicht besonders.

Trotzdem. Felice wurde irgendwie vom Teufel geritten. Wenn er schon als lächerlicher Trottel galt, der mit einer bärtigen Frau zusammenlebte, so wollte er wenigstens daran verdienen.

Als wir abends wieder zu Hause waren, mochte ich mit niemandem mehr reden, so tief fühlte ich mich gedemütigt und verletzt. Aber Felice zählte die Münzen und kam zu einem erstaunlichen Ergebnis. »Ab jetzt soll dein Bart wachsen, wachsen, wachsen!« rief er. »Wehe, du rückst ihm je wieder mit einer Schere zu Leibe! Wer hätte auch geahnt, daß dein Pelz eine Goldgrube ist!« Zum ersten Mal nach langer Zeit küßte er mich, wobei uns beiden die Tränen herunterliefen.

Wir wurden bekannt und verdienten auf allen Märkten in der Region, mal mehr, mal weniger, so daß wir es fast zu bescheidenem Wohlstand brachten. Inzwischen gewöhnte ich mich ein bißchen an meinen neuen Beruf und starrte einfach so lange zurück, bis die Gaffer sich ihrerseits schämten.

Ich glaube, es war im Jahr 1631 als man mich nach Neapel brachte. Der Vizekönig Ferdinand II. hatte den berühmten Jusepe de Ribera damit beauftragt, mich zu porträtieren. Angst hatte ich schon davor, aber ich fühlte mich auch ein wenig geehrt.

Bei der ersten Sitzung machte der Maler nur Skizzen, die er später seinem Gönner vorlegen wollte. Ribera, den man Lo Spagnoletto nennt, weil er seinen seltsamen spanischen Akzent nicht ablegen kann, ist ein eher schamhafter Mann, vielleicht zehn Jahre jünger als ich. Nie wagte er es, mit mir zu plaudern oder mich um ein Lächeln zu bitten, mit großem Ernst konzentrierte er sich auf die Arbeit. Seine Farben passen zu meiner Stimmung, sie sind gedämpft, von erdiger Tönung und wie mit gemahlenem Rötel überpudert. Nur meine gelichtete Stirn weist einen leichten Glanz auf.

Am vierten Tag sagte er: »Hör zu, Barbuda! Der Vizekönig war gestern abend im Atelier. Er ist nicht zufrieden, denn auf meinem Bild siehst du aus wie ein Mann in Frauenkleidern. Mein Gönner meint, die Betrachter sollten schließlich staunen, daß die Natur ein Wunder wie dich zustande gebracht hat. Aber niemand kann verlangen, daß du ohne Kleider Modell stehst.« Er sagte es tief besorgt, und ich sah ihm an, wie er litt. Ein negatives Urteil seines Auftraggebers konnte das Ende seiner Karriere bedeuten.

»Ein Wunder der Natur? Wahrscheinlich hat mich der Leibhaftige so übel entstellt«, sagte ich bitter.

»Nein«, meinte er, »daran glaube ich nicht. Du leidest an einem Gebrechen, das unsere Ärzte nur noch nicht kennen. Als Maler habe ich einen scharfen Blick und sehe, daß du unheilbar krank bist.«

Ribera hatte zwar eine erstaunlich hohe Meinung von seinen Fähigkeiten, war aber der erste Mensch, der mich verstand. Schon seit langem hatte ich das Gefühl, daß meine zunehmende Verwandlung eine bösartige Ursache hatte.

»Auf den Märkten habe ich schon häufig meine Brust entblößen müssen«, sagte ich leise, »weil man mein wahres Geschlecht ja sonst nicht erkennen könnte. Eigentlich möchte ich es nie wieder tun, vor allem jetzt nicht, weil ein Gemälde für alle Ewigkeit meine Schande festhalten würde.«

»Auf keinen Fall will ich dein Unglück noch vergrößern«, sagte er, »aber vielleicht könntest du mir gestatten, einen einzigen Blick auf deinen Busen zu werfen.« Ich tat ihm den Gefallen, denn ich wußte sehr wohl, daß er ein Mann von Anstand war, der mich bisher mit großem Respekt behandelt hatte.

Meine Brust ist zwar welk und schlaff, wie es einer gebrochenen Frau von 52 Jahren zusteht, aber dennoch ein untrüglicher Beweis meiner Weiblichkeit. Ribera schüttelte dennoch den Kopf. »So etwas darf man gar nicht malen! Der gesamte Klerus würde kopfstehen.« Damit hatte er mich aber bei meiner Ehre gepackt. »In meiner Jugend«, sagte ich, »war auch meine Brust voll und rund und hat drei Kinder monatelang ernähren können.«

Meine Worte schienen den Maler für einige Sekunden

sprachlos zu machen, dann knallte er den Pinsel mit solcher Wucht an die Wand, daß die sepiabraune Farbe in alle Ecken spritzte. »*Fantástico! Fabuloso!*« rief er triumphierend. »Das ist die Lösung! Du nimmst einen Säugling auf den Arm, und eine nackte Brust ist plötzlich keine Sünde mehr!«

Jusepe de Ribera setzte mir ein gesticktes Käppchen auf den Kahlkopf und verpaßte mir den würdigen Ausdruck eines Gelehrten. Er malte mich in meinen besten Kleidern, ohne dass ich meine Jacke aufzuknöpfen brauchte, denn es war kein Problem für ihn, eine fast kreisrunde Fläche auszusparen. Als sein Kunstwerk schon halb vollendet war, legte man mir das Kind meiner Tochter in die Arme, das vergeblich nach einer Milchquelle suchte. Erst nachträglich und allzu mittig setzte der Maler eine prall gefüllte Mutterbrust in das sonderbare Bildnis ein. Viel Ahnung hat er wohl nicht von weiblicher Anatomie, aber er ist ein liebenswerter und einfühlsamer Künstler, dem ich auch ein zweites Mal meinen Hängebusen zeigen würde. Um das Bild einer Familie abzurunden, ließ er auch meinen Mann kommen. Felice steht wie der heilige Joseph im dämmrigen Hintergrund des Gemäldes und blickt mit finsterem Gleichmut über meine Schulter hinweg. Unsere Nachkommen werden sich wohl eines Tages viele Fragen stellen und sich den Kopf zerbrechen, wenn sie dieses Bild betrachten.*

---

*Jusepe de Riberas Gemälde *Die bärtige Frau* entstand 1631 und hängt in Toledo.

Der gelbe Macho

Wahrscheinlich war es von Oswald beabsichtigt, daß wir zufällig auf das Tierheim stießen. Wir hatten Urlaub und erkundeten mit den Rädern die nähere Umgebung unseres Hotels. Ich nehme an, mein Mann hatte längst auf einem Stadtplan alles ins Auge gefaßt. Seine spontanen Ideen sind meist langfristig geplant.

Es waren Osterferien. Bereitwillig führte uns eine tiernärrische Schülerin zu den Hundeboxen. Verständlicherweise hatte das Mädchen seine Lieblinge; die mürrischen alten Tiere, die uns keines Blickes würdigten, überließ sie ihrer barmherzigeren Schwester. Ohne zu verweilen, brachte sie uns zu einer Hundemutter, die man trächtig an einer Autobahnraststelle ausgesetzt hatte und die nun hier ihre Jungen aufziehen durfte. Jeder weiß es: Wer nur andeutungsweise ein Herz im Leibe hat, dem steigt glückselige Rührung (fast wie bei einem Kitschfilm) als Wasser in die Augen. Ich verfiel sofort diesem Bild der reinen Lust, den wuseligen Wollkugeln, der besorgten Hundemama. Man suche dringend Abnehmer für die Kleinen, erklärte unsere Kustodin.

Oswald muß es geahnt haben. Ich konnte mich kaum trennen, ich sprach auf dem Heimweg kein Wort, aber es arbeitete in mir. »Könnten wir nicht vielleicht...«, sagte ich abends im Bett. Er erlaubte es.

Natürlich wollte er mich auf diese (vergleichsweise billige) Art von meinem Wunsch nach einem eigenen Kind ablenken. Wir waren seit sechs Jahren verheiratet. Er besaß aus erster Ehe bereits zwei, wie er behauptete, gut geratene Kinder. Anfangs hatten wir verhütet, schließlich wollte ich nach einem langen Studium erst einmal im Beruf Fuß fassen. Aber als ich die Pille absetzte, sorgte er seinerseits dafür, daß ich nicht schwanger wurde. Es kam zum großen Krach. Nach langer Abstinenz schliefen wir nun wieder gelegentlich und etwas krampfig miteinander. Wahrscheinlich dachte Oswald, ein Hündchen würde meinem Muttertrieb genügen.

Als wir Klärchen abholten, fragte Oswald nach der Rasse. Die Leiterin des Tierheims lachte. »Sehen Sie sich die Mutter an, sie ist durch und durch ein Bastard. Von Rasse kann man bei ihren Jungen schon gar nicht sprechen.«

Mir war das gerade recht. Immer wieder hört man, daß Mischlinge seltener degeneriert, jedoch klüger, lustiger und unkomplizierter sind als überzüchtete Rassehunde. »Wir sind doch keine Rassisten«, scherzte ich, »uns ist jeder Hund recht, Schäferhunde allerdings ausgenommen.« Ich sah bei diesen Kampfmaschinen unwillkürlich marschierende Soldatenstiefel, Polizei, Diktatoren vor mir.

Übrigens wurde der weitere Urlaub mit dem kleinen Hundekind ein Erfolg. Meistens hatte ich das schlafende Klärchen wie einen Säugling auf dem Schoß und ließ mir meinen Rock versauen. Alles drehte sich um sie. Es gab nichts, was mir mehr Freude bereitete, als dem spielenden Winzling zuzuschauen. Nun, was soll ich lange reden, diese schöne Zeit ging schnell vorbei. Erstens mußten wir wieder arbeiten, zweitens wurde Klärchen rasch eine stattliche Klara. Morgens eilte Oswald zu seiner Kanzlei, ich zum Krankenhaus, und Klärchen blieb jaulend im Haus. Extra ihretwegen mußte Maria jetzt täglich kommen, mehr als Babysitter denn als Putzfrau. Obwohl uns Klärchens riesige Pfoten hätten warnen sollen, gestanden wir uns erst nach einem halben Jahr ein, daß ihr Vater ein Schäferhund gewesen sein mußte. Klara hatte zwar die langen Eselsohren und den Ringelschwanz ihrer Mama, aber sonst war sie ihr keineswegs nachgeraten.

Das Klischee vom Herrn Doktor in den besten Jahren, der mit einer jungen Krankenschwester anbändelt, ist nicht nur in vielen Arztromanen und Fernsehserien, sondern auch in der Realität anzutreffen. Unter meinen Kollegen habe ich so manche Romanze mit Happy-End oder auch Tragödie beobachtet – wenn es zu Hause eine Frau und Kinder gab – und im letzteren Fall streng verurteilt. (Mein eigener Mann war bereits geschieden, als ich ihn kennenlernte.) Deswegen traf es mich ziemlich überraschend, daß ich jetzt ganz persönlich etwas Ähnliches erlebte. Jens machte Zivildienst an unserem Krankenhaus. Er war zwar nicht achtzehn, sondern bereits zwanzig, aber auch bei diesem Alter hätte ich beinahe seine Mutter sein können. Ich beschloß, nie mehr Pauschalurteile über Liebende abzugeben, jeder einzelne Fall hatte unterschiedliche Aspekte. Speziell bei mir wäre ohne die gute Klara alles anders gelaufen.

Jens war flink und angenehm. Wenn ich ihm eine Aufgabe übertrug, dann wurde sie exakt und vorbildlich ausgeführt. Auch die Patienten liebten ihn. Er trug weder eine Rastafrisur noch Ohrringe, weder Clogs noch umgedrehte

Schirmmützen. Dafür besaß er einen kleinen gelben Hund, der nicht zu Hause, sondern im Auto die Mittagspause seines Herrn erwartete. Ich hatte Jens eines Tages ausführlich erklärt, worauf man beim Anlegen einer Infusion zu achten habe, als mein Blick auf die Uhr fiel. »Ach Gott«, sagte ich, »wir machen später weiter. Ich muß schnell heimflitzen, um meinen Hund auszuführen.«

Genau das hatte er seinerseits auch vorgehabt. Ich begleitete ihn zu seinem zerbeulten Wagen, sah den gelben Köter und bot spontan an, zu mir zu fahren, Klara abzuholen und mit beiden Hunden einen Spaziergang zu machen. Es war erstaunlich, daß sich Klärchen und Macho sofort gut verstanden. Seite an Seite wie zwei Pferde im Geschirr liefen sie vor uns her, fast schien es, als würden sie sich genau wie wir angeregt unterhalten. Als die Mittagspause beendet war und Jens die Autotür öffnete, sprang Macho mit einem geübten Satz auf den Rücksitz. Zu meiner Verwunderung tat Klara es ihm nach. »Komm heraus«, lockte ich, »du mußt nach Hause!« Aber sie dachte nicht daran. Beide Tiere saßen nebeneinander auf der Bank und drehten uns sozusagen eine lange Nase.

»Von mir aus kann sie liegenbleiben«, sagte Jens, »falls wir gemeinsam Dienstschluß haben.«

So kam es, daß wir nun jeden Tag ein Mittagsgängelchen zu viert unternahmen. Die Hunde schienen vollkommen zufrieden auf der haarigen grauen Wolldecke im R 4 auf uns zu warten. Ich nahm nun, genauso wie Jens, das Dosenmahl für Klara mit ins Krankenhaus und fütterte sie nicht mehr zu Hause. Jene Kollegen, die ebenfalls auf dem Krankenhaushof parkten, waren gerührt über die beiden schlafenden Gesellen, die sich stets eng aneinanderkuschelten.

Natürlich erzählte ich Oswald, daß ich den Hund von nun an mit zur Arbeit nahm. Im Grunde interessierte ihn das wenig. Für die Spaziergänge und das Fressen war ich zuständig. Aber auf einmal kamen ihm doch Bedenken. »Eigentlich soll Klara unser Haus bewachen«, meinte er, »dafür haben wir sie schließlich angeschafft.« Wahrscheinlich hatte er beruflich gerade mit einem Einbruch zu tun. »Maria ist jetzt täglich hier«, sagte ich, »die ist furchterregender als jeder Bluthund.«

Beim Laufen sprachen Jens und ich gleichermaßen über Patienten und Hunde. Ich erfuhr, daß Macho – ähnlich wie Klaras Mutter – ein Findelkind war. Jens hatte ihn allerdings von einem Urlaub am Mittelmeer mitgebracht, wo er den kranken Welpen gefunden und aufgepäppelt hatte, um ihn schließlich heimzuschmuggeln. »Macho« bedeute auf spanisch so viel wie »männliches Tier«, erklärte mir Jens, während ich ihm klarmachte, warum man nicht »Herzversagen« als Diagnose auf den Totenschein schreiben dürfe, weil das sozusagen immer zutreffe.

Eines Morgens erwartete mich Jens zwar wie stets am Parkplatz, aber der Gelbe war diesmal nicht dabei. Klara war sichtlich enttäuscht. »Meine Freundin hat den Hund zum Tierarzt gebracht, sie hat die ersten beiden Stunden frei. Macho wird geimpft.«

Ich fuhr zusammen. Erstens hatte Jens eine Freundin – warum eigentlich nicht? –, und zweitens besuchte sie noch die Schule.

In der Mittagspause ging ich etwas einsam mit der trauernden Klara spazieren. Ohne Machos Gesellschaft hatte sie ungern die lange Wartezeit verbracht. Jens hupte plötzlich hinter uns. Er fahre jetzt heim, den Hund holen. Ohne zu fackeln, stiegen wir dazu. Ich war äußerst neugierig auf seine Wohnung.

Jens wohnte nicht mit seiner Freundin zusammen, aber Macho war bereits anwesend, also mußte sie einen Schlüssel besitzen. Ich war gerührt, denn ich befand mich plötzlich in einem Zimmer, das mir die Jugendlichkeit seines Besitzers deutlich vor Augen führte. Regenwaldposter an den Wänden, Gardinen aus grünem Tüll mit Plastikblumen zu einer Sommerwiese arrangiert, eine Saxophonsammlung, ein Hochbett mit zwei Kopfkissen, die Wäsche auf Körbe verteilt. In der Küche nicht der erwartete Berg schmutziges Geschirr. Jens lud mich zu einer Tasse Kaffee, Klara zu einer kleinen Dose Futter ein. Jeder Hund bekam ein bemaltes Tonschälchen hingestellt, sie fraßen beide gierig. Als es zweimal klingelte, liefen Jens und Klara an die Wohnungstür; er, um zu öffnen, sie, um pflichtgemäß zu bellen. Eigentlich wäre das Machos Pflicht, dachte ich, hier in seinem Reich nach dem Rechten zu sehen. Aber er achtete nicht auf den Postboten, sondern machte sich blitzschnell über Klaras Fressen her. Als sie wieder in der Küche erschien, schluckte er heuchlerisch weiter an den eigenen Brocken. Klara merkte nicht, daß ihr Napf so gut wie leer war.

Jens, dem ich von der kriminellen Tat seines Lieblings berichtete, wußte ähnliche Geschichten aus dem Tierreich zu erzählen. Er habe im Fernsehen einen Film über eine bestimmte afrikanische Vogelart gesehen. Diese Vögel hatten einen Wächter, der beim Vertilgen saftiger Früchte eines tropischen Baumes nicht mithalten durfte, sondern den Kopf nach allen Richtungen wenden und bei Herannahen eines Feindes einen Warnschrei abgeben sollte. Natürlich mußte jeder einmal Wächter spielen, damit es gerecht zuging. Aber es gab gelegentlich schwarze Schafe unter den bunten Vögeln: Der Schrei wurde zwar ausgestoßen, der Schwarm flog erschreckt davon, aber der Feind fehlte, und der falsche Wächter konnte sich ohne Konkurrenz vollfressen.

Als engagierter Tierfreund hatte er auch von anderen interessanten Verhaltensforschungen gelesen. Als ich einmal behauptete, Klara habe sich voll Eitelkeit im Rückspiegel betrachtet, erfuhr ich, daß nur unsere Vettern, die Menschenaffen, dazu fähig sind. »Woher will man wissen, ob sich eine Schimpansin in ihrem Spiegelbild wiedererkennt oder nur wie ein Wellensittich einen beliebigen Artgenossen darin sieht?« fragte ich.

Jens erklärte mir, daß die Forscher zu diesem Zweck bei Spiel und Spaß dem Affen einen roten Punkt auf die Stirn gemalt hätten. Viel später erst wurde ein Spiegel gebracht. Ein gebildeter Affe, der sich schon früher im Spiegel bewundert hat, bemerkt sofort, daß da etwas nicht stimmt. ›Mein Gott, wie sehe ich nur aus, das ist mir geradezu peinlich‹, scheint er zu denken. Auf der Stelle wird er versuchen, das Schandmal abzuwischen.

Wenn ich in die dunklen Augen von Jens schaute, dann war mir klar, daß ich mich bis über beide Ohren in ihn verliebt hatte, genau wie meine Hündin in den gelben Macho. Anfangs wollte ich das vor mir selbst herunterspielen. Ich bin kinderlos, dachte ich, nun habe ich mir ein reichlich großes Baby angelacht, wahrscheinlich brauche ich einen Gegenpol zu meinem alternden Oswald. Aber das war es nicht. Jens war jung, aber kein Kind. Und seine dunklen Augen waren tief wie das Meer – du liebe Zeit, wie hatte es mich erwischt, daß ich zu derart trivialen Vergleichen fähig war. Eine meiner Freundinnen behauptete, daß das bewußte siebte Jahr wirklich kritisch sei, denn fast jeder Mensch müsse sich alle sieben Jahre sowohl häuten als auch neu verlieben. Von der Zeit her stimmte es also, daß Oswald ausgedient hatte. Aber ich war mir nicht sicher, was Jens für mich empfand, schließlich war ich seine Vorgesetzte, ich war sechzehn Jahre älter, wir sagten noch nicht einmal »du« zueinander, und er hatte eine junge Freundin. Ich müßte vor Scham vergehen, wenn er mich verblüfft zurückweisen würde. Also blieb es vorerst bei gemeinsamen Spaziergängen. Aber immer wieder versuchte ich, Macho zu streicheln, wenn er sich dicht an seinen Herrn schmiegte.

Klara wußte Bescheid und hielt zu mir. Das ging so weit, daß sie eines Tages nach Oswald schnappte. Er war fassungslos und trat ihr in den Hintern. Ich ergriff Partei für meinen Hund, der es »gar nicht so gemeint hatte«. Aber Klara entschuldigte sich keineswegs, kroch weder gekränkt in ihren Korb, noch warf sie sich demütig vor ihrem Herrn in den Staub und bot ihm Bauch und Kehle dar. Fast schien sie sich über unseren Streit zu amüsieren, ja ich meinte, sie grinsen zu sehen. Im übrigen war sie überzeugt davon, unter meinem Schutz zu stehen. Wir hatten einen neuen Leitwolf, von dessen Existenz Oswald nichts ahnte.

Als wir beide – die Hündin und ich – am nächsten Morgen ins Krankenhaus fuhren, sprach ich auf sie ein. »Das war nicht korrekt, dein Herrchen beißen zu wollen«, sagte ich, »aber ich hätte gelegentlich auch Lust dazu. Gleich treffen wir unsere heimlichen Liebsten, aber du hast genausogut einen Fehlgriff getan wie ich – bist ja beinahe doppelt so groß wie er.«

Hunde sind großzügiger als wir, dachte ich mir. Weder Rasse noch Hautfarbe, weder Alter noch Größe, weder Bildung noch Besitz und schon gar nicht der soziale Status hindern sie an der Liebe. Man kann viel von ihnen lernen. Oswald war eifersüchtig auf Klara, obgleich er das nie zugegeben hätte. Seit sie erwachsen war, hielt sie mich zwar nicht mehr für ihre Mutter, aber doch für eine Art große Schwester. Wenn wir allein waren, saß sie neben mir auf dem Sofa. Einmal nahm sie sogar in meinem Beisein einen Keks aus der Schale, aber nur einen einzigen und den auf überaus zierliche Art mit spitzen Zähnen.

»Klara, das geht nicht«, sagte ich, »du bist nun einmal kein Mensch, auch wenn es dir so vorkommt.« Mir schien, sie entdeckte erst durch ihre Freundschaft mit Macho, daß sie ein Hund war.

Mein Mann pflegte, wenn er ärgerlich auf Klara war, zu sagen: »Wie der Herr, so's Gescherr.« Rein äußerlich war da etwas dran: Wir waren beide langbeinig, schlank, dunkelhaarig. Im Charakter waren wir uns vielleicht sogar noch näher – freundlich, aber unbeirrt unsere Ziele verfolgend. Macho dagegen sah seinem Herrn gar nicht ähnlich. Für einen kleinen Hund war er erstaunlich stämmig, die kurzen Haare waren glatt, das Benehmen ließ gelegentlich zu wünschen übrig. Macho mußte im Freien alle drei Meter das Bein heben, zeigte seiner Freundin Klara reichlich penetrant, daß er ein Rüde war, und erwies sich als leidenschaftlicher Mäusejäger. Jens war feiner und sanfter. Er wollte demnächst Psychologie studieren.

Oswalds fade Tochter lud ihren Vater zur Abi-Fete ein. »Komm doch mit«, bat er.

Da seine Exfrau in einer Kurklinik weilte und mit Sicherheit nicht auftauchen konnte, ließ ich mich überreden, obgleich mir nicht ganz wohl dabei war. Zu Oswalds Kindern hatte ich eigentlich kein Verhältnis, und die Eltern der anderen Schüler waren sicher wesentlich älter als ich.

Aus der Aula dröhnte uns Musik entgegen, ein besonders begabter junger Mann brillierte als Ansager. Nicht ohne Appetit sah ich, daß es Nudelsalat wie bei meinen ersten Geburtstagsfeiern gab, aber wahrscheinlich war das ein Entgegenkommen an die vielen Gebißträger unter den Gästen. Oswalds Tochter Désirée bestellte einen Walzer und tanzte mit ihrem Papa, weil sich sonst keiner für sie interessierte. Mit dem Nudelteller in der Hand stand ich am Rande der Ereignisse, als ich Jens erspähte. Offensichtlich hatte seine Freundin ebenfalls Abitur gemacht. Zur Feier hatte ich mein rotes Carmenkleid angezogen, und plötzlich übermannte mich die dazugehörige südländische Leidenschaft. Ich griff mir meinen Jens, achtete nicht auf die dumme kleine Schnecke an seiner Seite und begann einen wilden Tanz, der mir wahrscheinlich weder Désirée noch Oswald oder Jens zugetraut hätten. Meine dunklen Haare klatschten uns um die Ohren, und wir gerieten dank meiner athletischen Arme sehr eng aneinander. Irgendwann standen wir zwischen knutschenden Schülern im Pausenhof und küßten uns. Oswald war wahrscheinlich längst heimgefahren.

Als ich endlich zu Hause war, schnupperte Klara mit Interesse an mir herum. Dann zeigte sie mir durch Kratzen an Oswalds Arbeitszimmer, daß er dort schlief. »Okay«, sagte ich, »dann darfst du in sein Bett, aber bitte in aller Diskretion.«

Klara ließ es sich nicht zweimal sagen. Mich beschäftigte in jener Nacht weniger die Reaktion meines Ehemannes als die nächste berufliche Begegnung mit Jens. Im weißen Hosenanzug, mit strengem Zopf und Hornbrille war ich dann wieder die Frau Doktor – sollte ich mich auch als solche benehmen?

Aber erst einmal war Sonntag morgen, und Oswald war sauer: »Wie kannst du mich vor meiner Tochter so bloßstellen.«

»Mein Gott«, sagte ich, »wann hast du das letzte Mal mit mir getanzt? Schließlich bin ich noch zu jung, um mit den Müttern dieser Kids übers Abspecken zu plaudern.« Die Anspielung auf sein Alter und meine Jugend war ihm verhaßt. Mir fiel dabei ein, daß ich rein rechnerisch genau zwischen Oswald und Jens stand.

»Wer war überhaupt dieser abstoßende Mohrenknabe?« wollte mein Ehemann wissen. »Désirée kannte ihn nicht.«

Ich war beleidigt. Jens war mindestens so schön wie der junge Nelson Mandela. Mir fiel als Antwort nur ein: »Er ist der Besitzer von Klaras Freund Macho.«

Die Animositäten zwischen Klara und Oswald nahmen zu. Sie verweigerte ihm den Gehorsam. Ganz ungeniert saß sie jetzt auf dem Sofa, wenn er heimkam. Auf sein empörtes »Runter da!« reagierte sie mit Knurren und Zähnefletschen. Obgleich ich – etwas lasch – Klara zur Ordnung rief, sah ich doch mit heimlicher Freude, daß Oswald Angst vor ihr hatte. Ein geblecktes Hundegebiß hat schon etwas Furchterregendes. Dabei war mir klar, daß ich für meinen Teil vertrauensvoll Hände, Kopf und Herz in Klaras Rachen legen konnte.

Jens spielte kein Theater. Vor allen Kollegen duzte er mich, während ich durch komplizierte Satzkonstruktionen diesen Punkt vermeiden wollte. Auf dem nächsten Spaziergang nahm er ganz unbefangen meine Hand. Wir wurden aber von unseren eigenen Angelegenheiten durch die Hunde abgelenkt. Macho trieb Klara vor sich her, schnüffelte schamlos an ihrem Hinterteil und versuchte, sie zu bespringen. Klara biß zu, sie wollte nicht. Selbst wenn ich Sexualtherapeutin und nicht Internistin wäre, hätte mich die hektischgeile Aufgeregtheit der Tiere äußerst verlegen gemacht.

»Ach, du liebe Zeit«, sagte ich, »auch das noch! Sie wird läufig.« Wir mußten beide Hunde an die Leine nehmen, aber Machos Hecheln und Zerren, Klaras Knurren und Schnappen gingen uns ganz schön auf die Nerven. Natürlich konnten wir sie nicht wie gewohnt zusammen in einen Wagen sperren. Aber die vorläufige Trennung war auch nicht richtig, denn der Hausmeister beschwerte sich, daß Macho auf dem Parkplatz wie ein Kojote heule. Jens solle seinen Wagen eine Straße weiter parken.

Obwohl es mir gar nicht recht war, mußte ich Klara am nächsten Tag zu Hause lassen. Wir nahmen es uns gegenseitig übel. Ich, weil die Hunde den klatschsüchtigen Krankenschwestern gegenüber als Alibi für unsere gemeinsamen Spaziergänge dienten; sie, weil sie es inzwischen für ihr gutes Recht hielt, mich zu begleiten.

Als ich abends heimkam, saßen ein Bernhardiner, zwei Dackel und ein graumeliertes Hinkebein in unserem Vorgarten. Sie waren unverschämt genug, hinter mir ins Haus hineindrängeln zu wollen. Auch Oswald hatte es schwer, an den Belagerern vorbeizukommen. Klara thronte wie die Kaiserin von China auf seinem Fernsehsessel. Als mein Mann sie anherrschte, schlug sie die Augen zu mir auf und seufzte wie ein Mensch. Ich kann doch nichts dafür! schien sie zu sagen und bequemte sich dann doch, den Sessel zu räumen.

Am nächsten Tag hatte sich Jens krank gemeldet. Die Sommergrippe grassierte. Es war eine öde Zeit ohne ihn, aber zum Glück kam ich vor lauter Arbeit kaum zum Schnaufen, geschweige denn zum Grübeln. Mittagspausen fanden überhaupt nicht statt, mehrere Kollegen fehlten. Ich kam ziemlich geschafft nach Hause und hatte wenig Lust, die einsame Klara zu bedauern. Unsere Spaziergänge fielen sehr kurz aus – erstens, weil ich zu müde war, zweitens, weil uns meist mehrere zudringliche Rüden verfolgten. Für meine Begriffe hätte Klaras Läufigkeit nach zwei Wochen eigentlich zu Ende gehen müssen, aber so genau wußte ich es nicht.

Schließlich wurde ich selber krank, wahrscheinlich hatte ich mich bei einem hustenden Opa angesteckt. Jens war gerade wieder im Dienst erschienen, anscheinend war es unser Schicksal, uns zu verpassen. Ich blieb im Bett, Klara lag im Korb daneben. Gelegentlich stieg sie auf die Eichentruhe und schaute zum Fenster hinaus, ob einer ihrer Freier den Sprung über den Gartenzaun schaffte. Im Grunde hatten wir es ganz gemütlich, denn es ging mir – abgesehen von einer unbestimmten kribbeligen Ahnung – nicht schlecht.

Wir waren ungestört, denn ich hatte es Maria gern gestattet, ihren Freund auf den Kanaren zu besuchen. Ich sah dauernd auf die Uhr. Kurz vor eins lüftete ich das Schlafzimmer, putzte mir die Zähne, kämmte mich auf malerisch-verschlafen, spritzte ein wenig Eau de toilette ins Gelände und zog ein frisches Spitzenhemd an. Dann wartete ich gemeinsam mit Klara. Vergeblich.

Am nächsten Tag die gleiche Prozedur. Schade, daß das beste Nachthemd nun schon erledigt war. Um zehn nach eins klingelte es, und ich machte die Tür auf. Jens stand mit einem Sträußchen Krankenhausgeranien und Macho an der Leine vor mir.

»Ich habe gehört, du bist jetzt auch krank...« Fünf Minuten darauf lag das zweitbeste Nachthemd unter Oswalds Bett.

Die Mittagspause war viel zu kurz. Als Jens sich anzog, war klar, daß er zu spät kommen würde. »Bis morgen um die gleiche Zeit«, sagte ich, und wir lachten glücklich. Dann rief er nach Macho; wir hatten die Hunde ganz vergessen. Leider kam Jens diesbezüglich erst recht zu spät, die Tiere trieben es im Wohnzimmer und waren vorerst nicht zu trennen. Macho stand mit den Hinterbeinen auf Oswalds Fußschemel, wodurch er geschickt seine fehlende Höhe ausglich.

Nach einem Monat fiel es selbst Oswald auf, daß Klaras Appetit unersättlich wurde. »Hast du etwa nicht aufgepaßt?« fuhr er mich an. Beim Leben meiner Großmutter beschwor ich unsere Unschuld, aber heimlich gab ich Klara Lebertran, Kalzium und gelegentlich ein Ei ins Futter.

Jens feierte gestern seinen Abschied vom Krankenhaus. Sicher, die Universitätsstadt liegt nicht aus der Welt, aber er will in eine Wohngemeinschaft ziehen und seine Heimat einschließlich der Freundin und der Adoptiveltern verlassen. Klara wird Macho nicht mehr treffen, ich werde keine Mittagspausen auf der Wiese verbringen. Wir sind etwas betrübt, aber nicht allzu sehr, denn wir sehen beide Mutterfreuden entgegen.

Klaras Junge werden niedliche bunte Hündchen werden, vielleicht mit gelben Punkten auf dem dunklen Fell. Beim Anblick meines Babys wird Oswald große Augen machen: Ich rechne mit einem verdammt brünetten Teint.

Das Wunschkind

Es fiel mir etwas schwer, meine Mutter in Kenntnis zu setzen, aber da wir in derselben Kleinstadt lebten, ließ sich meine Schwangerschaft über kurz oder lang nicht verheimlichen. »Na, so was«, staunte sie, »wer ist der Vater, und wann ist die Hochzeit?«

Derartige Fragen hatte ich erwartet. Da ich aber auf keinen Fall über den Kölner Karneval sprechen wollte, sagte ich nur: »Es wird überhaupt nicht geheiratet.«

Mutter lächelte weise und behauptete: »Verstehe.«

Später sah ich, daß sie unter dem Eßtisch mit den Fingern herumzählte und sich den Empfängnistermin ausrechnete. »Also im Urlaub! Er ist wohl schon verheiratet«, murmelte sie und war von dieser Erkenntnis offenbar nicht allzu schockiert. Nach dem dritten Glas Rotwein schien sie sich sogar zu freuen. »Weißt du was«, sagte sie, »es ist aber auch höchste Eisenbahn! In deinem Alter hatte ich schon fünf.«

Damals, Anfang der sechziger Jahre, kam man bei einer Schwangerschaft mit drei Arztbesuchen aus, von Ultraschall war noch nicht die Rede. Schließlich war es keine Krankheit, wenn man ein Kind bekam. Auch meine 39 Jahre schienen für den Arzt kein nennenswertes Risiko zu sein, er meinte sogar anerkennend: »Ein kräftiges Kind, sicher wird es ein Junge.«

Sohn oder Tochter, das war mir völlig egal. Das Strampeln kam mir allerdings ungeheuer kraftvoll vor, die Tritte eines Embryos hatte ich mir sanfter vorgestellt. Als ich meine Mutter befragte, lachte sie mich aus und beruhigte mich. Ein lahmes, faules, temperamentloses Wesen wolle ich doch sicher nicht zur Welt bringen. So gesehen war mir ein kleiner Fußballer natürlich lieber; doch manchmal hatte ich den Verdacht, es wären womöglich sogar zwei, die sich um den Ball rauften.

Noch bevor der letzte Untersuchungstermin anstand, setzten bei mir die Wehen ein. Sie kamen sechs Wochen zu früh, mein Kind schien ungeduldig zu drängeln, möglichst schnell sein warmes Nest zu verlassen. Ins Krankenhaus fuhr mich meine Mutter, die viel aufgeregter war als ich. »Beim ersten Mal dauert es manchmal lange«, sagte sie, »aber raus kommen sie immer.«

Die Hebamme machte ein nachdenkliches Gesicht. »Da müssen Sie sich verrechnet haben, das kann kein Frühchen sein«, sagte sie, »es ist ungewöhnlich groß.« Es entging mir nicht, daß sie meine Mutter vielsagend anblickte.

Als der Arzt erschien, riet er sofort zu einem Kaiserschnitt. Mutter nickte ergeben, ich wurde nicht gefragt. In der kurzen Zeit bis zum Beginn der Narkose liefen mir unaufhaltsam die Tränen übers Gesicht, und ich wollte die Hand meiner Mutter nicht mehr loslassen. Sie durfte aber nicht im OP bleiben.

Als ich aufwachte, saß sie neben mir. Ich schloß sofort

wieder die Augen, aber in mir arbeitete es: Der Gesichtsausdruck meiner Mutter war alles andere als der einer glücklichen Oma. Sie strich mir übers Haar. »Schlaf weiter«, flüsterte sie.

Doch irgendwann löste ich mich aus meinen verworrenen Träumen und fragte mit pelziger Zunge: »Wo ist es?«

Sie sah mich so seltsam an, daß ich plötzlich glaubte, mein Kind sei tot zur Welt gekommen. Ich schrie das halbe Krankenhaus zusammen. Schließlich gingen alle hinaus, nur der Arzt blieb bei mir. »Ihr Baby lebt«, sagte er, »aber...« Nach und nach erfuhr ich, daß man eine sehr seltene Behinderung festgestellt habe, die vielleicht durch komplizierte Operationen behoben werden könne. »Wir haben auf diesem Gebiet leder gar keine Erfahrung, das müßte in einer Spezialklinik durchgeführt werden«, sagte er.

»Ist es ein Junge?« fragte ich.

Er nickte. Natürlich bestand ich darauf, meinen Kleinen unverzüglich zu sehen.

»Von klein kann nicht die Rede sein«, sagte er, »wenn Sie mir versprechen, daß Sie jetzt ganz stark bleiben...«

Als man mir meinen Sohn brachte, waren nur der Kopf und zwei Arme zu sehen, der sperrige Rest war in großen Moltontüchern verpackt. Das Bündel wurde neben mich gebettet, und ich schaute in zwei wunderschöne dunkle Augen. Dann tat mein Kind sein Mäulchen auf und brüllte, was das Zeug hielt. Mir war klar, daß mein Sohn quicklebendig und kerngesund war. Mein Gott, dachte ich, was haben die mir für einen unnötigen Schreck eingejagt! Es war ein bildhübscher Junge, den ich da geboren hatte. Ich erinnere mich genau, wie ich langsam den unteren Teil meines Kindes auswickelte. Natürlich war ich grenzenlos überrascht, aber keineswegs abgestoßen.

Als ich mich acht Monate zuvor nach langem Abwägen für ein eigenes Kind entschloß, überlegte ich natürlich, wer als Vater in Frage käme. Im Prinzip wünschte ich mir nur einen ansehnlichen und intelligenten Erzeuger, Augen- und Haarfarbe waren mir nicht wichtig. Hier am Ort kannte ich keinen Mann, mit dem ich mich einlassen mochte. Eigentlich kam es mir vor allem darauf an, nie wieder von diesem Menschen etwas zu hören, seinen Namen und Beruf nicht zu kennen oder am Ende mein Kind an jedem Wochenende zum Vater schicken zu müssen. Der Karneval in Köln schien mir prädestiniert für eine kurze, zweckgebundene Affäre. Nie hätte ich gedacht, daß mir der Coup so gut gelingen würde: Ich konnte noch nicht einmal das Gesicht des Fremden erkennen! Er trug eine Maske. Was für seltsame Gene mochte er meinem Kind bloß mitgegeben haben?

Bei der Entlassung aus dem Krankenhaus durfte ich meinen großen Kleinen auf eigene Verantwortung mit nach Hause nehmen. Insgeheim hatte ich mich entschlossen, keiner Operation zuzustimmen. Die Natur hatte mein Kind anders als nach dem üblichen Muster geschaffen, aber hatte es nicht schon immer Mutationen gegeben?

Es entstanden natürlich praktische Herausforderungen, die ich aber bewältigen konnte. Die bereits gekaufte Babykleidung habe ich verschenkt, auch das Bettchen war ungeeignet. Passende Pampers konnte ich nicht im Supermarkt besorgen, sondern mußte sie in der Apotheke bestellen. Hinzu kam, daß der Junge – kaum war er zu Hause von seiner strammen Wickelung befreit – stehen und laufen wollte. Selbst meine Mutter, die nur schwer zu beeindrucken war, kam aus dem Staunen nicht heraus. Als sie mit einem selbstgestrickten Spezial-Strampelanzug scheiterte, ließen wir den Kleinen nur noch in einem Jäckchen und einer Windel herumtollen. Zum Stillen kam er munter angetrabt und trank in gierigen Zügen.

»Wir werden bald zufüttern müssen«, sagte die Hebamme, »wie soll Ihr Junges denn heißen?«

Meine Mutter war für Philip, aber das fand ich zu banal. Nach reiflichem Überlegen entschloß ich mich für Arnold, nach dem von mir hoch geschätzten Maler Böcklin.

Mein Beruf als Übersetzerin kunsthistorischer Texte läßt mir zum Glück viel Freiheit. Ich kann zu Hause arbeiten und muß nur gelegentlich bei meinem Verlag in Frankfurt vorsprechen. In dieser Hinsicht konnte ich es durchaus verantworten, als alleinstehende Mutter ein Kind aufzuziehen. Mit einem anderen Problem hatte ich allerdings nicht gerechnet: Man kündigte mir die Wohnung, weil das ständige Getrappel nicht auszuhalten sei. Wahrscheinlich steckten aber noch andere Vorurteile dahinter, die meine intolerante Vermieterin nicht laut auszusprechen wagte.

Wir zogen also zu meiner Mutter, was ich in früheren Jahren vehement abgelehnt hätte. Aber hier konnte Arnold toben, wie er wollte; er bekam sogar das sonnige Zimmer im Erdgeschoß, damit er ohne Gefahr direkt in den Garten hinauslaufen konnte. Schon bald hatte meine Mutter einen Narren an ihrem jüngsten Enkelkind gefressen und spendierte ihm die riesige Matratze ihres früheren Ehebetts.

Zu meiner Freude entwickelte sich Arnold prächtig. Viel früher als seine Altersgenossen wurde er stubenrein. Dabei hatte er eine ganz eigene Methode entwickelt, rückwärts an die Toilette heranzutreten und sich breitbeinig über dem Klobecken aufzustellen. Im Gegensatz zu vielen erwachsenen Männern ging bei ihm nie ein Tropfen daneben. Bei seinem großen Geschäft pflegte er den Komposthaufen im Garten anzureichern.

Als Arnold vier wurde, meinte Mutter, es sei jetzt Zeit für den Kindergarten. »Es ist nicht gut, wenn ein Junge bloß in Gesellschaft zweier alter Frauen aufwächst.« Ich verzieh ihr die kleine Bosheit und meldete Arnold im Städtischen Kindergarten an.

Natürlich wollte ich die Leiterin nicht im unklaren lassen, was es mit Arnolds Besonderheiten auf sich hatte. Sie wich entsetzt zurück. »Aber ich bitte Sie! Der Junge gehört unter allen Umständen in eine Tagesstätte für behinderte Kinder!«

Ich versicherte, daß Arnold seinen Altersgenossen in mancher Hinsicht sogar überlegen sei.

»Kann er mit dem Löffel essen?« fragte sie, was mich geradezu beleidigte.

»Nun gut«, sagte sie, »kann er seine Schuhe zubinden?«

»Arnold braucht keine Schuhe«, sagte ich.

Um es kurz zu machen: Die Kindergärtnerinnen waren

schnell überzeugt, daß Arnold ein Gewinn für die ganze Gruppe war. Zwar überragte er sogar die Größten seines Jahrgangs um doppelte Hauptelänge, aber das war nie ein Grund für ihn, seine Kräfte an anderen auszulassen. Ganz im Gegenteil, er war ein zärtlicher Schmuser und wirkte selbst auf die wildesten Rabauken besänftigend und ausgleichend. Auch seine intellektuellen Fähigkeiten erwiesen sich als erstaunlich. Arnold malte fröhliche und originelle Bilder, er sang glockenrein und merkte sich selbst die längsten Texte. Einzig bei den Klettergeräten konnte er nicht immer mithalten, dafür stürmte er aber beim Wettrennen allen anderen Kindern davon. Als Arnold sechs wurde, gab es keine Einwände, ihn einzuschulen.

Schon nach drei Monaten wurde ich zu seiner Klassenlehrerin gerufen. Es war eine prüde ältere Dame, ich konnte mir schon denken, daß sie an Arnolds partieller Nacktheit Anstoß nehmen würde. Aber so war es nicht.

»Ihr Sohn ist außergewöhnlich musikalisch«, sagte sie, »bei einem Erstkläßler habe ich noch niemals ein derartiges Talent beobachtet. Ich würde dringend empfehlen, schon jetzt mit qualifiziertem Musikunterricht zu beginnen, in Frage käme auch die Teilnahme an einem Knabenchor.« Doch als sie sich Arnold bei den Thomanern vorstellte, kamen ihr doch Zweifel.

Mein Sohn entschied sich für Schlagzeug und verdiente schon mit 16 Jahren Geld mit seiner Band. Da er fast jedes Wochenende in Jugendzentren und Schülerdiscos auftrat, konnte er einiges auf die hohe Kante legen. Wofür er allerdings so eisern sparte, verriet er mir nicht.

Das Abitur bestand er mit Auszeichnung. Zur Feier hatte der Leistungskurs Musik, als dessen Star er galt, ein reichhaltiges Programm erarbeitet. Zwar konnten auch seine Mitschüler mit netten Darbietungen überzeugen, aber der absolute Höhepunkt kam erst beim Finale.

Am Flügel saß ein Mitschüler in dunkelblauem Blazer. Ein ungläubiges Raunen ging durch die Reihen der Eltern, Tanten und Großmütter, als Arnold – selbstbewußt und in vollkommener Nacktheit – die Bühne betrat. Sein muskulöser Oberkörper schimmerte golden, sein braunes Fell war von meiner Mutter unermüdlich gestriegelt worden, seine Hufe glänzten frisch poliert, in die dunklen Schweifhaare hatte ich weiße Rosen geflochten. Mein kleiner Zentaur war so atemberaubend schön, daß mir die Tränen kamen.

Arnold hatte eine Ballade von Carl Loewe einstudiert. Bei der Zeile *Komm wieder, Nöck, du singst so schön* blieben auch die Augen der anderen Gäste nicht mehr trocken.

»Ich prophezeie ihm eine ganz große Sängerkarriere«, sagte meine Nachbarin, und der Beifall wollte überhaupt nicht enden.

Mein Sohn und ich waren unendlich glücklich, als wir den Heimweg antrabten. In mein Auto paßte Arnold schon lange nicht mehr, aber wozu auch? Ich saß gern auf seinem Rücken und ließ mich durch die Sternennacht zurück nach Hause tragen.

Die stolze Großmutter hatte ihrem Lieblingsenkel ein Geldgeschenk überreicht. Wenn Arnold seine Ersparnisse dazulegte, konnte er sich endlich seinen Herzenswunsch erfüllen: eine junge Stute.

Maiglöckchen zum Muttertag

Mein Vater hat erst mit zweiundfünfzig Jahren geheiratet, aber nicht etwa zum wiederholten Mal. Es war auch kein blutjunges Mädchen, wie man vielleicht befürchten könnte, sondern eine gestandene Frau mit einer elfjährigen Tochter. Über den ersehnten Stammhalter, also über meine Geburt ein Jahr später, freuten sich nicht nur mein ältlicher Papa und meine Mutter, sondern auch meine altkluge Halbschwester.

Zweifellos wäre es normal gewesen, wenn Vater als erster der Familie gestorben wäre, aber es erwischte ausgerechnet unsere kerngesunde Mama. Ich hatte gerade die Aufnahme ins Gymnasium geschafft, als sie bei einem Straßenbahnunfall umkam. Bei allem Unglück war es der einzige Trost, daß meine Halbschwester noch im Haus wohnte. Eigentlich wollte sie gerade ausziehen, doch in seiner Not ließ sich mein hilfloser Vater nicht lumpen und überschrieb ihr eine gepflegte kleine Einliegerwohnung im Souterrain. Dafür übernahm sie den Haushalt sowie meine Erziehung und verschob ihre noch vagen Studienpläne auf unbestimmte Zeit.

Natürlich war meine Schwester Astrid keine erfahrene Hausfrau wie unsere verstorbene Mutter. Mitunter experimentierte sie mit teuren oder ungewohnten Speisen. Dann mußten mein Vater und ich Austern schlürfen, Hummer knacken oder gar Algen hinunterwürgen, an anderen Tagen wiederum mit Fertiggerichten vorliebnehmen. Mir war eine Pizza sowieso lieber, aber mein Vater hätte gern Eintöpfe mit Siedfleisch gegessen. Er wagte jedoch nicht, allzuviel herumzumeckern, denn eine fremde Haushälterin wäre ihm ein Greuel gewesen. Als sparsamem Patriarch gefiel es ihm, daß Astrid wenig Geld für Kleidung ausgab und den Etat nicht ungebührlich belastete. Im übrigen befahl mir Vater Jahr für Jahr, zum Muttertag einen Strauß Maiglöckchen für Astrid zu pflücken; sie hat nie darüber gespottet, sondern die Blumen stolz vor ihre Kaffeetasse gestellt.

Für mich war es keine leichte Zeit. Meine Schwester war zwölf Jahre älter und benahm sich nicht wie ein verständnisvoller Kumpel, sondern eher wie ein Feldwebel. Mit Ausdauer fragte sie Vokabeln ab und horchte mich neugierig aus, ob ich nicht schon eine Freundin hätte. Täglich kontrollierte sie mein Kommen und Gehen und strafte mich mit Taschengeldentzug oder Zimmerarrest, wenn ich nur im geringsten über die Stränge schlug. Sie vertrat sogar meine Interessen auf den Elternabenden, weil sich mein Vater niemals dazu aufgerafft hätte. Astrids tapfere Auftritte in meiner Schule waren durchaus anerkennenswert, denn es kostete sie große Überwindung. Im Grunde hatte sie den gleichen Spleen wie mein Vater: Beide verließen nur ungern die eigenen vier Wände. Die meisten Einkäufe tätigten sie über den Versandhandel, einmal in der Woche wurden tiefgekühlte Lebensmittel angeliefert, nur der Postbote fungierte als V-Mann zur Außenwelt.

Wahrscheinlich verdanke ich es meiner strengen Schwester, daß ich ein gutes Abitur machte, aber leider wurde mir die Freude daran durch mein schlechtes Gewissen versalzen. Als ich nach der Abiturfeier und der ersten durchzechten Nacht meines Lebens nach Hause kam, war niemand da. Auf der Küchentafel stand: *Mußte Papa ins Krankenhaus bringen. Astrid*

Es war ein Schlaganfall, von dem er sich jedoch relativ schnell erholte. Mein Vater gab das Rauchen auf und wurde nachdenklich. Eines Tages bat er uns zu einer Familienkonferenz in sein sogenanntes Studierzimmer. Seit der Pensionierung saß er meistens hier, vorzugsweise in Gesellschaft seiner Zeitungen und einer Kognakflasche. Zum ersten Mal fiel mir auf, daß sein roter Schopf grau geworden war.

»Beinahe hätte mein letztes Stündlein geschlagen«, klagte er, »und ich muß mich wohl mit der unangenehmen Tatsache abfinden, daß mein Leben jederzeit zu Ende gehen kann. Es macht mir Sorgen, daß ihr alle beide keinen Beruf habt und materiell immer noch von mir abhängig seid. Für dich, mein Junge, ist vorgesorgt; solange du noch in Ausbildung bist, würdest du bis zum 27. Lebensjahr eine Waisenrente erhalten, außerdem erbst du dieses Haus und ein Grundstück deiner Großeltern. Aber für Astrid sieht es weniger gut aus. Sie besitzt nur die Einliegerwohnung. Dabei hat sie jahrelang ihre eigenen Interessen zurückgestellt und sich für uns beide aufgeopfert.«

»Hättest du Astrid adoptiert...«, begann ich.

»Hätte, hätte, hätte«, sagte Vater ärgerlich. »Für eine Waisenrente ist sie sowieso zu alt. Außerdem gibt es nur Streit, wenn Geschwister das Erbe teilen müssen. Wenn eure Mutter noch lebte, erhielte sie im Fall meines Todes eine ansehnliche Witwenrente, schließlich habe ich dafür jahrzehntelang Beiträge in die Rentenversicherung eingezahlt. Aus diesen Gründen habe ich mir überlegt, daß ich Astrid heiraten werde.«

Meiner Schwester und mir blieb eine Weile der Mund offen. Dann fing Astrid an zu lachen. »Aber klar doch«, sagte sie, »wohin soll die Hochzeitsreise gehen?«

Ich fand das gar nicht lustig. »Papa«, sagte ich, »Astrid wird wohl irgendwann heiraten wollen, aber sicherlich nicht ihren hinfälligen Stiefvater!«

»Halt den Mund«, sagte Astrid zu mir, »die Idee hat was. Wie hoch wäre denn die Rente?«

Mein Vater rief bei verschiedenen Profis an, um sich schlau zu machen, und heiratete seine Stieftochter schon wenige Wochen später. Da sich an unserem bisherigen Leben absolut nichts änderte, hielten wir die Sache geheim und weihten keine Außenstehenden ein. Manchmal, wenn Astrid gut aufgelegt war, verlangte sie, ich solle *Mama* zu ihr sagen. Dann tat ich ihr den Willen und brabbelte wie ein Zweijähriger.

Den Zivildienst konnte ich im nahe gelegenen Kreispflegeheim absolvieren. Erschöpft von den ungewohnten körperlichen Arbeiten, kam ich abends nach Hause und fand es nett, daß Papa und Astrid am gedeckten Tisch auf mich warteten. Das ungleiche Paar schien sich zu freuen, wenn ich ihnen beim Essen Gesellschaft leistete, denn im Grunde hatten sie sich wenig zu sagen. Nach dem Abendessen saßen wir manchmal zu dritt vorm Fernseher, aber meistens begab sich Astrid in die eigene Wohnung. Sie mochte es nicht besonders, wenn ich sie dort besuchte. Seit sie einen Computer besaß, verbrachte sie viel Zeit mit diesem Lieblingsspielzeug.

Ein und wieder machte ich mir Gedanken über Astrids wunderliche Existenz, denn sie pflegte keinerlei Kontakt zu Altersgenossen. Wünschte sie sich nicht irgendwann eine eigene Familie?

»Du bist schon über dreißig«, sagte ich eines Tages, »willst du eigentlich dein ganzes Leben lang Haushälterin spielen? Möchtest du keine eigenen Kinder haben?«

»Kommt Zeit, kommt Rat«, sagte sie, »außerdem hab ich ja dich, und ein Kindskopf reicht vorläufig. Oder wünschst du dir am Ende ein Schwesterchen?«

»Bin ebenfalls schon bedient, aber ein Brüderchen fehlt noch zum Glück, Mama«, sagte ich.

Indessen sah ich bald ein, daß sie konsequent bleiben wollte. Schließlich hatte sie Papa geheiratet, um später eine Witwenrente zu bekommen, und bei einer zweiten Ehe entfiele diese Rente wieder. Wenn Vater aber noch jahrelang am Leben blieb, würde sie schließlich zu alt zum Kinderkriegen sein. Ob sie ihn deshalb haßte? Ob sie womöglich Mordgedanken hegte? Es sah nicht so aus; Astrid wirkte zufrieden. Pfeifend und summend pusselte sie im Haushalt herum, ohne sich dabei zu übernehmen. Anscheinend tat es ihr ganz gut, keinem beruflichen Streß ausgesetzt zu sein. Sie war eine loyale Ehefrau, falls man überhaupt von Ehe reden konnte. Wahrscheinlich hatte sie noch nie mit einem Mann geschlafen, obwohl ich spätabends gelegentlich eine sonore Stimme in ihrer Kellerwohnung zu hören meinte. Doch das war wohl nur das Radio.

Gab es überhaupt Kandidaten, die sich für Astrid interessieren würden? Sie hatte die langen Zähne und das offenliegende, blaßrosa Zahnfleisch von ihrem unbekannten Vater geerbt. Wenn sie lachte – und das tat sie glücklicherweise oft –, glich sie einem wiehernden Pferd. Ihre Figur war ein wenig plump, die Hände waren derb und rissig. Astrid kleidete sich wie ein irischer Fischer in Jeans und grobgestrickte Pullover. Vermutlich hatte sie Minderwertigkeitskomplexe, obwohl das bei ihrem wachen und praktischen Verstand durchaus nicht nötig gewesen wäre. Seit ich kein Schüler mehr war, pflegten wir ein kameradschaftliches Verhältnis zueinander, schlugen uns zuweilen kräftig auf die Schulter und kicherten gern über Dinge, die für Außenstehende unverständlich waren.

Die Beziehung meines Vaters zu seiner Stieftochter und zweiten Ehefrau war hauptsächlich von Dankbarkeit geprägt. Er hatte zwei linke Hände oder gab es jedenfalls vor. Niemals kam er auf die Idee, sich selbst eine Tasse Tee aufzubrühen. Immerhin verwaltete er seine Finanzen umsichtig, sorgte dafür, daß unsere Rechnungen bezahlt wurden, und studierte stundenlang Insider-Tips zum Steuersparen. Daß er meine Schwester jemals in ihrem Reich aufgesucht hätte, obwohl sie ja nur zwei Treppen unter ihm wohnte, daran kann ich mich nicht erinnern. Vielleicht sollte niemand auf die Idee kommen, er verlange mehr als korrekte Haushaltsführung.

Gelegentlich beobachtete ich mit Befremden, wie sehr

ich meinem Vater mit der Zeit ähnlicher wurde. Auch ich blieb gern zu Hause und war froh, wenn ich keinerlei aushäusige Verpflichtungen eingehen mußte. Ich konnte außerdem gut nachvollziehen, warum sich Vater erst so spät zur Heirat entschlossen hatte. Meine Erfahrungen mit Frauen und Mädchen beschränkten sich auf eine kurze Affäre mit einer Kellnerin. Auf weitere Abenteuer hatte ich ganz und gar keine Lust, konnte aber immerhin mitreden, wenn irgendwann von Sex die Rede sein sollte. Das war indes in unserem Haus kaum zu erwarten.

Nach gutem Zureden väterlicherseits und trotz großer Bedenken meinerseits verließ ich eines Tages schweren Herzens mein Zuhause, um in London Anglistik zu studieren. In der ersten Zeit hatte ich Heimweh und rief fast jeden Abend bei Astrid an. Ihrerseits gab es nie viel zu berichten.
 Irgendwann verliebte ich mich in eine spanische Kommilitonin. Ich schwänzelte ständig um sie herum und hatte nichts anderes im Kopf, als sie leidenschaftlich anzubeten. Carmen nahm mich wohl nicht ernst, wies mich aber auch nicht ab. Offensichtlich bereitete ihr die gleichzeitige Werbung mehrerer Galane großes Vergnügen.
 Als die Ära Carmen begann, meldete ich mich nur noch selten zu Hause; das langweilige Leben meiner Angehörigen interessierte mich nicht mehr. Leider wurde ich aus meinen Liebesträumen durch die Nachricht aufgeschreckt, daß meine Schwester einen sofortigen Rückruf erwarte.
 »Dein Vater…«, begann sie und stockte wieder. Seit sie verheiratet war, vermied sie die Anrede *Papa* oder *Vater*, weil sie ihr unpassend erschien. Andererseits konnte sie sich

auch nicht dazu durchringen, ihn mit dem Vornamen anzusprechen. »Dein Vater mußte wieder ins Krankenhaus«, sagte sie, »die Prognose ist äußerst ungünstig.«

Aufgeregt versprach ich, den nächsten Flieger zu nehmen.

Astrid holte mich vom Flughafen ab. Irgendwie kam sie mir verändert vor, trug einen Tweedmantel, den ich nicht kannte, und hatte die Haare hochgesteckt. »Gott sei Dank bist du sofort gekommen! Es geht bald zu Ende«, sagte sie.

Vater lag auf der Intensivstation. Er schien zu grinsen, als ich kam, und dieses unpassende, ja dämliche Grinsen blieb die ganze Zeit wie festgefroren in seinem Gesicht. Ratlos lauschten wir, als er unverständliche Silben murmelte. Ein paarmal hatte ich sogar das Gefühl, als wollte er mir verschwörerisch zublinzeln. Wußte er, wie ernst die Lage war, oder hatte er beim zweiten Schlaganfall den Verstand verloren?

Zum ersten Mal im Leben streichelte ich Vaters Hand, denn wir waren nie besonders zärtlich miteinander umgegangen. Doch Papa war die Sentimentalität am Sterbebett wohl ebenso peinlich. Er entzog mir seine dürre Kralle schon nach wenigen Minuten und deutete unbeholfen an, daß er schreiben wolle. Ich reichte ihm Bleistift und Papier, konnte aber seine gekritzelten Hieroglyphen nicht entziffern. Dann versprachen wir, am nächsten Morgen wiederzukommen, und nahmen Abschied. Wir waren alle drei erschöpft.

Erst als Astrid zu Hause ihren Mantel auszog, bemerkte ich, daß sie schwanger war. Vor Schreck brachte ich keinen Ton heraus. Sollte etwa mein todkranker, alter Vater…???

»Wer war das?« stotterte ich, und sie lachte schallend. »Ein Mann!« prustete sie und klopfte übermütig auf ihren gewölbten Leib.

»In deinem Fall hätte ich eher auf den Heiligen Geist getippt«, knurrte ich.

Meine kugelrunde Schwester ließ sich nicht im geringsten aus der Ruhe bringen. »Reg dich nicht auf, schließlich wolltest du ja ein Brüderchen haben! Gib mir lieber noch mal den Zettel«, bat sie und studierte aufmerksam den krakeligen Schriftzug meines Vaters.

Ich sah ihr dabei über die Schulter, und plötzlich fiel bei mir der Groschen, und ich wußte, warum Papa so gegrinst hatte: Astrids Schwangerschaft schien ihm ein verwegener Coup zu sein, ein gelungener Schachzug zuungunsten seiner Versicherung.

Laut gewiehert wie meine Schwester habe ich nicht, als wir gemeinsam lasen: *2 x Waisenrente*. Aber das muß man dem alten Pfennigfuchser lassen. Er konnte beruhigt, ja vergnügt die Augen schließen. Für mich und Astrid hatte er vorgesorgt, und auch das Kuckucksei meiner Schwester, mein »Brüderchen«, mein Neffe, sein »Sohn«, sein »Enkel«, würde bis zu seinem 27. Lebensjahr niemandem auf der Tasche liegen.

Im übrigen werde ich dem Jungen die Hammelbeine langziehen, wenn er am Muttertag keine Maiglöckchen pflückt.

Hobbys und Handarbeiten

Stich für Stich

Es muß wohl in der Familie liegen: Meine Oma und meine Mutter haben auf Teufel komm raus gestickt. Damals wurde eine solche Arbeit allerdings ernst genommen und nicht herablassend als Hobby oder Beschäftigungstherapie bezeichnet. Meine Großmutter hatte ihre gesamte Aussteuer, Bett- und Tischwäsche, Nachthemden und Unterwäsche mit Monogramm versehen, meine Mutter war Meisterin in Lochstickerei, alles Weiß in Weiß. Wahrscheinlich haben sich beide dabei die Augen verdorben, obwohl mein Augenarzt sagt, das sei nicht erwiesen. Ob es sinnvoll ist, Löcher in weiße Tischtücher zu schneiden, um sie dann wieder zuzusticken, sei dahingestellt, ebenso, ob man auf jedem Küchentuch ein Monogramm braucht.

Ich bin da ehrlicher und gebe zu, daß ich zum Vergnügen sticke. Und ich würde mich nie und nimmer mit weißen Löchern oder roten Monogrammen zufriedengeben – langweilig, sage ich nur. Bunt muß es sein, phantasievoll und aussagekräftig. Meine Anfänge waren bescheiden; nach vorgegebenem Muster stickte ich in Kreuzstich auf Stramin: Blümchen auf Schürzen, Blümchen auf Kaffeedecken, Blümchen auf Sofakissen. Ein bißchen einfältig sah das allerdings aus, aber auch lieb und fröhlich, und ich war schließlich noch sehr jung.

Nach diesen Anfangserfolgen wurde ich mutiger und erlernte den Stiel- und Plattstich. Stundenlang konnte ich in Kurzwarenläden farbigen Twist oder Stickseide nebeneinanderlegen und Kombinationen zusammenstellen. Pfauenblau und Pfirsichrosa, Türkis und Honiggelb, Lachsrot und Schokoladenbraun, Silber und Nachtblau, Elfenbein und Jadegrün. Meine Kissenhüllen wurden nicht mehr in einfarbigem Grundton gehalten und mit verstreuten Röschen verschönert, sondern bestanden nur noch aus einem einzigen Blumenmeer.

Aber die Krönung ist die Gobelinstickerei. Eine jugoslawische Kollegin zeigte mir einen Katalog, aus dem man die Vorlagen für berühmte Gemälde bestellen konnte, um sie dann in einjähriger Arbeit in ein eindrucksvolles Stickbild zu verwandeln. Ich war begeistert. Das Programm enthielt auch Muster für kleinere Arbeiten wie etwa Bezüge für Fußschemel und Kleiderbügel, die sich als entzückende Geschenke verwenden ließen. Von da an gab es für mich nie mehr Abende vorm Fernseher, sonntägliche Spaziergänge, Kreuzworträtsel oder gar Kinobesuche.

Wenn ich von der Arbeit heimkomme, verrichte ich in Windeseile meine Hausarbeit, stelle mir ein Fertiggericht in die Mikrowelle, ziehe mir in den fünf Minuten bis zum Garwerden meine Büroklamotten aus und einen Jogginganzug an und stelle das Radio ein. Ich verschwende keine überflüssige Zeit für Telefonate, Einkaufsbummel, Zeitunglesen oder Familienbesuche. Soziale Pflichten gegenüber Kollegen oder Verwandten leiste ich mit einem weihnachtlichen Geschenk ab. Wenn sie dann gestickte Buchhüllen, Bildchen, Lesezeichen, Duftkissen oder Teewärmer erhalten, können sie es kaum glauben, daß ich so viel Zeit in Freundschaft investiert habe. »Wie viele Stunden haben Sie daran gesessen?« fragen sie jedesmal. Ich führe Buch darüber. Je nach Verwandtschaftsgrad beziehungsweise nach kollegialer Verbundenheit rechne ich mit 20 bis 400 Arbeitsstunden. Das macht Eindruck. Sie behaupten, meine Gabe nicht annehmen oder nicht wiedergutmachen zu können. Nächstes Jahr solle ich es bitte lassen, das müsse ich versprechen. Dann lächle ich hintergründig und sage: »Mal sehen!«

Vielleicht hätte ich nie eine solche Leidenschaft für Handarbeiten entwickelt, wenn ich nicht mit 17 Jahren, als meine Altersgenossen im Sommer schwimmen und im Winter tanzen gingen, an Hepatitis erkrankt wäre. Ich mußte mich schonen, zu Hause bleiben und viel ruhen. Es wäre wohl sehr langweilig geworden, wenn ich nicht zufällig im Nähkörbchen meiner Mutter eine angefangene Stickerei entdeckt hätte. Sie war etwas verwundert, daß ich Interesse an solchen Geduldsspielen zeigte, aber sie unterwies mich doch hinreichend, so daß mir dieses erste Stück ganz gut gelang.

Übrigens blieb ich auch nach meiner Genesung ein wenig anfällig, eine sogenannte halbe Portion, kaum belastbar und schwierig im Umgang mit anderen Menschen. Die Buchhalterei erlernte ich ohne große Begeisterung, jedoch pflichtbewußt. Man kann sich auf mich hundertprozentig verlassen, darauf baut mein Chef. Außerdem wissen die Kollegen, daß sie mein Bedürfnis nach Ruhe und Alleinsein zu respektieren haben. Mein Zimmer wird nicht ohne triftigen Grund und schon gar nicht ohne deutliches Anklopfen betreten. Insgeheim werde ich bedauert, daß ich keine Familie habe – aber ich vermisse nichts, ob man es nun glaubt oder nicht. Im Gegenteil, es würde sich sehr störend auf meinen Feierabend auswirken, wenn ich mich nicht auf meine wirkliche Berufung konzentrieren könnte.

Längst habe ich meine ersten Bilder – Pferde-, Katzen- und Alpenblumenmotive – weggepackt; falls ich nicht ein dekoratives, aber nützliches Geschenk herstelle, beschäftige ich mich hauptsächlich mit klassischer Kunst. Im Wohnzimmer hängen ein gestickter Rembrandt, ein Lucas Cranach, ein Michelangelo, im Schlafzimmer Madonnen aus vier Jahrhunderten, in der Küche französische Impressionisten, um nur einige zu nennen. Leider habe ich gar nicht soviel Platz, um alle meine Träume in die Tat umzusetzen. Wie schön wäre es beispielsweise, Picassos »Kind mit Taube« über meinen Eßplatz zu hängen, aber da prangen schon Murillos Traubenesser und van Goghs Sonnenblumen.

Übrigens habe ich bei dem genialen Holländer meine Lieblingserfindung zum ersten Mal realisiert – nämlich die Originalfarben verbessert. Goldgelbe Sonnenblumen kennt jeder, ebenso bräunlich verblühte. Aber blaue sind absolut ungewöhnlich, und dieses Gemälde hat durch meine Idee unendlich gewonnen. Inzwischen habe ich meinen Trick schon häufig angewendet und dadurch ganz neue und erstaunliche Effekte erzielt. Es hat mich allerdings tagelang verdrossen, als ich auf Franz Marcs rote Pferde stieß; der Kerl hatte doch just den gleichen Einfall wie ich, nur früher.

Eine größere Wohnung wäre nötig, aber das ist leider auch ein finanzielles Problem. Ich trage mich mit dem Gedanken, eine Garage anzumieten, dabei besitze ich weder

Führerschein noch Auto. Aber es hat natürlich etwas Spektakuläres, vier fensterlose weiße Wände mit klassischen Gemälden in ein kleines Museum zu verwandeln. Bis jetzt habe ich bei meiner Suche leider noch keine Garage entdeckt, die meinen speziellen Ansprüchen genügt.

Aber eines Tages gab es eine empfindliche Störung in meinem gleichmäßigen Lebensrhythmus. An einem Samstagvormittag fiel ich im Supermarkt um. Es war heiß, und ich war in Eile, als es mir plötzlich schwarz vor den Augen wurde. Erst im Krankenwagen kam ich wieder zu mir. Mein Arzt, den ich lange nicht mehr konsultiert hatte, konnte zwar außer einem niedrigen Blutdruck nichts Bedenkliches feststellen, aber er ließ sich meinen Tagesablauf minutiös schildern. Dabei fiel es mir zum ersten Mal selbst auf, daß ich fast meine gesamte Zeit im Sitzen verbringe. Es sind nur wenige Schritte von meiner Wohnung bis zur Bushaltestelle, und von dort ist es genauso nahe zum Büro. Der Arzt empfahl mir eine Kneippkur.

In Bad Wörishofen lebte ich ausschließlich meiner Gesundheit, ich hatte mir – es klingt fast masochistisch – weder Stickrahmen noch Garn und Nadeln mitgenommen. Der Tag begann bereits im Bett mit einem heißen Heusack auf den verspannten Nacken. Noch vor dem Frühstück mußte ich Wasser treten, mußte mich anschließend massieren lassen und zweimal täglich zu einer Wanderung aufbrechen. Zum ersten Mal im Leben entwickelte ich einen gesunden Appetit, so daß ich nachmittags gelegentlich in einem Café einkehrte. Die kulturellen Angebote ließ ich links liegen; ich war nicht hier, um mir Konzerte und Vorträge anzuhören.

Außerdem hatte ich mein Radio und die Kopfhörer mitgenommen, denn für mein psychisches Gleichgewicht ist die stündliche Nachrichtensendung dringend erforderlich.

Nach drei pflichtbewußten Tagen setzte sich eine Fremde im überfüllten Café zu mir an den Tisch. Ich hatte es bis dahin tunlichst vermieden, jammernde AOK-Patienten kennenzulernen, und verhielt mich einsilbig. Aber die Dame ließ mit ihrem munteren Geplauder nicht locker und vereinbarte für den nächsten Tag einen gemeinsamen Ausflug. Wir besichtigten eine Falknerei. Mit Verwunderung stellte ich fest, daß es fast Spaß machte, zu zweit etwas zu unternehmen. Von da an bin ich kein einziges Mal mehr allein durch die Natur gestiefelt.

Wie bereits gesagt, habe ich eine eigene Familie nie vermißt. Eine Freundin hätte ich mir jedoch gelegentlich schon gewünscht. Ich war in dieser Hinsicht allerdings übervorsichtig und beobachtete Gunda Mortensen mit zurückhaltender Achtsamkeit. Ein einmal gegebenes Du läßt sich schlecht rückgängig machen, Geschichten und Beichten aus der Kindheit oder dem Privatleben sind nicht mehr unser Eigentum, wenn wir sie vertrauensselig ausgeplaudert haben. Aber Frau Mortensen hatte selbst viel zu erzählen, es fiel ihr gar nicht weiter auf, daß ich nur freundliche und verständnisvolle Kurzkommentare gab, mich selbst und meine eigene Welt aber ausklammerte. Auch über meine große Liebe zur Kunst verlor ich nie ein Wort.

Drei Wochen sind schnell vorbei. Der Abschied fiel mir nicht leicht, obgleich ich andererseits meinem Zuhause und meiner Lieblingsbeschäftigung entgegenfieberte. Ich fühlte mich fit und voller Schaffenskraft. Gunda wollte mir schreiben; sie wohnte nicht allzuweit entfernt, vielleicht ergab sich sogar irgendwann ein Besuch. Ich hoffte es sehr, wollte aber nicht mit einer direkten Einladung als aufdringlich gelten.

Der Alltag hatte mich wieder voll im Griff, als ich eines Tages einen reizenden Brief meiner Wörishofener Bekannten erhielt. Sie schrieb hauptsächlich über sich, über ihr Leben als Witwe, über ihre Kinder und das erste Enkelchen. Es war eine mir fremde Welt, obgleich meine Kolleginnen ähnliches zu berichten hatten. Nach einer angemessenen Frist habe ich geantwortet und von da an auf erneute Post gewartet. Bereits im nächsten Schreiben wurde ein Besuch angekündigt, der mich in große Erregung versetzte.

Es hört sich wahrscheinlich ungewöhnlich an, aber außer meiner verstorbenen Mutter hatte mich bis dahin noch niemals ein Gast in meiner Wohnung aufgesucht. Allerdings hatte ich auch nie eine Menschenseele dazu aufgefordert.

Da ich noch drei Wochen Zeit hatte, konnte ich in Ruhe überlegen, wie man einen Gast bewirtet, was einzukaufen war und ob ich ein Hotelzimmer reservieren mußte. Außerdem beschloß ich, Gunda Mortensen ein kleines Geschenk zu überreichen, natürlich kein gesticktes Bild, an dem ich mindestens 200 Stunden arbeiten müßte. Nur zu gut wußte ich, daß es feinfühlige Naturen in Verlegenheit brachte, wenn ich allzuviel Zeit für die Herstellung einer kleinen Überraschung verwendet hatte. Ich entschied mich für eine zierliche schwarze Seidenbörse mit einem gestickten biedermeierlichen Vergißmeinnichtkränzchen. Das Motiv hatte ich selbst entworfen, und es geriet zu einem kleinen Meisterwerk.

Kochen habe ich nie gelernt, ebensowenig Kuchen bakken. Ich scheue aber keine Mühe, mich mit dem Taxi in die beste Konditorei fahren zu lassen, um sechs verschiedene Torten- und Kuchenstücke zu kaufen, für jeden Geschmack etwas – Joghurtcreme mit Obst, Frankfurter Kranz, Sacher- oder Apfeltorte. Ich deckte den Tisch mit einer selbstgestickten Decke (andere besitze ich gar nicht), die ich bis dahin nie benutzt hatte. Sie gehört noch in meine frühe Blumenepoche. Rosa Apfelblüten auf tannengrünem Grund, zartgrüne Blättchen und kleine Bienen lassen den gedeckten Kaffeetisch frühlingsfrisch und anmutig erscheinen.

Gunda kam pünktlich. An der Wohnungstür reichte sie mir strahlend, fast erwartungsvoll die Hand. Der Flur ist ein wenig dunkel, meine dort hängenden Werke kommen kaum zur Geltung, ich konnte noch keine begeisterte Reaktion erwarten. Nachdem sie ihren Mantel ausgezogen hatte, führte ich sie ins Wohnzimmer, wo ich erst einmal mitten im Raum stehenblieb, damit sie in Ruhe die vielen Bilder auf sich wirken lassen konnte.

Zwar ließ Gunda die Blicke schweifen, sagte aber vorerst nichts. Erst als ich ihr Kaffee einschenkte, kam die verblüffende Frage: »Sind die Stickereien alle von Ihrer verstorbenen Frau Mutter?«

Ich gab keine Antwort, sondern legte ihr mein hübsch eingepacktes Geschenk auf den Teller. Sofort packte sie es aus, Gott sei Dank mit sympathisch-kindlicher Neugier. Wie gesagt, meine schön bestickte Geldbörse war ein Schmuckstück. Und wenn man das Blumenkränzchen genau ansah, dann entdeckte man in der Mitte Gundas goldenes Monogramm. Sie starrte darauf, zog die Brille aus der Handtasche und vergewisserte sich, daß da tatsächlich die Initialen G. M. zu lesen waren.

Ungläubig sah sie mich an. »Haben Sie das etwa selbst gestickt, Herr Meyer?« fragte sie tonlos. Ich nickte glücklich und verstehe bis heute nicht, daß sie schon nach zehn Minuten aufbrach und nie mehr etwas von sich hören ließ.

Die blaurote Luftmatratze

Ich gehöre zu jenen blonden Krankenschwestern, die alle Klischees erfüllen, besonders das von lüsternen Chef- und Oberärzten, die meine Väter sein könnten. Aber ich arbeite dagegen an: Meine Figur ist knabenhaft, meine blauen Augen blicken gar verträumt in die Welt, so daß ich Beschützer- und nicht Verführerinstinkte wecke. Natürlich kann ich auch anders dreinschauen, aber hier in unserer psychosomatischen Privatklinik wird mich so leicht keiner dabei erwischen.

Unser dackelbeiniger Oberarzt hat ein Pygmalion-Syndrom, er will mich bilden. Dagegen läßt sich nichts einwenden. Gerade jetzt im Sommer wird er redselig. Ich weiß, daß er einen Grund sucht, im Park herumzulungern, weil er sich nur hier eine Zigarette gönnen mag. Wenn ich auf meiner blauroten Luftmatratze im Halbschatten liege, pflegt er sich leutselig neben mir niederzulassen. Durch sein Gewicht entweicht die Luft zwar nur in langsamen Stößen, aber unter unguten Tönen.

Mich interessiert ein Neuer. Der junge Mann besitzt die gleiche altmodische Luftmatratze wie ich, was eine absolute Rarität darstellt. Sind doch in diesem Park schicke Deck Chairs, weiße Liegestühle, englische Gartenbänke und grüne Loom-Sesselchen gefällig verteilt und zur allgemeinen

Benutzung freigegeben, auch leichte Wolldecken, geblümte Kissen und Knieplaids werden ausgeliehen. Aber nur wir zwei haben uns ein kleines nostalgisches Privatrelikt hierher gerettet, wir pfeifen beide auf die Zauberberg-Attitüde.

»Ein schwerer Fall von Schlangenphobie«, sagt der Oberarzt und folgt meinen Blicken.

Ich muß lachen: »Nun, wenn man Schlangenwärter im Zoo oder Giftabzapfer auf einer Reptilienfarm ist, dann muß man etwas gegen eine solche Phobie unternehmen, obwohl eine vom Arbeitsamt finanzierte Umschulung sicherlich die billigere Lösung ist. Aber hier auf mitteleuropäischem Asphalt kriechen uns wohl schwerlich Nattern entgegen.«

Ich habe klug gesprochen, bei Männern, die ich nicht mag, gelingen mir lange Sätze (übrigens hatte ich Deutsch als Leistungskurs). Aber mein Mentor schüttelt den Kopf. »So simpel ist das nicht«, doziert er, »wenn es so weit geht, daß der Betroffene alle Schlangenabbildungen aus seinen besten Lexika herausschneidet, wenn er sich nicht mehr in einer Menschenschlange anstellen und keine Serpentinen fahren kann und beim Wort ›Schlangenlinie‹ in Ohnmacht fällt – dann ist es höchste Zeit für eine Therapie.«

Armer Kerl. Ich betrachte ihn – natürlich nicht den Oberarzt – erneut mit Wohlgefallen und Interesse. Wie kann man ihm helfen? Professor Higgins erhebt sich schwerfällig, die Pflicht ruft, die Kippe drückt er im Rasen aus. »Helfen? Da muß ich mir noch etwas einfallen lassen, der mauert total.«

Der Schlangenmensch liegt immer auf der Seite und liest; ich hatte noch nie Blickkontakt aufnehmen können.

Wenn es kühl wird, geht er auf sein Zimmer, ohne aufzusehen und andere Patienten oder das Personal zu grüßen. Einmal hat er seine Lektüre liegenlassen, es war ein Biologielehrbuch.

Schon seit Tagen habe ich mir eine lockere kleine Anspielung auf unseren gemeinsamen Matratzengeschmack überlegt, ein sinnloses Unterfangen. Als er heute an mir vorbeihastet, kommt es dafür spontan und wenig geistreich über meine Lippen: »Hallo!« Immerhin ein ängstlicher Blick seinerseits. »Was für ein schöner Pullover!« sage ich wie zu einem Mädchen, und er lächelt tatsächlich.

Am nächsten Tag ist es wieder warm, und eine dösigmittägliche Stimmung herrscht im Park. Der Schlangenmensch kommt später als ich und bleibt tatsächlich vor mir stehen. »Wenn du dein Lager nicht gerade unter den Glyzinien hättest...«, sagt er vorwurfsvoll.

Ich verstehe nicht ganz und schaue ins Geäst hinauf. Da oben lauern sie, nun sehe ich es auch, ein Gewirr und Geknäuel, Gewinde und Gekrauche. Mit der Luftmatratze unter dem Arm folge ich ihm in den Schatten seines mit Bierreklame bedruckten Sonnenschirms, der ebenfalls nicht zum hiesigen Inventar gehört.

»Probier mal«, sagt er und hält mir einen Baumwollpullover hin, ohne Zweifel keine maschinengestrickte Ware, sondern ein Exemplar von großer Schönheit und origineller Farbgebung. Die meergrünen Streifen, die sich frech mit Orange und Rosa abwechseln, sind in Größe und Struktur überraschend vielseitig und lustig angeordnet. Ich ziehe den Pullover über den Kopf, mein flacher Busen kann die Querrippen gut vertragen, der Geringelte paßt wie angegossen.

»Wenn er dir gefällt, kannst du ihn haben«, sagt der Schlangenmensch. Wir sitzen hübsch getrennt auf unseren Luftmatratzen, ich zupfe Gänseblümchen, er zupft vergeblich an einem Nasenhärchen.

»Was für einen Job hattest du vorher?« frage ich befangen. Aber das Eis ist beinahe gebrochen.

»Erst habe ich Mediävistik studiert, dann war ich Detektiv, bald fange ich neu an mit Zoologie. Und du?«

»Ich bin Krankenschwester.«

»Dann sag mir mal, wen die beiden Schizos da hinten auf der Bank darstellen – Napoleon und Papst?«

»Quatsch, seit Jahrzehnten gibt es keine Napoleons mehr. Der rechte ist Michael Jackson, manchmal schmiert er sich mit Schuhcreme ein, um sich hinterher weiß machen zu können.«

»Ich fand Irrenwitze noch nie lustig«, sagt der Schlangenmensch.

Ich auch nicht.

Als der Oberarzt auftaucht, winkt er mich zu sich. »Na, schon was rausgekriegt?« will er wissen. Ich schüttele den Kopf. Anscheinend soll ich nun als Agentin eingesetzt werden.

Ich nenne den Schlangenmenschen Tristan (bis jetzt ist mir noch für alle ein passender Name eingefallen). Als Student hatte er einem einsamen Wolf – seinem Onkel – in dessen Privatdetektei ausgeholfen, ein lukrativer Nebenverdienst. Als der Wolf plötzlich von einem Auto überfahren wurde, erbte Tristan bereits mit 24 Jahren dieses Detektivbüro, trennte sich für immer von der Mediävistik und begann untreue Ehefrauen oder -männer zu beschatten.

Nach drei Tagen ist Tristan zutraulich geworden. Ohne daß er über mich etwas Konkretes weiß, beginnt er zu beichten. »Ich habe gar keine Schlangenphobie«, sagt er, »das ist nur ein Trick, damit sie mir meine Ruhe lassen. Ich mag alle Viecher gleichermaßen, für mich gibt es keine bösen und guten Tiere wie in der Fabel, das wäre doch purer Unsinn für einen Zoologen.«

Wir schweigen lange. Dann sagt er fast herzlich: »Wahrscheinlich hast du – genau wie ich – in letzter Zeit zu viel Streß gehabt.«

Tristan beginnt mit der Erklärung seiner beeinträchtigten Befindlichkeit: »Der Auftrag kam vom Dachverband europäischer Strickwaren und war, wie fast alle meine Geschäfte, streng vertraulich.«

Im letzten Jahr waren in Kaufhäusern und Boutiquen Pullover aufgetaucht, die mit ihren Preisen alles unterboten, was bisher an Billigimporten aus Ländern der Dritten Welt auf den Markt gekommen war. Aber im Gegensatz zu jenen Produkten, die an Qualität und Geschmack meistens nicht mit europäischer Ware zu vergleichen waren, handelte es sich hier um Pullover aus reinen Naturfasern, von erlesener Ästhetik und ausgefallener Musterung; handgestrickt, Stück für Stück ein Unikat. In wenigen Wochen war es unter der Jugend Europas ebenso selbstverständlich, die obere Hälfte mit diesen Pullovern zu bekleiden, wie man die untere seit Jahr und Tag in Blue jeans steckte. Man bedenke die gewaltigen Defizite für die deutsche Textilindustrie, und schon kann man sich Tristans Spesenkonto errechnen!

»Mein Auftrag lautete: ermitteln, wo man solche Pullover herstellt, und anprangern, für welchen Hungerlohn in irgendeinem Entwicklungsland für einen reinen Modeartikel Menschen ausgebeutet werden.«

Der Oberarzt ist tatsächlich eifersüchtig. »Sie sind doch ein kluges Kind«, sagt er, »lassen Sie lieber die Finger von diesem Verrückten...« Ich räuspere mich scharf. »Sorry«, sagt er und muß ertragen, daß ich Hals über Kopf davonlaufe. Soll er ruhig wissen, daß mich die Bulimie wieder beutelt.

Tristans Geschichte ist wunderlich. »Meine Order hörte sich einfach an, aber meine Auftraggeber wußten selbstverständlich, daß die Importware in Hongkong verpackt und etikettiert wurde, daß es aber bisher unmöglich gewesen war, das genaue Ursprungsland in Innerasien auszumachen. Alles, was mit der Fabrikation dieser Pullover zusammenhing, schien ein tiefes Geheimnis zu sein, und auch die in Hongkong üblichen Bestechungsgelder hatten absolut keine Wirkung gezeigt.«
  Also machte sich Tristan auf den Weg nach Hongkong. In seinem Bericht hielt er sich lange mit sinnlichen Eindrücken auf – dem Geruch von Garküchen, menschlichem Schweiß und anderen intensiv riechenden Ausscheidungen, dem Gehupe der Wagen, Gezeter der Kulis. Seine Augen wurden müde vom Schauen, die Beine wurden lahm vom Laufen und erst recht der Arm, der ständig Papiere und Geld sicherte.
  Ich wollte den Schlangenmenschen gelegentlich zu mehr Tempo antreiben, aber wenn er einmal angeleiert war, achtete er fast nie auf meine Zwischenfragen. Ich hatte mir an-

gewöhnt, die teuren Layout-Filzstifte mit in den Garten zu nehmen und beim Zuhören mein Tagebuch mit farbenfrohen Linien zu schmücken. Es kam mir allmählich so vor, als ob Tristan in Hongkong das satte Leben aller Touristen geführt hatte, wo blieb das versprochene große Abenteuer?

Aber schließlich verließ der Schlangenmensch doch noch die Millionenstadt. Seine Bestechungsversuche hatten endlich Erfolg gehabt: Er hörte, daß die Pullover nicht mit der Bahn, sondern mit Lkws und bei tiefer Nacht an die Versandfirma ausgeliefert wurden. Tristan gelang es, sich unter leeren Kartons und Säcken, ausgestattet mit Vorräten, in einem der zwei Lastwagen zu verstecken und, von den Fahrern unbemerkt, die Reise in ein unbekanntes fernes Land anzutreten.

»Nach wenigen Stunden taten mir schon alle Knochen weh. Die Säcke boten wenig Komfort zum Liegen, die Straßen waren schlecht. Aber das war nur der Anfang, ich mußte mich wohl oder übel auf eine tage-, ja wochenlange Fahrt gefaßt machen. Wir fuhren ohne Pause, die Fahrer wechselten sich ab. Einer schlief ständig in der Koje. Zum Glück wurde es nach einigen Tagen gebirgig und kühl, denn bei der südchinesischen Hitze hätte mein Wassertank nicht lange ausgereicht. Nach einer Woche Fahrt hatte man mich noch nicht entdeckt, aber ich selbst war ein anderer geworden. Ich hatte ja Zeit zum Nachdenken. Mein Gott, in was hatte ich mich da eingelassen! Lahm an allen Gliedern, hungrig – da ich meine Vorräte streng rationierte – und völlig gleichgültig gegenüber meinen Auftraggebern. Der Erfolg und das Honorar waren unwesentlich geworden. Fragwürdig kam mir mein bisheriges Leben vor, fragwürdig mein Beruf. Man schickte mich in ein unterentwickeltes Land, ein Entwicklungsland, ein Land der Dritten Welt. Welcher Hochmut hatte diese Begriffe geprägt! Den einzigen Sinn sah ich allerdings in meinem Auftrag, menschenunwürdige Ausbeutung zu unterbinden. Wenn mir das gelingen sollte, konnten mir die europäischen Fabrikanten den Buckel herunterrutschen.«

Tristan ist so sehr zum Geschichtenerzähler geworden, daß er kaum bemerkt, daß sich jetzt täglich ein paar weitere Zuhörer auf unseren Luftmatratzen eingefunden haben. Der liebenswürdige Michael Jackson, die Frau mit der Flugangst (immerhin ist sie die Gattin eines Diplomaten), Zarah Leander und mein Leidensgefährte Kotzebue sitzen artig dabei und staunen.

»Nach zwei Wochen Fahrt gönnten sich die Fahrer einen Tag Rast. Sie stellten die Wagen auf einen abgelegenen Parkplatz, ohne abzuschließen; man merkte, sie kannten sich hier aus. Alle vier Fahrer stiegen eine Böschung hinunter und verschwanden in einem Wäldchen. Nach kurzer Wartezeit traute ich mich aus meinem Versteck, klaute von ihren Vorräten, säuberte mein Lager, trank ausgiebig aus einem Bach und füllte meinen kleinen Tank, wenn auch mit Herzklopfen. Die Gegend war vollkommen einsam, rauh, gebirgig und von verschlossener Schönheit. In der Ferne sah ich eine Art wilder Ziegen. War ich noch in China oder bereits in einem anderen Land? Schon lange gab es für mich keine lesbaren Schilder und Hinweise mehr.

Als ich in der Ferne die Fahrer auftauchen sah, warf ich

mich sofort in Deckung. Sie schienen mich nicht gesehen zu haben, und es gelang mir, von der abgewandten Wagenseite aus wieder in mein Versteck zu kriechen. Die Fahrt ging weiter. Die Berge wurden zum steilen Gebirge, fielen schließlich jäh ab, und nun änderte sich auch das Klima. Es wurde warm.«

Der Oberarzt steht plötzlich vor uns, Tristan verstummt. »Ich störe doch nicht?« fragt der Psychiater und steckt sich eine Zigarette an.

Kotzebue ist mutig. »Doch!« sagt er, was den Arzt aber noch längst nicht zum Gehen bewegt.

»Wenn ihr ein bißchen rückt, kann ich ebenfalls eure Piratenschiffe entern«, sagt er lustig und will tatsächlich als vierter auf meiner morschen Matratze sitzen.

»Vorsicht!« rufe ich, aber da ist es schon passiert. Nun wird es ihm zu hart, er zieht ab, der Preis ist leider hoch. Im Gehen knurrt er den Schlangenmenschen an: »Bei mir kriegen Sie nicht die Zähne auseinander, Herr Mäusel, und hier spielen Sie die Scheherazade!«

Tristan zögert; er möchte mich auf sein blaurotes Sofa einladen, aber wir haben beide Schwierigkeiten mit körperlicher Nähe. Also bleibe ich mit Jackson und Zarah auf hartem Grund.

Tristan fährt fort: »Eines Morgens erwachte ich mit einem unbestimmten Schrecken aus tiefem Schlaf. Wir fuhren nicht. Ich öffnete die Augen und sah über mir die Gesichter aller vier Fahrer. Ernst und wortlos betrachteten sie mich. Ich war wie gelähmt, Todesangst bis in die Fingerspitzen.

Nachdem wir uns gute fünf Minuten angestarrt hatten, begannen die Männer zu lachen. Es war ein gutmütiges, ja kindliches Gelächter, und ich versuchte – etwas gekünstelt – einzustimmen. Man redete auf mich ein, es mochten Fragen sein. Ich antwortete auf englisch, zwecklos, wir konnten uns absolut nicht verständigen, aber ich hätte auch wirklich keine einleuchtende Begründung für meine Gegenwart angeben können.

Der nächste Tag war wunderbar. Die Männer behandelten mich als Gast, gaben mir Obst, Reiswein und frische Fladen aus einem Dorf, ließen mich nach vorn auf den Beifahrersitz und machten ständig gutmütige Scherze. Sie schienen keine bösen Absichten zu haben, und ich bedauerte fast, nicht früher entdeckt worden zu sein, denn die letzten Tage der Fahrt waren die reinste Erholung.

Es wurde ständig heißer, die Vegetation änderte sich. Buschige feuchte Wälder voller Papageien, Schlingpflanzen, die mich an Tarzans Heimat erinnerten, kleine Affen, seltsame Geräusche von unsichtbarem Getier. Selten sah man Menschen. Die Fahrer bedeuteten mir, daß wir bald am Ziel wären. Dabei betrachteten sie mich eingehend, um zu erkunden, wie ich darauf reagiere. Ich spielte den Gelassenen, der ein reines Gewissen hat.«

Zarah seufzt und greift bei den Worten »reines Gewissen« in meine langen blonden Haare wie in ein Saitenspiel. Eigentlich heißt Zarah ›Herbert Böttger‹ und ist transsexuell. »Ich glaub, ich bin lesbisch«, sagt Zarah mit ihrer oder seiner herrlichen Stimme.

»Do be quiet«, befiehlt die Diplomatenfrau mit Emphase, und Tristan haut Zarah zart auf die Pfoten, was mich aus tiefster Seele beglückt. Ich bedeute ihm etwas.

»Bei Sonnenaufgang erreichten wir eine Flußlandschaft, die dicht besiedelt war. Keine Industrie, keine Telefonleitungen, jedoch ein sehr ausgeklügeltes Bewässerungssystem. Die Häuser aus getrocknetem Lehm und Bambusstäben gebaut. Die Menschen von asiatischem Aussehen, heiter winkend. Rote und gelbe Blumen vor jeder Hütte, Körbe mit frischen Früchten vor der Haustür.

Am frühen Nachmittag näherten wir uns einem Camp, das mit Stacheldraht und Elektrozäunen gut gesichert war. Ein Posten öffnete und nahm die Säcke, die unser Fahrer mitgebracht hatte, in Empfang.

Meine Erregung wuchs. Auch die Männer schienen aufgeregt zu sein und diskutierten untereinander. Sie brachten mich in eine Baracke. Hinter einem Schreibtisch saß ein grauäugiger Mann, der wohl zur Hälfte Europäer sein mochte. Er sprach mich in einer slawischen Sprache an.

Man holte einheimische Männer in weißen Kitteln. Fast gleichzeitig begrüßten sie mich und fragten höflich nach dem Grund meines Besuches. Der eine sprach reinstes Oxfordenglisch, der andere hatte einen amerikanischen Akzent. Ich behauptete, Forscher zu sein – Biologe –, ich wolle eine Arbeit über seltene Insekten schreiben. Hätte ich mich doch lieber zum Geologen, Ethnologen oder Sprachforscher gemacht! Die Herren waren zoologische Koryphäen, und ich beantwortete ihre wissenschaftlichen Fragen so dümmlich-kümmerlich, daß sie offensichtlich in drei Minuten wußten, daß ich log.

Ihre Freundlichkeit schmolz dahin, und sie forderten mit Nachdruck, ich solle ohne Umschweife den wahren Grund meines Hierseins erklären. Wahrscheinlich wäre es im Roman oder Film zu einer wochenlangen Zerreißprobe gekommen: Ich hätte mich geweigert auszusagen, und die Herren im weißen Kittel hätten mich gefoltert. Ich bin kein Held. Nach der ersten mißlungenen Lüge sagte ich unverzüglich die Wahrheit. Die lange Reise hatte mich mürbe gemacht wie eine alte Luftmatratze.«

Tristan sieht mich beifallheischend an. Diesen Vergleich hat er sich eigens meinetwegen einfallen lassen, ich weiß das zu schätzen. Aber auch Zarah buhlt um meine Gunst, sie hat für mich Fahrradflickzeug vom Hausmeistersohn geklaut. Kotzebue wiederum füttert mich pausenlos mit weißer Schokolade, für die wir beide die gleiche Leidenschaft hegen. Im Sommer kann das Leben sehr schön sein. Nur die Diplomatenfrau ist unruhig, weil ihr eine Ameise in den Schlüpfer gekrabbelt ist. Von weitem sehen wir den Oberarzt seine Runde drehen; im Grunde haßt er uns alle, weil wir natürlich nur dank großzügig fließender Gelder unserer Eltern hier sein können (das heißt, ein paar von uns besitzen diese Mittel selbst, weil sie bereits geerbt haben).

Michael Jackson und Zarah verlassen uns, sie wollen üben. »Lasciate mi morire«, hören wir ergriffen.

Der Schlangenmensch fährt fort: »Die Reaktion der drei Männer war ebensowenig spektakulär. Sie schickten mich ins Bett. Etwas anderes interessierte mich in jenem Augenblick auch gar nicht. Als ich erfrischt in einem Gästehäuschen erwachte, brachte man mir Reis mit gebratenem Hammelfleisch, Mangos und grünen Tee. War ich Gefangener oder Gast? Konnte ich furchtlos essen und schlafen, oder erwartete mich der Tod? War dieses vorzügliche Essen meine Henkersmahlzeit?

Bevor ich lange grübeln konnte, holte man mich zur Sightseeing-Tour durch die weitläufige Anlage ab. Wir bestiegen ein Elektroauto und fuhren langsam zwischen Verwaltungsgebäuden, Küchen, einer Färberei vorbei. Kinder zwischen sieben und neun Jahren stürzten aus einem Gebäude.

Das ist des Rätsels Lösung, fuhr es mir durch den Kopf. Diese Kinder gehen wahrscheinlich in keine Schule, müssen bereits im Vorschulalter stricken lernen und verbringen ihre ganze Kindheit mit eintöniger Arbeit. ›Unser Land hat keine Bodenschätze‹, bemerkte mein Begleiter, ›dafür sind wir reich an Kindern. Früher waren wir ein sehr armes Land. Aber seit wir in den Bergen Schafe züchten und aus der Wolle Pullover herstellen, können wir einen großen wirtschaftlichen Aufschwung verbuchen.‹ Er lächelte stolz. Ich fragte, was die Kinder hier täten. Alle Schulklassen des Landes verbrächten abwechselnd einige Wochen im Camp. Sie machten Ferien und dürften die Farben der Pullover nach eigenem Geschmack zusammenstellen.

Wir hielten an einem Gebäude, das ein Laboratorium zu sein schien. Hinter dem ersten Raum, der Mikroskope und mir unbekannte Instrumente enthielt, erblickte ich einen langgestreckten Saal. Dort standen Regale mit flachen, offenen Schubladen. Es brannte ein eigentümliches, künstlich-violettes Licht. Ich trat näher, um einen Blick auf die

Schubladen zu werfen. Sie waren mit Sand gefüllt; darin eingebettet steckten Eier unterschiedlicher Größe und Färbung. Ohne meine Fragen zu beantworten, ließ man mich wieder den Wagen besteigen.

Die Anlage war groß. Arbeiter mit Säcken, Elektrokarren mit bunt gefärbter Schafwolle, ein Förderband mit Mist – alles schien durchdacht und sinnvoll, ergab aber für mich keinen Zusammenhang.

Wir kämen jetzt zum Zentrum, sagte der Forscher, eigentlich dürfe man nur alle zwei Stunden bei Stromabsperrung passieren, aber ich sei ja kein Kind mehr und werde mich vor den elektrischen Drähten vorsehen. Man öffnete uns ein weiteres Tor, das mit plumpen Totenköpfen, Blitzen und anderen warnenden Symbolen gekennzeichnet war. Zu meinem Erstaunen betraten wir aber kein Gebäude, sondern ein riesiges freies Feld, auf dem abgestorbene Bäume wie Kreuze auf einem Friedhof in regelmäßigen Abständen eingerammt waren.

Beim zweiten Blick gerann mir das Blut in den Adern. Auf jedem toten Baum, in jeder Astgabel lag auf einer Plattform eine Schlange, die gleichsam als lebende Rundstricknadel an einem Pullover arbeitete. Mir stockte der Atem. Der Forscher kostete mein Entsetzen aus, er freute sich von Herzen.«

Vor uns pflanzt sich ungebeten und lauschend Rainer, der Romanist, auf. »Decamerone«, meint er geheimnisvoll. Er glaubt, daß wir alle – wie er – aus Angst vor Aids hiergeflohen sind. Dabei konnte er sich sicherlich stets eine sterile Kanüle leisten.

Kotzebue kapiert weder Anspielungen auf Boccaccio noch auf Handarbeitstechniken. »Schlangen haben keine Hände«, meint er.

»Typisch Mann«, sagt Tristan, »alle Frauen haben mich sofort verstanden, die wissen eben, was eine Rundstricknadel ist.«

Ich nicke. Die Schlangen arbeiten mit ihrem geschmeidigen Leib, erkläre ich, Kopf und Schwanz treffen sich als Nadelspitzen.

Tristan nickt beifällig und spricht weiter: »Ich betrachtete mir nun die Konstruktion genauer. Schlangen der verschiedensten Länge, von daumendickem bis streichholzdünnem Umfang, bewegten sich nahezu geräuschlos und strickten in atemberaubender Schnelligkeit. Über ihnen war ein Schutzdach aus Wellblech montiert, die kreisförmige Plattform bestand aus geflochtenem, luftigem Bast. Um jedes Schlangennest spannte sich ein enges Netz aus Elektrodraht. Unter den Bäumen standen Körbe mit farbiger Wolle. ›Die größten Probleme‹, erklärte mir der Forscher, ›machten uns lange Zeit die Freßgewohnheiten der Schlangen. In freier Natur pflegen sie nämlich nur alle zwei Tage ausgiebig zu speisen und danach fast vierzig Stunden zu schlafen. Für unsere Zwecke war das unmöglich. Durch Zucht und Dressur haben wir erreicht, daß sie jetzt häufig kleine Mahlzeiten zu sich nehmen und dadurch nicht träge werden.‹ Er sah auf die Uhr. ›In fünf Minuten ist es wieder soweit.‹

Wirklich ertönte bald darauf ein Gong. Wärter erschienen mit Futtersäcken, gleichzeitig wurde der Strom abgeschaltet. Die Schlangen hörten unverzüglich auf zu arbeiten. Beim zweiten Gong begann die Fütterung mit weißen Mäusen, und bei einem dritten Signal erschienen die Kinder, die ich bereits gesehen hatte. Geordnet, in Zweierreihen. Jedes Kind trug eine Zahl am Pullover und begab sich ohne Umschweife zu einer bestimmten Schlange, an deren Blechdach die gleiche Nummer befestigt war. Die Schüler schnitten den baumelnden Wollfaden ab und knüpften eine neue Farbe an das lose Ende. Dies geschah mit großem Ernst und nicht ohne Zögern und Abwägen. Es schien, als seien sich die Kinder bei dieser kreativen Handlung einer großen Verantwortung bewußt.

Der Forscher fragte, ob ich Lust hätte, mir einen Pullover nach eigenem Geschmack stricken zu lassen. Ich nickte beklommen. Er maß meine Größe mit den Augen und wollte wissen, ob ich einen grob- oder feingestrickten Pullover wünsche. Ich entschied mich für einen dicken, und er führte mich zu einer Gruppe molliger Schlangen. Ein grünes Tier mit Goldaugen sollte für mich arbeiten. Ich wählte Farben in Blautönen, ein wenig Naturweiß und Bambusgrün. Der Forscher hielt der Schlange, die geruht hatte, das blaue Wollende hin und schaltete an einem Spezialschalter den Strom ein. Sofort nahm die Strickerin Maschen auf. Als der Wissenschaftler der Meinung war, daß es für meinen schmalen Körperumfang genug war, drückte er auf einen zweiten Schalter, und die Schlange begann zu stricken.

Leider ginge es nicht ohne Strom, erklärte mein Führer, obgleich es ihm natürlich auch lieber wäre, wenn die Schlangen freiwillig arbeiteten; man experimentiere augenblicklich mit einer Spezies, die ohne Zwang stricken könne. Jetzt bedürfe es aber leider noch dieser rigorosen Maßnahmen: Ein kompliziertes System sorge dafür, daß die Arbeiterinnen keinen Schlag erhielten, solange sie die Strickbewegungen flink und regelmäßig ausführten. Sobald sie aufhörten, erhielten sie empfindliche Stromstöße. Wenn man von den Fütterungspausen absähe, arbeiteten die Tiere ohne Unterbrechung, bis ein ganzer Pullover fertig sei. Dann allerdings durften sie zwei volle Tage schlafen.

Inzwischen war mein Pullover schon um einige Zentimeter gewachsen, mir graute. Ich bat zurückzufahren. Auf dem Heimweg zeigte man mir noch eine kleinere Halle, in der Frauen mit dem Einnähen von Ärmeln beschäftigt waren. Als wir wieder im Büro saßen, wurde mir schwindlig. Ich machte den Wissenschaftlern die schlimmsten Vorwürfe, KZ der Tiere war noch eine milde Variante.

Die Forscher fragten gekränkt, ob mir menschliche Ausbeutung lieber gewesen wäre? Im übrigen hätten sie eine Kommission gebildet, die sich mit der Altersversorgung strickender Schlangen befasse.«

Wir starrten Tristan an. Wieso war er noch am Leben, warum hatte man ihn nicht liquidiert? Der Schlangenmensch sagte, er sei sehr krank geworden und man habe ihn nach seiner Genesung mit dem nächsten Pullovertransport zurück nach Hongkong gebracht. Offensichtlich waren die Tierquäler zu Recht davon ausgegangen, daß ihm kein Mensch seine geheimnisvolle Geschichte glauben werde.

Ich betrachte den Pullover, den er mir geschenkt hat. »Ist der von dort?« frage ich. Bei Männern, die ich mag, bringe ich meistens keinen kunstvollen Satz zustande.

Tristan nickt. Wir sind allein, Kotzebue und die Diplomatenfrau haben sich taktvoll davongeschlichen.

»Und deine Schlangenphobie? Kommt die auch von dort?« frage ich wieder etwas ungelenk.

Er schüttelt den Kopf. »Ich habe keine Schlangenphobie. Mein Problem sind die Menschen.«

Ich verstehe ihn gut, denn mir geht es genauso. Vielleicht sollte ich auch Zoologie studieren.

Am Abend werfe ich die Tranquilizer ins Klo und mache mich auf den Weg. Das Gebäude, in dem Tristan wohnt, liegt ganz hinten, ich muß den dunklen Park überwinden. Aber ich habe keine Angst mehr vor Kröten, Spinnen und Oberärzten. Als ich die Tür seines Zimmers aufreiße, sitzt der Schlangenmensch im Schneidersitz auf seinem Bett und strickt. Weinrot und Türkis, Rosenholz und Apfelgrün, Himbeer und Gold. Mein Gott, wie sehr habe ich mir einen Mann gewünscht, der mir Pullover strickt.

Der Schnappschuß

Ich erinnere mich, daß bei mir nur zweimal im Leben das Glück vor der Tür stand: ein wunderbares Gefühl, das seltsamerweise in jedem der beiden Fälle durch meine Frau ausgelöst wurde.

Beim ersten Mal war es vor allem meine Nase, die das Glück witterte. Es waren Ferien, ich lag im Garten und las. Die Sitte meiner Vorfahren, am Sonntagnachmittag Kaffee und Kuchen zu genießen, habe ich stets als nicht mehr zeitgemäß abgelehnt. Schließlich essen wir Deutschen ständig zuviel, darüber hinaus neige ich zu Magengeschwüren. An jenem sonnigen Septembertag hatte sich aber meine Frau über alle Anordnungen hinweggesetzt, wohl weil sie von einer Freundin einen großen Korb voller Zwetschgen erhalten hatte.

Da mein bisheriges Leben weitgehend emotionslos verlaufen war, erschien mir erstaunlicherweise jener Geruch nach frischem Pflaumenkuchen aus lockerem Hefeteig und saftigen blauen Zwetschgen als der erste, bewußt empfundene Glückszustand.

Allerdings wollte ich auf keinen Fall durch ein übertriebenes Lob erreichen, daß sich nun neue Sitten in unseren Haushalt einschlichen und Fiene am Ende jeden Sonntag backen wollte. Ich aß den köstlichen Kuchen ohne den erwarteten Beifall, den sie mir jedoch in ihrer trotzigen Art unbedingt entlocken wollte. »Schmeckt doch gut?« lobte sie sich statt dessen selbst und sprach von schönen Erinnerungen an Kindergeburtstage, an denen es regelmäßig frischen Obst- oder Streuselkuchen gab, natürlich mit Schlagsahne. Ich mochte davon nichts hören, obwohl meine Verstellung nur bis zu einem gewissen Grad gelang. Zwar fiel ich nicht gierig über den lauwarmen Kuchen her, aber ich aß doch insgesamt vier Stücke, was sie mit einem maliziösen Lächeln zur Kenntnis nahm.

Ganz ohne Worte konnte sie stets den Eindruck erwecken, als ob sie alles besser wisse. Für dieses gemeine Grinsen hätte ich sie... Nun, lassen wir das. Als ich meine Frau kennenlernte, trug sie ein blaues Sommerkleid und hatte das goldene Haar hochgesteckt. Ein hübsches Bild, auf das ich hereinfiel, denn leider ergraute ihr helles Haar schon allzu früh. Auch ihre Fröhlichkeit, die mich anfangs verzauberte, ließ mehr und mehr nach, ihr Lachen verstummte. Es dauerte aber lange, bis mir klar wurde, daß wir uns haßten.

Im Grunde bin ich ebensowenig ein eitler wie ein besonders gutaussehender Mann. Durchschnitt, würde ein neutraler Gutachter feststellen. Als Jugendlicher sah ich lange Zeit viel zu kindlich aus, man hielt mich noch mit Mitte Zwanzig für einen Schüler, aber irgendwann war ich froh, jünger auszusehen als nach tatsächlich gelebten Jahren. Inzwischen ist mir mein Äußeres sowieso nicht mehr wichtig, aber ich möchte doch betonen, daß mein Bauch längst nicht so überlappend ist wie der mancher Altersgenossen, daß ich nie eine nachlässige Haltung angenommen habe, eine Brille nur zum Lesen brauche und mein Haar fast gar nicht schütter geworden ist. Stundenlanges Vor-dem-Spiegel-Stehen war und ist mir fremd, obwohl ich natürlich während meiner Berufstätigkeit darauf achtete, anständig gekleidet und gepflegt zum Dienst zu kommen. Abteilungsleiter haben eine gewisse Vorbildfunktion.

Noch mit Mitte Vierzig hatte ich keine besonderen Probleme damit, wenn mir meine Fotos vorgelegt wurden. Es gab eine Menge Kollegen, die auf Betriebsfeiern fleißig knipsten, und im Gegensatz zu vielen anderen Mitarbeitern habe ich nie in betrunkenem Zustand junge Sekretärinnen auf den Schoß gezogen und mußte mich hinterher über ein peinliches Foto schämen. Auf manchen Bildern sah ich sogar richtig gut aus.

Deswegen war es mir anfangs ein Rätsel, daß ich auf Familienfotos stets recht unerfreulich gegen meine Kinder abfiel. Nun ja, sagte ich mir, mit hübschen jungen Mädchen kann ein Mann sowieso nicht konkurrieren. Später, als unsere alte Katze überfahren wurde und die Kinder nur noch an Weihnachten oder gar nicht mehr aufkreuzten, mußte meine Frau mit mir allein vorliebnehmen.

War es Zufall? Unsere Töchter hatten mich früher gehänselt, wenn ich mich über ein besonders scheußliches Abbild ärgerte: So und nicht anders sähe ich nun einmal aus.

Das hätte ich sicher hingenommen, wenn ich nicht immer wieder Fotos gesehen hätte, die das Gegenteil bewiesen. Langsam dämmerte es mir, daß meine Frau den Ehrgeiz oder sogar eine sadistische Freude hatte, mich von Mal zu Mal ekliger darzustellen. Das Wort häßlich leitet sich nicht grundlos von Haß ab. Da quoll mein Bauch, der doch im Grunde fast flach ist, auf fast unanständige Weise über die Demarkationslinie, die Adern an den Händen traten wie Regenwürmer hervor, der Hals sah aus wie bei einem schlachtreifen Truthahn, wulstige Säcke hingen unter den Augen, belanglose Fältchen wühlten sich wie tief ausgehobene Gräben durchs Gesicht. Alle diese unvorteilhaften Anzeichen des Alterns wären indes noch als natürlicher Prozeß zu entschuldigen gewesen, wenn Fiene mir nicht durch optische Tricks den Ausdruck großer Beschränkt- oder Gemeinheit angedichtet hätte.

Inzwischen weiß jeder, daß die Fotografie kein objektives Kriterium ist, weil sie durch Selektion und Manipulation einen gewünschten Eindruck hinterlassen kann, der keineswegs der Wahrheit entspricht. Nun verfügte Fiene allerdings nicht über ein Fotolabor, wo sie retuschieren konnte, und von digitalen Kameras und computergesteuerten Programmen konnte erst recht nicht die Rede sein; sie mußte einen sechsten Sinn dafür besitzen, in meiner Gestalt und Persönlichkeit die abstoßendste Variante zu erkennen und zum Beispiel meinen offenstehenden Mund im richtigen Moment für alle Ewigkeit zu konservieren.

Fiene besaß keine Fotoalben, sondern Aktenordner, die sie mit Jahreszahlen beschriftete und mit ihren Werken füllte. Ab ihrem fünfzigsten Lebensjahr gab es kaum mehr ein anderes Motiv für meine Frau als mich. Ihr Lebenswerk ist zu einer gigantischen Sammlung menschlicher Häßlichkeit geraten, alle am Beispiel ihres eigenen Ehemanns.

Die Fotos pflegte sie mir weder zu zeigen noch zu verbergen. Da Fiene aber seit dreißig Jahren mit einem Fotoapparat herumschlich, nahm ich im allgemeinen keine besondere Notiz von ihren Aktivitäten. Erst als ich aus einem völlig anderen Grund – ich suchte ein lustiges Jugendfoto für eine Festschrift – einen Ordner nach dem anderen zur Hand nahm, begriff ich das Ausmaß ihrer Obsession.

Von da an konnte ich ihre Gesellschaft nur noch schwer ertragen. Zwar gab es sowieso nicht mehr viele gemeinschaftliche Unternehmungen, aber aus Mangel an Phantasie verhielten wir uns immer noch so, wie es einer langjährigen Partnerschaft zukommt: Wir schliefen im gleichen Schlafzimmer, nahmen die Mahlzeiten gemeinsam ein und machten einmal im Jahr eine Bergtour. Auch da gab es feste Gewohnheiten, die sich nie änderten, denn schon zum zwanzigsten Mal wanderten wir rund um die Cardada.

Es ist nun schon fünf Jahre her, daß meine Frau verunglückte. In jenem Sommer war es besonders heiß, so daß ich in kurzen Hosen aufbrach. Ich wußte durchaus, daß mir Shorts nicht besonders gut stehen, und befahl deshalb meiner Frau, den Fotoapparat zu Hause liegen zu lassen.

Als wir damals transpirierend und keuchend einen Gipfel erklommen hatten, hielten wir eine wohlverdiente Rast. Während ich hinter ihrem Rücken einen Schluck Grappa zu mir nahm, öffnete sie den Rucksack, um die Wasserflasche, Käsebrote und ein Pflaster für ihre wundgelaufenen Füße herauszuholen. Zufällig sah ich dabei, daß sie den Fotoapparat gegen meine Order doch mitgenommen hatte. Ich ärgerte mich so sehr, daß ich nach dem Picknick einen belastenden Beweis ihrer Bosheit erzwingen wollte.

Unrasiert, verschwitzt, mit fettigem Mund, offenem Hemd, zerzaustem Haar und krebsrotem Sonnenbrand war ich sicher ein gefundenes Fressen für ihre Perversion, aber ich wollte es noch auf die Spitze treiben. Am Rand des Abgrunds, der direkt vor unserem Rastplatz lag, pflanzte ich mich auf und urinierte hinunter. Wahrscheinlich konnte sie mich haarscharf im Profil anvisieren, und am leichten Klikken hinter mir erkannte ich, daß sie sich dieses Motiv auf keinen Fall entgehen ließ.

Du willst es so haben, dachte ich, kochend vor Wut. Ich zog das Hemd ganz aus, ließ den Hosenstall offen und kletterte nah am Abgrund herum, als wollte ich Enzian und Edelweiß pflücken. Inzwischen sah ich mit Fienes Augen, daß ich in diesem Augenblick geradezu hinreißend widerlich aussehen mußte. Ohne daß ich hinzuschauen brauchte, hörte ich, wie sie aufstand und mir nachstieg. Es war nicht besonders schwer, sie näher und näher heranzulocken, bis ich mich plötzlich ruckartig umdrehte und mich drohend vor ihr aufbaute. Da ich noch niemals ähnlich reagiert hatte, erschrak sie maßlos, wich zurück und stürzte ab, ohne daß ich sie auch nur zu berühren brauchte. Zum zweiten Mal im Leben empfand ich so etwas wie reines Glück.

Der Autogrammsammler

Verwechseln Sie mich bitte nicht mit jenen Jägern, denen es völlig egal ist, welche Beute sie ergattern. Wahllos raffen und tauschen sie Autogramme von Filmstars, Politikern, Spitzensportlern, Models, Wissenschaftlern, Bischöfen, Opernsängerinnen oder Wirtschaftsbossen – Hauptsache, der Name stand mal in der Zeitung. Wenn sie gar die Unterschrift eines bekannten Bankräubers wie etwa Ronald Biggs erworben haben, sind sie selig. Natürlich haben sie auch gelegentlich einen Autor in ihrer Kollektion, denn im Grunde ist ihnen nichts heilig. Mit diesen Menschen will ich absolut nichts gemein haben, obwohl ich nolens volens immer wieder mit ihnen zusammenstoße. *Ich* sammle ausschließlich Autogramme von Schriftstellern.

Zu Beginn dieser Leidenschaft hielt ich nichts von Tausch oder gar Ankauf, mittlerweile sehe ich aber ein, daß es ohne eine gewisse Flexibilität nicht geht. Zwar widerstrebt es mir sehr, auch nur einen einzigen Beweis meiner Bemühungen wieder herauszurücken, aber zum Glück kann ich bei Dubletten über meinen Schatten springen. Sonst käme ich unter Umständen nie an seltenes oder scheues Wild heran, ganz zu schweigen von den Unterschriften toter Dichter.

Mein erstes Autogramm habe ich geerbt. Es stammte von einem Onkel, der mir in seinem Nachlaß ein Sparbuch mit einigen tausend Euro, Aktenordner, Briefmarkenalben, ein paar Lexika, speckige Lederkoffer, eine Schreibmaschine und zahllose Radios zum Entsorgen hinterließ. Ich schaffte die Briefmarken sofort beiseite und beschloß, sie einem Fachmann zum Schätzen vorzulegen. Den übrigen Papierkram sah ich nur flüchtig durch, da ich mir wenig Chancen auf einen ungehobenen Schatz ausrechnete. Dieser geizige alte Mann hatte kaum etwas anderes als Müll gestapelt. Möbel und Hausrat hatte er seiner langjährigen Pflegerin überlassen, und ich hätte auch keine Verwendung dafür gehabt. Aber weil ich immerhin die Briefmarken und in einem der Koffer einen silbernen Löffel vorgefunden hatte, unterzog ich auch die Akten einer kurzen Inspektion. Uralte Kontoauszüge und Rechnungen, Versicherungspolicen, die Korrespondenz mit einer Krankenkasse und ähnliche Funde interessierten mich weniger als gar nicht; ich betätigte mich tagelang als knurrender Reißwolf, denn ich bin zu pietätvoll, um fremden Menschen die Möglichkeit einer Einsicht zu gewähren.

In einer Klarsichthülle steckte eine Porträt-Postkarte, die ich beinahe ebenso hurtig wie die Bankbelege zerrissen hätte. Zum Glück stutzte ich sekundenlang, weil mir irgend etwas an diesem asketischen Antlitz bekannt vorkam. Das Schwarzweißfoto jenes betagten Herrn mit Strohhut war von gediegener Qualität, darunter entzifferte ich die Zeilen: *Herzlich grüßt H. H.*

Ich drehte die Karte um: Auf der Rückseite hatte mein Onkel mit Bleistift notiert: *Hermann Hesse.*

Jene Karte war die einzige ihrer Art inmitten all der buchhalterischen Langweiligkeit. Ich hatte keine Ahnung, wie der alte Knochen in ihren Besitz gekommen war.

Sei es, wie es sei, im gleichfalls geerbten Literaturlexikon informierte ich mich über die Lebensdaten und Werke des Dichters und studierte eingehend Hermann Hesses Schriftzüge, ja befeuchtete meinen Zeigefinger mit Spucke, um durch eine feinfühlige Prüfung festzustellen, ob es sich um echte Tinte handelte. Kein Zweifel, alles stimmte. Mein erster spontaner Gedanke war eigentlich nur: Kann man so etwas verscherbeln, oder lohnt sich der Aufwand nicht?

Als ich einige Wochen später mit der Briefmarkensammlung bei einem professionellen Philatelisten vorsprach, zeigte ich ihm auch die Autogrammkarte.

Der Händler war nicht sonderlich beeindruckt, wollte mir aber immerhin ein paar Euro dafür zahlen. Doch aus einem plötzlichen Impuls heraus nahm ich Hermann Hesse wieder mit nach Hause und lehnte ihn an meine Nachttischlampe: Ich hatte ihn fast ein wenig liebgewonnen. Überdies wurde meine karge Wohnung durch die Anwesenheit eines weisen Mannes geheimnisvoll aufgewertet.

Meine Zuneigung steigerte sich in den nächsten Wochen auf merkwürdige Weise, so daß ich mir wünschte, weitere Charakterköpfe mein eigen nennen zu können. Jeden Abend, wenn ich vom Bahnhof zurückkam, arbeitete ich mich durch das dicke Lexikon der Autoren und lernte allmählich die deutschsprachigen Dichter der Neuzeit von Alfred Andersch bis Stefan Zweig gründlich kennen. Und so kam es, daß ich mich bei der nächsten Antikmesse im

Rhein-Neckar-Zentrum ein wenig umsah. Tatsächlich entdeckte ich bei einem Antiquar ein paar signierte Karten, allerdings von Filmschauspielern der frühen Nachkriegsjahre. »Haben Sie auch Schriftsteller?« fragte ich.

»Einige wenige, das ist nicht mein Spezialgebiet«, sagte der Händler, »hier zum Beispiel Norman Mailer, außerordentlich günstig, weil eine Ecke abgeknickt ist.«

Ich schlug das Angebot aus, da es mir trotz des Preisnachlasses teuer vorkam.

Auf der nächsten Frankfurter Buchmesse aber zahlte ich ohne nennenswerte Bedenken den Eintritt und ging auf die Suche. Warum sollte ich gutes Geld ausgeben, wenn freundliche Autoren bei ihren Verlagen herumlungern mußten und nur darauf warteten, ihren Fans ein Autogramm zu geben? In meine Jackentasche hatte ich einen winzigen Fotoapparat und einen Block mit Briefkarten gesteckt, weil sich die erhofften Autogramme in Größe und Papiersorte gleichen sollten. Unter all den müden Messebesuchern, die sich abends auf den Weg zum Bahnhof begaben, war ich wahrscheinlich der glücklichste. In meiner prallen Plastiktüte steckten zwischen einer Fülle von Verlagsprospekten: die Wohmann, die Jelinek und John Irving auf bastfarbenen Bütten.

Zu Beginn meiner neuen Leidenschaft studierte ich mit Sorgfalt die kulturellen Angebote im *Mannheimer Morgen*. Sowohl in der Kunsthalle als auch in diversen Buchhandlungen meiner Heimatstadt wurden regelmäßig Autorenlesungen veranstaltet, die ich das eine oder andere Mal besuchte. Bald erkannte ich allerdings, daß das Kaufen und Lesen von Büchern eine weibliche Domäne ist und im krassen Gegensatz zu den Obsessionen männlicher Autogrammsammler steht. Jene Frauen, die verzückt den Worten der Dichter lauschten, hatten nichts anderes im Sinn, als ein signiertes Buch im Triumphzug nach Hause zu tragen.

Daran lag mir gar nichts. Bücher nehmen sehr viel Platz ein und haben überdies ein beträchtliches Gewicht. Wenn man sie – wie ich – auf keinen Fall lesen möchte, so macht die Unterschrift in einem dicken Wälzer wenig Sinn. Mein vierbändiges Lexikon forderte bereits genug Raum im Regal. Außerdem hatte ich mit den zahlreichen in der Bahn herumliegenden Zeitungen bereits mehr als genug Lesestoff.

Inzwischen weiß ich, daß Autographen und Autogramme durchaus 500 Euro und mehr wert sein können, vor allem wenn sie von Verstorbenen stammen und der Text ein bißchen mehr als den simplen Namen enthält. Die billigen Unterschriften von Bestseller-Schreibern, die wie am Fließband mit Filzstiften signieren, interessieren mich nur am Rande, eignen sich aber gut als Tauschobjekt. Mittlerweile habe ich mich schon öfter zum Schachern entschlossen: zwei Martin Walser gegen einen Robert Walser, vier Bölls gegen einen Thomas Mann, drei Simmels plus drei Konsaliks gegen einen Grass und so weiter.

Manchmal werde ich wohl oder übel auf Tauschbörsen von den bereits erwähnten Banausen angesprochen. Für einen Beckenbauer offerieren sie mir zwanzig Krimi-Autoren, aber wo soll ich ein Fußballer-Autogramm hernehmen?

»He, Bücherwurm«, rief der dicke Tom eines Tages, »ich hab was für dich! Der Typ nennt sich Dürrenmatt und soll Schriftsteller sein. Haste Interesse?«

»Wieviel?« fragte ich matt, denn im Gegenzug hatte ich nichts vorzuweisen, was Tom imponieren konnte.

»Sagen wir mal 100, weil du's bist«, schlug er vor, und nach einigem Hin und Her erwarb ich einen Bogen mit der Skizze eines Turms und einer krakeligen Signatur. Seitdem bot mir Tom immer wieder etwas an, verriet aber nie, wie er an diese Objekte gekommen war. Seltsamerweise hatte er häufig etwas dabei, was ich unbedingt besitzen wollte.

Unermüdlich schicke ich Briefe mit einem kurzen Anschreiben und frankiertem Rückumschlag an Verlage oder direkt an die Schriftsteller. Manche reagieren nie, schneiden wahrscheinlich das Porto aus und drehen mir eine lange Nase. Andere sind zuverlässig, manche verschenken sogar Hochglanzfotos wie ein Popstar. Genau diese Sorte beglückt nicht gerade mein Sammlerherz, ist aber als Tauschobjekt bei Tom und seinem Kumpan hoch willkommen.

Tom und der stramme Maxe sind stets in schwarzes Leder gekleidet. Auch die Literaten, denen ich auflauere, bevorzugen düstere Farben. In Toms Fall ist mir klar, was er damit bezweckt, denn er hat mindestens meinen dreifachen Umfang. Auch unter den Autoren sind zwar ein paar übergewichtige, aber der Grund für ihre Trauerkleidung ist wohl eher in ihrer berufsbedingten Melancholie zu suchen.

Krähenartig bevölkern sie die Leipziger und Frankfurter Messe, schwarze Rollkragenpullover unter anthrazitfarbenen Jacketts, grauschwarze Hosen, pechschwarze Stiefel.

Die Krimi-Schreiber pflegen ihre Friedhofsklamotten zuweilen durch einen roten Schal zu dämonisieren, die Lyriker neigen eher zu blauen Blumen. Richtig bunt wird es nur bei Erfolgsautoren, die wiederum von den Raben gemieden werden.

Meinen Urlaub nahm ich nie am Stück, sondern verteilte ihn auf viele kleine, über das Jahr verstreute Reisen. Kaum ein Sammlertreffen, wo ich nicht herumstöberte und dort immer wieder auf Tom und Maxe stieß. Inzwischen war unser Verhältnis familiärer geworden, wenn sie mich auch immer gutmütig verspotteten. Es war in Eisenach, als Maxe mich entdeckte und schon von weitem rief: »Da kommt ja unser Stammkunde, der Klugschwätzer! Wir haben was für dich!«

Ich machte gute Miene zum bösen Spiel, denn letztlich wollte ich es nicht mit ihnen verderben. »Was haben Sie denn anzubieten?« fragte ich und ärgerte mich gleichzeitig, daß ich es nie fertigbrachte, sie zu duzen.

»Trari, trara, der Lenz ist da«, grölte Tom und wedelte respektlos mit einem Papier unter meiner Nase herum.

»Lassen Sie doch mal sehen…«, bat ich, aber er tanzte wie ein Bär vor mir her und stank überdies nach Bier.

Als ich schließlich das Blatt in die Finger bekam, packte mich nackte Gier. Zwar wußte ich, daß ein Pokerface der einzig zweckmäßige Ausdruck bei diesem Spiel war, aber ich war nicht zur Verstellung fähig. Von der Vorderseite blickte mich Siegfried Lenz unter einem handgeschriebenen Satz milde lächelnd an, auf der Rückseite war vermerkt: *Zitat aus der Deutschstunde.* Ich hatte endlich ein passendes

Pendant zu Hermann Hesse gefunden, denn in Format und Papierqualität waren sich beide Karten verblüffend ähnlich.

Aus taktischen Gründen rang ich mir eine plump-vertrauliche Anrede ab und fragte mit verlegenem Räuspern nach dem Preis.

Tom wollte mich ärgern. »Ich hab's mir anders überlegt, den wollen wir behalten, gell Maxe?«

Sein Freund nickte grinsend.

Zum Betteln war ich zu stolz, lieber wollte ich verzichten.

Aber Tom lenkte bereits ein. »Du kannst den Opa sogar umsonst kriegen«, sagte er, »mußt uns nur einen kleinen Gefallen tun.«

Ich ahnte nichts Gutes, und beide lachten über meine skeptische Miene. »Brauchst nicht so ängstlich zu glotzen. Du sollst uns bloß heimfahren, denn wir sind ausnahmsweise ohne unsere Feuerstühle hier. Ein Kumpel hat uns mitgenommen, es lag zuviel Schnee.«

Natürlich gingen sie davon aus, daß ich mit dem Auto hier war, dabei besaß ich nicht einmal einen Führerschein. Also schüttelte ich den Kopf. »Hab keinen Wagen«, sagte ich und wollte gehen.

Fassungslos sahen sie mich an. »Wie kommst du denn überallhin?« fragten sie wie die kleinen Kinder.

Als sie erfuhren, daß ich als Zugbegleiter fast täglich mit der Bahn unterwegs bin und mir auch für private Reisen 16 freie Fahrten innerhalb Deutschlands zustehen, staunten sie Bauklötze.

»Für ne halbe Portion wie dich isn Motorrad ja wirklich nix«, meinte Maxe mitleidig »aber wir dachten, du hättest wenigstens einen Golf oder so was...«

Irgendwoher wußten sie, daß wir rein räumlich nicht weit auseinander lebten: ich in Mannheim, Tom und Maxe im Odenwald. Ob ich meine Freunde kostenlos auf die Reise mitnehmen könne, wollten sie wissen. Ich verneinte; höchstens eine Ehefrau, sagte ich zögernd.

Flugs hatten mich die beiden untergehakt und schwatzten auf mich ein, wie gern sie jetzt in der warmen Eisenbahn sitzen und Bier trinken würden. »Los, sei kein Frosch«, sagten sie, »du hast doch Beziehungen. Zeig mal, was in dir steckt!« und so weiter.

Am Ende hatten sie mich weichgekocht, und ich versprach, sie als blinde Passagiere einzuschleusen. Allerdings plante ich, hinter ihrem Rücken zwei gültige Fahrkarten zu kaufen. Die Sache war es mir wert, denn schließlich hatte ich die Reise nach Eisenach nur auf mich genommen, um meine Sammlung um ein neues Glanzstück zu bereichern.

Als wir den IC nach Frankfurt bestiegen, sah ich, daß ich den Schaffner kannte. Er begrüßte mich unter penetrantem Gähnen und klagte über eine anstrengende Woche. Tom und Maxe standen hinter mir und sagten zum Glück kein Wort, bis ich sie in einem Coupé der ersten Klasse einquartiert hatte. Mit dem Versprechen, ihnen ein Bier zu besorgen, suchte ich den Kollegen im Dienstabteil auf.

Ohne besondere Einwände nahm er meinen Vorschlag an, überließ mir seine Uniformjacke und Mütze sowie das mobile Terminal und schloß sich zum Schlafen in das Behindertenabteil ein. »Das werde ich dir nie vergessen«, sagte er, »weck mich bitte kurz vor Frankfurt, und natürlich auch, wenn ein Kontrolleur zusteigt.«

Ich versprach es, überprüfte die Tickets der wenigen Fahrgäste und servierte Tom und Maxe ihr Bier. Sowohl in Bad Hersfeld als auch in Fulda und Hanau stiegen kaum Reisende ein, so daß wir eine relativ ungestörte Zeit miteinander hatten. Mein erschöpfter Kamerad schlief fest.

Während wir durch das dunkle Land fuhren, erzählte mir Maxe, daß er Installateur bei einem Kundendienst sei. Als Hobby nannte er das Erwerben von Militaria, am liebsten Orden aus dem Zweiten Weltkrieg. Mit seinem Cousin Tom verband ihn die Leidenschaft für Motorradfahren und Sammeln. Beide wohnten im gleichen Dorf.

Tom hauste im heruntergewirtschafteten Hof seiner Väter. Seine Eltern hatten die Landwirtschaft aufgegeben und die Felder verkauft, weil Tom keine Lust gehabt hatte, das unrentable Erbe anzutreten. Er verdiente sein Brot als selbständiger Entrümpler. Durch Anzeigen mit dem immer gleichen Text requirierte er seine Kundschaft:

> *Entrümpelung*
> Wohn- und Geschäftsauflösung
> Verwertbare Teile werden angerechnet
> Unverbindliche Besichtigung

Nicht ohne humoristische Einlagen sprach er von seiner schweißtreibenden Arbeit und den wunderlichen Entdeckungen beim Ausräumen einer Wohnung oder gar eines ganzen Hauses. Mit den Angehörigen wurde zwar ein Fixpreis vereinbart, aber in der Regel hatten sie alle Kostbarkeiten an sich genommen, bevor der Entrümpler kam. Ursprünglich hatte Tom keine Ahnung vom Wert gebrauchter

Gegenstände, aber inzwischen verstand er sich auf blitzschnelles Einschätzen. Nicht verwertbaren Abfall fuhr er auf die Mülldeponie, Metallteile zum Schrotthändler; Möbel und Raritäten, die eventuell einen gewissen Liebhaberwert hatten, bot er einem Antiquitätenhändler an, Trödel und wacklige Schränke lagerte er in seiner Scheune.

Ein hölzernes Schild mit eingebrannter Schrift lockte immer wieder Touristen und Spaziergänger an, die nicht ungern einen irdenen Krug, einen Fotorahmen aus schwarzem Pappmaché oder ein handgewebtes Leinentuch nach Hause in die Stadtwohnung mitnahmen. Wenn die Entrümpelung ihm Zeit ließ, machte Tom sich ans Ablaugen und Aufarbeiten einzelner Schränke, ans Durchwühlen unzähliger Schubladen, ans Sortieren bäuerlicher Bettwäsche, oder er dekorierte archaische Küchengeräte.

Bei seinen Schilderungen verstand es Tom gut, die feinsinnigen Antiquitätenhändler nachzuäffen, wie sie ihm mit allerlei Tricks ein wertvolles Stück für einen Apfel und ein Ei abschwätzen wollten. Aber er besaß eine gehörige Portion Schlitzohrigkeit und war nur ganz am Anfang seiner Laufbahn übers Ohr gehauen worden.

Ich wußte nicht, ob ich ihm alles glauben sollte. Zwar hatte ich in meinem Beruf mit den unterschiedlichsten Menschen zu tun, mußte Halbwüchsige ermahnen oder Kleinkinder trösten, mußte mich oft genug auf Ausländer und ihre Sitten einstellen, Omas den Koffer hochwuchten, arroganten Geschäftsleuten den Kaffee neben den Laptop stellen, Schwarzfahrer ins Dienstabteil dirigieren, Liebespaare aus der Toilette scheuchen, Fußballfans oder Kirchentagsbesucher vom lauten Singen abhalten, gelegentlich sogar randalierende Besoffene der Bahnpolizei übergeben. Tom und Maxe gehörten jedoch nicht zu meiner üblichen Kundschaft, und auch sie empfanden die Bahnfahrt als exotisches Abenteuer. Ich erzählte ihnen meinerseits, daß ich eine Ausbildung im Betriebsdienst absolviert hatte, aber viel mehr gab es nicht zu berichten.

Im nachhinein kann ich kaum begreifen, daß ich mich von fremden Existenzen derart fesseln ließ und mir diese andere Welt so aufregend erschien. Nur so kann ich mir erklären, daß ich als altgedienter Eisenbahner Zeit und Raum vergaß und um ein Haar den Kollegen nicht geweckt hätte. In letzter Minute riß ich mir seine Jacke vom Leib und warf ihm den Zangendrucker vor die Füße. Er klopfte mir auf die Schulter und wünschte mir alles Gute, denn ich mußte in Windeseile umsteigen.

Auf dem Bahnsteig ertönte schon der Pfiff für die Abfahrt, als ich mit Tom und Maxe losspurtete und dabei stürzte. Dieser Vorfall ist mir heute noch peinlich, weil ich seit 25 Jahren bei jeder Haltestelle ein- und aussteige und noch niemals gestrauchelt bin. Doch diesmal war ich durch mein schlechtes Gewissen so aus dem Takt geraten, daß ich auf der leicht vereisten Treppe ausglitt und mich beim Fall verletzte.

Man muß es Tom und Maxe anrechnen, daß sie nicht in ihren bereits eingefahrenen Regionalzug stiegen, sondern mich in den Wartepavillon schleiften und für eine notdürftige Verarztung sorgten. Zum Glück waren meine Verletzungen eher schmerzhaft als besorgniserregend, so daß sich die Behandlung durch einen Arzt erübrigte. Allerdings hatte ich wohl einen leichten Schock erlitten, zitterte am ganzen Körper und weinte leise vor mich hin. Meine Reisekameraden blickten sich ratlos an. »Was machen wir nun mit dir?« fragten sie mich. »Haste zu Hause eine Frau oder sonst wen?«

Ich schüttelte den Kopf.

»Wir können das Häufchen Elend jetzt nicht allein lassen!« meinte Maxe. Mir war alles einerlei, selbst als sie mir zur Aufmunterung den Siegfried Lenz überreichten. Die ganze Reise, die ja streckenweise recht amüsant gewesen war, kam mir nachträglich wie eine einzige Demütigung vor, der Sturz als gerechte Bestrafung.

Nachdem sie mir befohlen hatten, vertrauensvoll auf meinem unbequemen Drahtstuhl zu verharren, gingen sie ein Bier trinken und telefonieren. Bahnhöfe waren seit Jahrzehnten meine Welt, mein Zuhause, aber plötzlich fühlte ich mich hier so fremd und verlassen wie ein ausgesetztes Kind und schämte mich gleichzeitig dafür. Ich hoffte nur, daß mich kein Kollege in diesem Zustand erkannte. Bis sich Tom und Maxe nach etwa zehn Minuten wieder zu mir gesellten, starrte ich nur die Autogrammkarte an und wagte nicht, den Blick zu heben. »Hilf mir, Siegfried«, bat ich, »du darfst auch neben Hermann auf meinem Nachttisch stehen.«

Als Tom zurückkam, sagte er zufrieden: »Alles geritzt, ein Kumpel vom Großmarkt holt uns gleich hier ab.«

»Und ich?«

»Dich nehmen wir mit«, sagte er.

Schließlich brachten sie mich zu einem Kleinlaster, der wohl eher für Viehzeug als für Krankentransporte gedacht war. Ich wurde auf der hinteren Bank in eine Pferdedecke gewickelt, meine beiden Retter setzten sich zu ihrem Freund nach vorn. Worüber sie die ganze lange Fahrt gesprochen haben, kann ich nicht sagen, denn sie bedienten sich eines rauhen Dialekts. Draußen schneite es.

Als wir nach zwei Stunden in einem kleinen Ort ankamen, wurde Maxe vor einem Reihenhaus abgesetzt, wenig später zog Tom mich ebenfalls heraus, und der Lieferwagen fuhr davon. Es war sehr dunkel, als wir durch ein Hoftor traten und von einem angeketteten Schäferhund begrüßt wurden. »Fall nicht schon wieder auf die Schnauze«, sagte Tom, denn ich war sofort über einen herumliegenden Autoreifen gestolpert.

Tom befreite den Hund, der uns in eine ausgekühlte Küche begleitete. Es dauerte nicht lange, da brannte ein Holzfeuer im Ofen, und ein zusätzlicher Radiator verbreitete wohlige Wärme. Tom gab dem Hund zu fressen und erhitzte Gänseschmalz in einer Pfanne. Ich war sehr müde, vielleicht sogar fiebrig, und verfolgte seine Handgriffe wie in einem Wachtraum. Bald gab es Bratkartoffeln, Spiegeleier, Blutwurst und Bier, und kurz darauf zeigte mir Tom eine Kammer mit einem Alkoven.

»Schlaf gut, du tapferes Schaffnerlein. Morgen bring ich dich nach Hause. Du hast die Wahl: LKW oder Motorrad«, sagte er und ließ mich allein.

Ich streckte mich auf einer dreiteiligen Matratze aus und deckte mich mit einem klammen Federbett zu. Der Inhalt des Plumeaus schien sich in der rechten unteren Ecke in einen Stein verwandelt zu haben, der Rest war eine leere

Hülle. Trotzdem schlief ich bald ein, denn ich hatte in meinem bisherigen Leben kaum jemals drei Flaschen Bier getrunken und noch nie eine Zigarette geraucht.

Es war bereits neun, als ich durstig und mit schmerzenden Gliedern erwachte. Mühsam humpelte ich in die Küche, wo Tom auf einer ausrangierten Kirchenbank beim Kaffee saß. Er müsse fort, um bei einer Wohnungsauflösung einen Kostenvoranschlag zu machen, sagte er, aber leider fahre er nicht in meine Gegend, sondern in die andere Richtung. Spätestens am Nachmittag sei er zurück und werde mich heimbringen. »Mach's dir gemütlich«, sagte er, »der Kaffee ist noch heiß, Brot liegt im Schrank.«

Kaum war Tom fort, als ich den harten Kanten mit Leberwurst bestrich und ihn an den Hund verfütterte, der trotz der Kälte angeleint in seiner zugigen Hütte lag. Nach dieser Mahlzeit schien er mich als Freund zu betrachten, und ich befreite ihn von seiner Kette. Als ob er mir etwas zeigen wollte, sauste der Köter sofort in eine Scheune, und ich hinkte hinterher. Trotz meiner Schmerzen erwachte die Neugier. Was mochte dort wohl alles lagern?

Während der Hund nach Ratten jagte, bahnte ich mir niesend und hustend den Weg durch unsägliches Gerümpel. Was sollte Tom mit diesen wurmstichigen Bruchstücken anderes machen, als sie im Ofen zu verheizen? Nebenan diente ein Geräteschuppen als Werkstatt und Garage, hier sah es schon besser aus. Aber erst im ehemaligen Kuhstall wurde es interessant, fast wähnte ich mich auf einem bäuerlichen Flohmarkt. Gemächlich lahmte und wühlte ich herum, bis ich auf dem Rückweg erneut durch die vollgestopfte Scheune tappte. Bei der ersten Besichtigung war mir der vergammelte Schrankaufsatz mit der Schnitzerei eines geflügelten Löwen nicht aufgefallen. Ich erinnerte mich vage, daß ich als Kind dieses geheimnisvolle Fabelwesen im Schlafzimmer meiner Großmutter bestaunt hatte. Als ich die Schranktüren aufzog, stieß ich auf einen kleinen Lederkoffer, der mir ebenfalls vertraut vorkam. Auf einem vergilbten Schildchen war der Name meines verstorbenen Onkels zu lesen.

Inzwischen war der Hund wieder bei mir angelangt und leckte mir freudig die schmutzigen Hände. Ich schob ihn ungeduldig beiseite, wischte mir Spinnweb von der Stirn und versuchte, den Koffer aufzubekommen. Da ich es nicht ohne Schraubenzieher schaffte, schleppte ich ihn in die Werkstatt. Dort war auch das bessere Licht, so daß ich nach fünf Minuten die verrosteten Schlösser geöffnet hatte.

Wieder mal nichts als Papier, dachte ich mißmutig. Aber unter den Zeitungsausschnitten, die ich achtlos durchblätterte, befand sich ein ganzer Stapel Autogrammkarten von hohem Liebhaberwert. Gerhart Hauptmann, Ludwig Thoma, Hugo von Hofmannsthal, Bert Brecht und Franz Kafka waren wohl die ranghöchsten Exemplare, die ich mit zitternder Hand liebkoste. Aber auch lebende, wenngleich steinalte Autoren waren vertreten. Vor Glück war ich völlig aus dem Häuschen, denn im Grunde war dieser Fund mein rechtmäßiges Eigentum.

Bald darauf meldeten sich jedoch massive Zweifel. Tom würde meinen Anspruch niemals gelten lassen, denn er konnte mir mit diesem Köder nach und nach sämtliche Ersparnisse aus der Tasche locken. Sicherlich stammten bereits Friedrich Dürrenmatt und Siegfried Lenz aus diesem Fundus.

Zum zweiten Mal innerhalb von 24 Stunden beschloß ich, gesetzeswidrig zu handeln und den Koffer zu entwenden. Tom hatte mich stets mit abwertenden Spitznamen angesprochen, er hatte zum Glück keine Ahnung, daß ich Eduard Mörike hieß. Meine Adresse war ihm ebenfalls unbekannt, und vielleicht bemerkte er erst nach Monaten, daß der Inhalt des Schrankaufsatzes fehlte. In fieberhafter Eile beseitigte ich alle Spuren meiner Anwesenheit, schnürte den Koffer mit einer Hundeleine zusammen und bestellte mir ein Taxi, auf das ich ziemlich lange warten mußte.

Als ich schließlich einen Wagen nahen hörte, hatte meine große Wut über die Furcht gesiegt. Die Gedanken- und Herzlosigkeit meiner Mitmenschen, unter denen ich mein Leben lang gelitten hatte, wurde wieder einmal bewiesen. Durch ihre Unachtsamkeit hatte mich die Pflegerin meines Onkels um mein wertvollstes Erbe betrogen, während Tom den Lederkoffer einfach einkassiert hatte, ohne sich nach den Besitzverhältnissen zu erkundigen. Nie hätte er mir verraten, daß er einen ganzen Stapel von Autogrammen besaß, weil er mir Jahr um Jahr immer wieder einige Exemplare für teures Geld andrehen wollte.

In diesem Moment der Verbitterung zündete ich eine von Toms Zigaretten an, humpelte eilig zur Scheune und warf die glimmende Zeitbombe hinein. Wenn alles lichterloh abgebrannt war, würde Tom nie erfahren, daß ich zuvor mein Eigentum gerettet hatte.

Als mich das Taxi am Bahnhof von Mörlenbach absetzte, schnürte mir die Angst jedoch fast die Kehle zu. Ich hatte zwei Schwarzfahrer gedeckt, einen Koffer gestohlen und war am Ende zum kriminellen Brandstifter geworden. Konnten die paar Autogrammkarten eine solche Verrohung rechtfertigen? Ich beschloß reumütig, dieser unseligen Obsession für immer zu entsagen, und besuchte monatelang kein einziges Sammlertreffen.

Im übrigen stand kein Wort über einen Scheunenbrand in der Zeitung; wahrscheinlich war die Zigarette wieder ausgegangen, ohne Schaden anzurichten.

Mit der Zeit träumte ich nicht mehr jede Nacht, daß Tom und Maxe mir auf der Spur waren oder gar die Polizei gegen mich ermittelte. Das Leben ging weiter wie bisher, aber ich wagte dennoch nicht, den Inhalt des Lederkoffers auszupacken und mich daran zu erfreuen.

Eines Tages, es war fast anderthalb Jahre später, wurde ich bei einem Einkaufsbummel mitten auf der Hauptstraße hinterrücks umklammert. Als ich mich in panischem Schrecken umwandte, sah ich direkt in Toms grinsende Visage und brachte keinen Ton heraus.

»Komm mit, alter Spinner«, sagte er »ich bin dir noch was schuldig.« Da er mich mit seiner schweren Pranke gepackt hielt, war jeder Widerstand zwecklos. Tom führte mich in die nächste Kneipe und bestellte einen Schnaps und zwei Bier. »Ich wußte gleich, daß du es gewesen bist«, sagte er und kippte den Schnaps herunter, »denn der Hund kann sich nicht allein losketten. Allen Respekt, das war anständig von dir, der Rex wäre sonst vielleicht erstickt.«

Immer noch blieb ich vollkommen stumm. Nur nichts zugeben, dachte ich.

»Es hat zwar ein wenig gedauert«, sagte Tom, »aber die Versicherung hat mir vor kurzem ein fettes Sümmchen für den abgefackelten Schuppen gezahlt. Ganz unter uns – ich habe immer wieder dran gedacht, es selbst zu machen, war aber zu feige. Besser konnte es gar nicht laufen, denn ich hatte ein perfektes Alibi. Ich weiß gar nicht, wie ich dir danken soll...«

Zum Abschied schüttelte er mir herzhaft die Hand. »Mach's gut, Rumpelstilzchen«, meinte er beim Gehen, »aber eines mußt du mir noch verraten: Wie heißt du eigentlich?«

Ich wurde über und über rot und entschied mich für einen halbwahren Kompromiß. »Ede«, sagte ich, und meine Stimme hörte sich an wie die einer sterbenden Maus.

Noch heute habe ich Toms dröhnendes Gelächter im Ohr. »Wer hätte denn das gedacht! Du bist ein ganzer Kerl, Ede!«

Als ich mich nach diesem Wiedersehen auf den Rückweg begab, fiel mir eine Zentnerlast von der Seele; unterwegs kaufte ich dünnen Blumendraht, viele kleine Plastikklammern und zierliche Nägel. In meiner Wohnung nahm ich mit fliegenden Händen die Autogrammsammlung aus dem Koffer, spannte den Draht kreuz und quer durchs Zimmer und klammerte alle Karten wie Wäschestücke daran fest.

Jeden Abend, wenn ich nach meinem anstrengenden Dienst wieder zu Hause bin, schwirre ich wie eine Fledermaus zwischen den Schnüren herum. Hans Magnus und

Tankred, Heinrich und Thomas, Friedrich und Max, Hermann und Günter, Rainer Maria und Durs, Ricarda und Christa, Sibylle und Doris, Elfriede und Herta, Ingeborg, Sarah und viele andere heißen mich willkommen. Endlich bin ich dort angekommen, wo ich hingehöre: bei meinesgleichen.

Fisherman's Friend

Ausgerechnet auf diesen blöden Anglerfesten lernte ich die Männer kennen. Schon als kleines Mädchen mußten Mutter und ich einmal im Jahr mit den Sportsfreunden meines Vaters und ihren Familien ein Sommerfest feiern, als ob es zu Hause nicht oft genug Fisch gegeben hätte.

Die Frauen bereiteten Kartoffelsalat, Streuselkuchen und andere kulinarische Höchstleistungen zu, die Männer sorgten für Bier vom Faß und gegrillten Fisch. Die Kinder spritzten sich mit Wasserpistolen naß und heulten, wenn sie von einer Wespe gestochen wurden. Es wurde gefressen, gesoffen, gegrölt und geschwoft, aber immer im Rahmen einer gewissen Zucht und Ordnung. Das Ganze fand im Vereinshaus am See statt, bei schönem Wetter auf den Wiesen am Bootssteg. Unter Lampions habe ich Eugen kennengelernt, später den Ulli.

Damals war ich siebzehn und dumm wie Bohnenstroh. Ich kapierte nicht, daß Eugen sich nur deshalb an mich heranmachte, weil ihn die Torschlußpanik erwischt hatte; er war fast vierzig, und noch keine Frau hatte bis jetzt angebissen. Ich empfand sein Alter als Auszeichnung. Ein Mann, der fast so alt und konservativ wie mein Papa war und ausgerechnet mich bevorzugte, das war eine Gnade. Eugen war klein und mickrig, weder witzig noch interessant, aber wenigstens ein bißchen reich. Er besaß ein alteingesessenes Fachgeschäft für Schirme, Handschuhe und Hüte. Bisher hatte ich nur Omas gestrickte Fäustlinge getragen, von da an wurde ich die Besitzerin einer Kollektion feinster Lederhandschuhe.

Meine Eltern waren nicht viel klüger als ich, denn sie hielten Eugens Werbung ebenfalls für einen Glücksfall. Nicht lange fackeln, zugreifen! empfahlen sie. Ich war damals nämlich nicht bloß unbedarft, auch meine berufliche Karriere als Briefträgerin sah nicht vielversprechend aus.

Mit achtzehn war ich verheiratet, mit neunzehn Mutter. Anfangs sollte ich im Laden helfen, aber schon nach den ersten Versuchen hatte ich keine Lust mehr. Weil ich von Tuten und Blasen keine Ahnung hatte, nahmen mich die Verkäuferinnen als Chefin nicht ernst. Es verletzte mich, daß hinter meinem Rücken über mich getuschelt wurde, und zwar nicht gerade positiv. Wahrscheinlich habe ich Eugen so mit meinem Gejammer genervt, daß er mich nie mehr im Laden sehen wollte. Ich blieb also zu Hause, hatte mit Haushalt und Kind genug zu tun und war anfangs fast zufrieden.

Es dauerte eine Weile, bis ich Eugen näher kennenlernte. Seine Hobbys waren Angeln und Autofahren. Er besaß einen Landrover für den Sport und einen dicken Mercedes für die Stadt. Da er sehr klein war, trug er stets karierte Hüte aus dem eigenen Geschäft, damit wenigstens ein Stückchen Eugen hinterm Steuerrad zu sehen war. Morgens war er der erste und abends der letzte im Laden. Wenn er heimkam, wollte er essen, fernsehen, die ADAC- oder Angler-Zeitung lesen und es sich in Pantoffeln und Bademantel gemütlich machen. Falls es nicht in Strömen goß, verbrachte er die Wochenenden in reiner Männergesellschaft am See. Nachdem er so rasch einen Erbprinzen gezeugt hatte, schien ihn die Lust verlassen zu haben, noch einen zweiten Angler in die Welt zu setzen.

Eugen wußte aber, daß eine junge Frau im allgemeinen gewisse Ansprüche stellt, und hatte ein latent schlechtes Gewissen. Daher verhielt er sich in finanzieller Hinsicht sehr großzügig. Ich bekam ein reichliches Taschengeld und konnte mir Kleider, Kosmetika, Schuhe und Handtaschen nach Herzenslust kaufen, ohne daß er je gemeckert hätte. Ja, er war geradezu stolz, daß sich der kleine braune Spatz an seiner Seite zu einem Goldfasan mauserte. Gelegentlich gingen wir zusammen essen, dann genoß er es, daß ich sowohl bei Männern als auch bei Frauen Aufsehen erregte. Zur Geburt unseres Sohnes schenkte er mir eine Perlenkette, zum fünften Hochzeitstag einen Pelzmantel. Nicht gerade originell, aber gut gemeint.

Durch mein verändertes Aussehen – abgesehen von den schicken Klamotten war ich auch selbst hübscher geworden – wuchs mein Selbstbewußtsein und meine Unternehmungslust. Täglich ging ich mit dem Kleinen nachmittags in den Schloßpark, ließ ihn ein wenig auf dem Spielplatz tollen und besuchte anschließend das Schloßcafé. Jonas löffelte ein großes Eis, ich trank einen doppelten Espresso. Leider waren um diese Zeit meistens ältere Damen oder Mütter mit Kindern unterwegs, so daß ich keine Gelegenheit hatte, mit einem Mann anzubändeln.

Aber auf dem nächsten Anglerfest geschah es. Ich hatte den Ulli bereits gekannt, als wir beide noch Kinder waren, aber dann zog seine Familie fort. Ulli hatte Abitur gemacht und war Textilingenieur geworden. Vor kurzem hatte er seine erste Stelle in der hiesigen Weberei angetreten.

Er war das Gegenteil von Eugen. Jung, hübsch, groß und stark, lustig und kein bißchen langweilig. Natürlich waren alle Mädels scharf auf ihn, ich rechnete mir keine großen Chancen aus. Manchmal kommt einem aber das Schicksal zu Hilfe. Ulli suchte einen gebrauchten Wagen, Eugen wollte seinen Landrover verkaufen. Sie verabredeten sich für den nächsten Sonntag bei uns.

Ich hatte Kaffee gekocht und mich hübsch gemacht, obgleich man mich bei der Probefahrt sicher nicht mitnehmen würde. Aber ich hatte ein zweites Mal Glück: Kurz bevor Ulli eintraf, rief die Polizei an. In der Samstagnacht war in Eugens Laden eingebrochen worden. Mein Mann fuhr sofort hin, um den Schaden zu begutachten; ich sollte unterdessen den Gast bewirten, in die Garage führen und ihm den Wagen zeigen. Unser Kleiner übernachtete am Wochenende stets bei meinen Eltern – »damit ihr ausschlafen könnt«, sagten sie. Wahrscheinlich verbanden sie mit diesem Angebot die Hoffnung auf eine Enkelin.

Ulli wollte den Wagen nicht bloß anschauen, sondern auf einer Geländefahrt testen. Wir stiegen ein, fuhren in den Wald, hielten an und küßten uns. Dann ging es wortlos wieder zurück. Als der geplagte Eugen heimkam, bemerkte er nicht, wie aufgeregt ich war, denn ich hatte mich wahrscheinlich zum ersten Mal im Leben verliebt.

Von da an war ich nicht mehr zu bremsen. Zweimal in der Woche lieferte ich Jonas am Nachmittag bei meinen Eltern ab und besuchte Ulli gegen fünf Uhr in seiner Wohnung. Wenn Eugen um sieben nach Hause kam, war ich schon wieder da. Natürlich waren meine illegalen Ausflüge riskant. In einer mittelgroßen Stadt wie der unseren blieb es Ullis Nachbarn wohl kaum verborgen, wer ihn so häufig besuchte. Es war nur eine Sache der Zeit, wann man Eugen im Geschäft oder beim Stammtisch gehässige Andeutungen machen würde.

Seit ich Ulli liebte, konnte ich meinen Mann nicht mehr ausstehen. Ich malte mir anfangs die Scheidung, später seinen Tod aus. Die zweite Version hatte den Vorteil, daß ich eine gute Rente und die Lebensversicherung ausbezahlt bekäme. Ich wäre dann wirtschaftlich unabhängig, denn auf einen gewissen Luxus mochte ich nie mehr verzichten.

Obwohl ich nicht allzuviel Phantasie habe, begann ich, einen Plan aufzustellen, um Ulli gegen Eugen systematisch aufzuhetzen. In Phase I stellte ich mich als Heilige dar, die einem Sadisten schutzlos ausgeliefert war. Ullis Ritterlichkeit wurde geweckt, ebenso sein Mitleid. Er wollte mich durch Entführung aus des Teufels Fängen erretten. In Phase II wurde ich konkreter: Ich setzte Ulli die Heirat als Lösung allen Unheils in den Kopf und deutete an, daß mich Eugen im Falle einer Scheidung völlig über den Tisch ziehen würde. Meinem Lover war es nach reiflichem Überlegen natürlich lieber, eine begüterte Frau zu bekommen. Phase III zielte direkt auf die Bedrohung unseres Lebens: Sollte Eugen von unserer Beziehung erfahren, würde er uns wahrscheinlich beide umbringen.

Ulli war – ich sagte es schon – ein schöner, starker, großer Junge, aber nicht übermäßig intelligent. Er glaubte mir alles und sah ein, daß wir Eugen zuvorkommen müßten.

Mein Mann wunderte sich, als ich ihn eines Abends über seine Angelgründe ausfragte. »Seit wann interessierst du dich für meine Hobbys?« fragte er und erzählte mir dann, daß er kürzlich einen kleinen See im Odenwald entdeckt hätte, wo er in völliger Einsamkeit wundervolle Fische an Land zöge. Das sei aber wie beim Pilzsuchen, er werde sein Geheimplätzchen keiner Menschenseele verraten. »Aber mir kannst du es schließlich sagen, ich bin ja keine Rivalin! Nimm uns doch einmal mit«, bat ich, »für unseren Jungen wäre das ein Paradies...« Bis jetzt hatte unser Jonas wenig Freude am Angeln gefunden, er war noch zu klein, um stundenlang stillzusitzen und ins Wasser zu glotzen. Eugen war zwar nicht begeistert, aber er sah ein, daß er seinen Sohn allmählich an die männlichen Freuden der Wildnis gewöhnen mußte.

Der kleine See war wirklich nicht leicht zu finden, man mußte auf Feldwegen und durch matschige Wiesen fahren, aber der neue Geländewagen schaffte das spielend. Ich saß mit Jonas im Fond und machte mir heimlich Notizen und kleine Zeichnungen. Fast bedauerte ich es, daß ich Eugen nie auf seinen sonntäglichen Ausflügen begleitet hatte. Es war zauberhaft hier. Obgleich es noch früh im Jahr und reichlich kühl war, kam die Sonne doch ein paarmal heraus, leuchtete über das stille Wasser und wärmte uns. Wildenten ließen sich kaum stören, Haselkätzchen blühten. Eugen und Jonas setzten sich auf die mitgebrachten Klappstühle und warfen die Angel aus, ich machte einen kleinen Spaziergang. Als ich nach einer Viertelstunde zurückkam, war es dem Kind bereits kalt und langweilig geworden. Jonas saß im Auto und betrachtete Comics.

»Wenn du den Frieden hier draußen einatmest«, sagte Eugen, »kannst du vielleicht besser verstehen, daß sich mein eigentliches Leben nicht bloß im Hutgeschäft abspielt. Hier bin ich Robinson, hier fühle ich mich lebendig.«

Nicht mehr lange, dachte ich, dafür werde ich schon sorgen.

Gemeinsam mit Ulli fuhr ich einige Tage später hinaus und zeigte ihm den verschwiegenen See. »Du mußt so tun, als hättest du diese Idylle gerade erst entdeckt, wenn du am nächsten Sonntag auf Eugen triffst. Es wird kein großes Problem sein, ihn versehentlich ins Wasser zu werfen und seinen Kopf bei der ›Rettungsaktion‹ ein wenig unterzutauchen. Vergiß nicht, die hohen Gummistiefel anzuziehen!«

Ulli nickte. Hand in Hand liefen wir um den kleinen See, blieben gelegentlich stehen, um uns zu küssen oder auf irgendeinen Wasservogel aufmerksam zu machen. Ich brach braune Rohrkolben ab, ohne zu bedenken, daß ich sie nicht mit heimnehmen konnte. Plötzlich tauchte ein Förster auf. Was wir hier im Naturschutzgebiet zu suchen hätten? Ob wir die Schilder nicht lesen könnten? Offensichtlich hatte Eugen einen Schleichweg ausfindig gemacht, der abseits aller Hinweise verlief. Wir wurden freundlich ermahnt und nach Hause geschickt. Gegen Liebespaare ist man nachsichtig.

Leider konnte ich Eugen nicht erzählen, daß er auf unerlaubtem Terrain fischen ging. Andererseits konnte es aber sein, daß er das durchaus wußte, ja daß er eine Sondererlaubnis des Försters besaß. Eugen hatte überall hilfsbereite Stammtischkumpel und Sportskameraden, denen er seinerseits beim Einkauf von Anglerhüten, olivgrünen

Schals und fingerfreien Jägerhandschuhen einen guten Rabatt einräumte.

Am nächsten Sonntag wollte Ulli jedenfalls sein Glück versuchen. Jetzt, im Vorfrühling, waren kaum Menschen unterwegs, denen er begegnen konnte. Und falls der Förster wieder auftauchen würde, dann mußte er eben kurzfristig umdisponieren.

Den besagten Sonntag verbrachte Jonas wie immer bei meinen Eltern, ich wartete auf Ullis Anruf. Nie hätte ich gedacht, daß ich so durchdrehen könnte, bereits in der vorausgegangenen Nacht hatte ich kein Auge zugetan. Ich konnte nicht essen, trank aber Cognac zur Beruhigung. Im Haus herrschte vollkommene Ruhe, es tat sich absolut nichts. Vergebens wählte ich Ullis Nummer. Allmählich wurde es dunkel, und ich mußte Jonas abholen; natürlich durfte ich mich auf keinen Fall anders benehmen als sonst.

Längst war ich mit meinem Sohn wieder daheim und saß mit ihm vorm Fernseher – natürlich ohne irgend etwas von der Sendung mitzubekommen –, als ich Eugens Wagen hörte. Ich rannte an die Haustür.

Ulli und Eugen stiegen in bestem Einvernehmen aus, ließen sich überhaupt nicht von meinem bleichen Antlitz beeindrucken, sondern holten aus dem Kofferraum eine große Plastiktüte. »Fast zu schade zum Einfrieren«, sagte Eugen, »einen derart riesigen Zander habe ich noch nie rausgeholt, so was nennt man Anfängerglück.« Ulli hatte anscheinend alle unsere Pläne vergessen, denn er präsentierte mir seinen fetten Fisch mit leuchtenden Augen. »Ohne deinen Mann hätte ich das nie geschafft«, versicherte er dankbar.

Während ich Jonas ins Bett brachte, hantierten die beiden Männer in der Küche herum. Sie hatten beschlossen, den Zander auf der Stelle zum Abendessen zuzubereiten. Ulli schälte Kartoffeln, Eugen nahm den Fisch aus und entfernte die Schuppen, zu weiteren küchentechnischen Aufgaben war er allerdings unfähig. Es dauerte nicht lange, da saßen die beiden Angelkumpane biertrinkend im Wohnzimmer, während ich mit Tränen in den Augen den Fisch in der einen, die Kartoffeln in der anderen Pfanne briet. Man hatte mir einen hübschen Haufen schleimiger Eingeweide und sandiger Kartoffelschalen hinterlassen, außerdem verspritzte Kacheln und verschütteten Schnaps. Es stank gen Himmel.

Bald ließen es sich die beiden schmecken; Eugen prahlte mit früheren Erfolgen, Ulli mit dem heutigen Fang. Ich saß dabei, aß keinen Bissen und sprach kein Wort. Die beiden Männer trafen Verabredungen für das nächste Wochenende. Sie waren offensichtlich in kürzester Zeit dicke Freunde geworden.

Natürlich blieb mehr als die Hälfte des kapitalen Fisches übrig, obgleich die Männer wie die Scheunendrescher zugeschlagen hatten. »Den Rest gibt's morgen«, schlug Eugen vor. Ich schüttelte den Kopf; weder Jonas noch ich mochten ständig aufgewärmte Fischreste essen, ich hatte dem Jungen für den nächsten Tag Schnitzel mit Pommes versprochen. »Lieber werde ich alles einfrieren«, sagte ich.

Der Versuchung, den allseitig angesäbelten Fisch in den Mülleimer zu werfen, widerstand ich. Vorsichtig löste ich die Gräten heraus, zog die Haut ab und gab das Fischfleisch in den Mixer. Vermengt mit einem eingeweichten Brötchen, Salz, Curry, Kapern, feingewiegten Zwiebeln und Crème fraîche ergab es appetitliche Fischfrikadellen. Als ich sie gerade braten und anschließend einfrieren wollte, kam mir allerdings die zündende Idee. Behutsam entnahm ich dem Abfalleimer größere und kleinere Gräten und bettete sie liebevoll und unauffällig in die geformten Frikadellen. Dann erst wurde gebraten und gefroren, damit meine sportlichen Männer beim nächsten Ausflug ein Überraschungspicknick mitnehmen konnten. Frischer Salat und gebuttertes Vollkornbrot boten sich als perfekte Ergänzung an.

Man war am nächsten Sonntag gerührt über das zünftige Picknickkörbchen, das ich vorbereitet hatte. Als liebende Gattin und heimliche Geliebte hatte ich außer den mit Salat und Tomaten garnierten Frikadellen noch rotkarierte Servietten, einen Salzstreuer und sogar kleine Schnapsfläschchen eingepackt, obwohl ein richtiger Angler in der Regel den eigenen Flachmann bei sich trägt.

Meine anfängliche Wut auf Ulli war inzwischen einer ungezügelten Rachsucht gewichen. Er hatte es tatsächlich gewagt, nach meinem vorwurfsvollen Anruf den Beleidigten zu mimen. »Dein Mann ist eigentlich sehr nett«, hatte er behauptet, »ich verstehe gar nicht, was du gegen ihn hast! Gott sei Dank hat sich alles anders ergeben, als du es dir ausgedacht hast! Oder hast du etwa im Ernst geglaubt, ich könnte einen Mord begehen?«

An diesem Sonntag mußte ich wieder unendlich lange auf ein Lebenszeichen der Angler warten. Ich malte mir die verschiedensten Gräten-Katastrophen aus, die von panikartigem Husten bis zu Erstickungsanfällen führten. Möglicherweise hatten sie jedoch bereits beim ersten Bissen die

Gefahr und auch die böse Absicht erkannt und standen in wenigen Minuten mit gezücktem Hirschfänger vor der Tür.

Eugen kam allein und brachte kaum ein »Guten Abend« heraus. Erst auf meine eindringlichen Fragen erfuhr ich, daß Ulli bereits zu Hause war. Auch am anderen Morgen benahm sich Eugen seltsam. Er verließ das Haus allzu zeitig, ohne Frühstück und Gruß. Das Picknickkörbchen war weder in seinem Wagen noch in der Garage zu finden. Obgleich es mein Stolz fast verhinderte, rief ich Ulli im Büro an. Er sei nicht zu sprechen, ließ mir die Sekretärin ausrichten. Als er eigentlich längst zu Hause sein mußte, nahm er dort den Hörer nicht ab.

Zwei Tage später las ich in der Zeitung, daß man im Naturschutzgebiet an einem kleinen See im Odenwald einen toten Förster aufgefunden habe. Als Zeuge werde der Inhaber eines Landrovers gesucht, da die Reifenspuren am Ufer von einem solchen Wagen stammen mußten. Ob Unfall oder Mord, könne erst nach der Obduktion festgestellt werden, allerdings würden verschiedene Zeichen auf einen Tod durch Ersticken hinweisen. Rätselhaft sei außerdem der Fund von mehreren Schnapsfläschchen und den Resten eines Picknicks.

Ich stellte Eugen zur Rede. Es müsse sich um den See handeln, den er mir gezeigt habe, es seien auch sicher die Reifenspuren seines Rovers, und das Picknick stamme aus meiner Küche. Ob ihn der Förster bei verbotenem Fischen entdeckt habe?

Eugen brach zusammen. Der Förster bekam regelmäßig eine »Spende« für das unerlaubte Fischen zugesteckt, man kannte und schätzte sich. An jenem verhängnisvollen

Sonntag habe man die mitgebrachten Mahlzeiten ausgetauscht. Ulli und Eugen erhielten Kabanossi, Landjäger und Schwarzbrot mit Gänseschmalz, während der Förster sich über die Fischfrikadellen hermachte. Als er nach einem grauenvollen Würge- und Hustenanfall erstickte, ohne daß sie ihm durch Rückenklopfen, Schütteln und Finger-in-den-Hals helfen konnten, waren sie in blinder Panik geflohen. Aber nicht etwa gleich nach Hause, sondern in eine Kneipe ganz in unserer Nähe. »Wir mußten uns erst abreagieren«, erklärte Eugen, der mir noch viel kleiner vorkam als sonst.

Natürlich konnte ich mit keiner Seele über seine Beichte sprechen, denn meine eigene Rolle in diesem Drama durfte auf keinen Fall ans Licht kommen; hoffentlich hielt Ulli dicht.

Wahrscheinlich haben wir die nächste Zeit alle drei unter schweren Träumen gelitten, haben jedes Telefonklingeln und jeden fremden Schritt an der Haustür als Bedrohung gedeutet. Aber nichts geschah, weder Ulli noch die Kripo meldete sich.

Langsam begann ich, nicht ständig an den toten Mann am See zu denken, den falschen Ulli aus meinem Gedächtnis zu streichen und mich dem Alltag zuzuwenden. Jonas wurde demnächst eingeschult, eine wichtige Sache für Mutter und Kind.

Mehrere Monate waren verstrichen, als ich den Anruf einer fremden Frau erhielt. »Mein Name tut nichts zur Sache, nennen Sie mich einfach Adelheid«, sagte sie und deutete an, daß sie Dinge wisse, die von großer Wichtigkeit für mich seien. Falls ich das vorgeschlagene Stelldichein nicht einhalte, würde sie ein uns beiden bekanntes Geheimnis an die Öffentlichkeit bringen.

Was blieb mir anderes übrig? In meiner Angst dachte ich allerdings nur, daß es eine Erpresserin sei, die mein Verhältnis mit Ulli – das längst beendet war – meinem Mann verraten wollte. Ich mußte wahrscheinlich zahlen.

Jonas war bei meinen Eltern, Eugen war angeln, ich saß in einem Café einer unbekannten Frau gegenüber, wohlweislich nicht in unserem Städtchen, sondern in einer benachbarten Großstadt.

Die sogenannte Adelheid ließ hurtig die Katze aus dem Sack. Bei einem doppelten Espresso, warmem Apfelstrudel und einem Klacks Vanilleeis erfuhr ich, daß sie die Frau des verstorbenen Försters war. Anhand seiner Notizen hatte sie herausgekriegt, von wem die monatliche »Spende« stammte. Ihr Mann hatte sie überdies eingeweiht, daß er sich gelegentlich am See mit einem »Spezi« treffe, dessen Finanzspritze dem geplanten Urlaub in der Karibik zugute komme.

»Als mir die Polizisten den Tod meines Mannes meldeten, brachten sie ein fremdes Picknickkörbchen mit und stellten es mir in die Küche. Während ich den Beamten Kaffee kochte, habe ich den Korb nebst Inhalt untersucht. Ich hatte damals den Verdacht, daß mein Mann vergiftet worden sei, und nahm eine von den zwei Fischfrikadellen heraus. Man hört ja immer wieder, wie schludrig in den Labors gearbeitet wird.«

Wie eine unglückliche Witwe sah die Fremde nicht aus.

Gut gekleidet, gut geschminkt, gut erhalten, stellte ich fest, und sie verstand es überdies, lebhaft und fesselnd zu berichten. Aber was wollte sie von mir?

»Die Polizisten nahmen den Korb plus Inhalt wieder mit, als sie erfuhren, daß diese Dinge nicht aus unserem Haushalt stammten. Im übrigen war mein Verdacht berechtigt, denn bei der chemischen Analyse wurde nur festgestellt, daß kein Gift im Fisch enthalten war. Bei der Obduktion hatte man sofort entdeckt, daß mein Mann letzten Endes an einer Gräte im Hals gestorben war, denn er erstickte an Erbrochenem. Also ein Unfall, Fischfrikadellen können naturgemäß ein paar Gräten enthalten, dachten die klugen Herren.«

»Was habe ich damit zu tun?« fragte ich und konnte nicht verhindern, daß fieberhafte Röte mein Gesicht überzog.

Sie fuhr fort. »Die Fischfarce ist im Mixer püriert worden, das konnte ich sofort erkennen. Wären Ihnen versehentlich ein paar Gräten hineingeraten, dann wären sie ebenfalls zu Mus geworden, wie jede Hausfrau weiß. Also war klar, daß Sie die Gräten absichtlich, nachträglich und nicht mit liebevollen Gedanken hineinpraktiziert haben.« Ich sah die Fremde jetzt voll an. Sie erwiderte meinen Blick ohne Vorwurf, ja mit leichter Bewunderung. Schließlich lächelten wir beide.

»Sie haben mir einen großen Gefallen getan«, sagte sie, »denn ich wollte diesen einfältigen Wild- und Wassermann schon lange loswerden; nur hatte er mir bis dahin nicht den Gefallen getan, eine Lebensversicherung abzuschließen. Er meinte, es sei nicht nötig, als Beamtenwitwe sei ich gut versorgt.«

Das war bedauerlich, ich mußte es zugeben. »Wie stünden Sie in einem solchen Fall da?« fragte sie teilnahmsvoll. Stolz konnte ich berichten, daß Eugen nicht so kleinlich war. Im Falle seines Ablebens war ich bestens abgesichert.

Wir trafen uns noch mehrmals, bis der Plan ausgereift war. Es war schon Sommer, als sie anrief und mit geheimnisvoller Stimme den ängstlichen Eugen an den See lockte. Sie habe dort etwas gefunden, das ihm gehöre.

Merkwürdigerweise vertraute sich Eugen mir an. Die Förstersfrau habe ihn an den See bestellt, wahrscheinlich wolle sie ihn anhand seiner früher gemachten Zahlungen erpressen. Falls er nicht Punkt sieben zurück sei, solle ich Ulli anrufen und meinem Mann zu Hilfe eilen. Leider könne er keinen Freund mitnehmen, denn die Frau habe ausdrücklich verlangt, daß er allein komme.

Im flachen Teil des Sees hatten wir einen von Eugens Hüten über eine Weidenrute gestülpt. Wir lauerten beide im Schilfgürtel, hockten in einem niedrigen Kahn, trugen klobige Männerschuhe, um falsche Spuren zu hinterlassen, und tranken aus dem Flachmann des toten Försters.

Eugen kam pünktlich, wartete in nervöser Aufregung, sah ständig auf die Uhr und entdeckte schließlich den Hut auf der Stange. Er wunderte sich offensichtlich und zögerte mindestens zehn Minuten, bis er sich die hüfthohen Gummistiefel anzog und ins Wasser watete. Wir waren schnell zur Stelle. Mit den Rudern brachten wir ihn zu Fall, hielten seinen Kopf gebührend lange unter Wasser und übergaben ihn dann seinen geliebten Fischen.

Der Urlaub mit Adelheid läßt sich gut an. Wir haben uns schick eingekleidet, und die schönen reichen Männer der Karibik lassen sicher nicht lange auf sich warten.

Lausige Liebhaber

Die Sekretärin

Ich freute mich sehr, als Eva anrief. Wir hatten uns zwar ein wenig aus den Augen verloren, aber im Grunde waren wir seit unserer Kindheit gute Freundinnen. Sie tat geheimnisvoll. »Wir müssen uns unbedingt sehen, ich habe dir etwas zu sagen, was sich nicht fürs Telefon eignet.« Keine Frage, daß ich diesem Treffen voller Neugierde entgegenfieberte.

Wenige Tage später saßen wir auf meinem Balkon, tranken Campari-Orange und sprachen von alten Zeiten.

»Du warst doch mal die Sekretärin von Bolle...«, fing sie an. Ich nickte und verzog schmerzlich das Gesicht. »Ich weiß Bescheid«, sagte Eva, »du hast es mir beim letzten Klassentreffen ausführlich erzählt. Er war ein –«

»Mit A fängt's an«, sagte ich.

Bolle hieß eigentlich Dr. Siegmar Bollberg und war vor zwanzig Jahren längst nicht so bekannt wie heute, wo er es zum Minister gebracht hat. Damals war er noch jung und ich kaum erwachsen. Klar, daß ich mich in meinen ersten Chef sofort verliebte. Wie er mich glauben ließ, war er unglücklich verheiratet, und darum spielten wir das uralte Theaterstück: Jugendliche Naive geht mit ihrem Vorgesetzten ins Bett und macht sieben Jahre lang Überstunden wie eine Weltmeisterin.

»Was ist ihm passiert?« fragte ich, denn es hätte mich nicht gewundert, wenn dieses Energiebündel, durch und durch eine charismatische Erscheinung, ehrgeizig und karrierebewußt, nun endlich auf die Schnauze fiel. Nach mir hatte er, wie ich aus zuverlässiger Quelle wußte, eine Vielzahl ergebener Frauen ausgebeutet – sowohl für sexuelle als auch betriebliche Sonderleistungen.

»Es ist zwar jammerschade«, meinte Eva, »aber der Fuchs ist zu schlau, um sich erwischen zu lassen. Doch jetzt gehe ich zum delikaten Teil meines Anliegens über, aber du darfst mit keiner Menschenseele darüber sprechen.« Begierig schwor ich Stillschweigen. Eva arbeitete bei einem privaten Fernsehsender als Redakteurin. Sie hatte die Aufgabe, eine Art Talk-Show vorzubereiten. »Die Sendung ist keine neue Idee«, sagte sie, »die Konkurrenz macht seit Jahren etwas Ähnliches. Eine Persönlichkeit des öffentlichen Lebens wird vorgestellt, in unserem Fall Bolle. Zur Auflockerung werden Überraschungsgäste eingeladen, also Weggefährten aus der Vergangenheit, etwa ein ehemaliger Lehrer, das alte Mütterchen, der verschollene Jugendfreund und so weiter. Bei Bolle möchte ich fünf Sekretärinnen gemeinsam antreten lassen, die ihn als verantwortungsbewußten Chef und gütigen Menschen preisen.«

»Ohne mich«, sagte ich, »die Lüge bliebe mir im Halse stecken.«

Eva lachte. »Paß auf, es kommt ja noch besser! Im Grunde bin ich vertraglich verpflichtet, über Berufsgeheimnisse den Mund zu halten. Aber neulich habe ich nach einigen Gläschen Wein im Familienkreis über diesen geplanten Auftritt geplaudert. Mein Schwager ist zwar in der gleichen Partei wie Bolle, aber es gibt dort eine Gruppe, die ihn lieber heute als morgen absägen möchte.«

Ich riß die Augen auf, jetzt hieß es gut aufpassen. »Was hat das alles mit mir zu tun?« fragte ich mit leichter Ungeduld.

»Du könntest ein paar Sätzchen vorbringen, die den guten Bolle in einem neuen Licht erscheinen lassen. Damit hättest du erstens die Möglichkeit, dich an ihm zu rächen, zweitens würden dir bestimmte Interessenten eine Erfolgsprämie garantieren.«

Wir schwiegen beide. Wenn ich richtig verstanden hatte, sollte ich nicht in das allgemeine Loblied auf Bolles Humanität und Kompetenz einstimmen, sondern genau das Gegenteil tun: ihn fertigmachen.

»Wie denkst du dir das?« fragte ich furchtsam, denn ich bin nicht sonderlich mutig. Eva erklärte mir das Procedere. Zuerst sollte Bolles Lebensweg von der Grundschule bis zum Ministeramt kurz vorgestellt werden. Dann trete als erster Gast sein Bruder, ein Franziskanermönch, vor die Kamera und erzähle vom Elternhaus in einem Münchner Vorort und von gemeinsamen Jugendstreichen. Als nächstes falle die Tochter, Studentin in den USA, ihrem Papa um den Hals. Das Highlight sollte eigentlich der Bundespräsident sein, der jedoch bereits absagen ließ. Im Gespräch seien ferner ehemalige Skatbrüder oder Freunde aus einer studentischen Verbindung.

»Als Abschluß plane ich den spektakulären Auftritt der Sekretärinnen, von dreien habe ich schon die Adresse. Man könnte euch alle gleich anziehen, ich dachte an ein dunkelblaues Nadelstreifenkostüm mit rosa Seidenschal, das ihr selbstverständlich behalten dürft. Natürlich erwartet man, daß auch alle etwas Ähnliches sagen – etwa so: ein energischer, aber auch großzügiger Chef, Perfektionist in der Sache, jedoch mitfühlend, absolut integer, herzlich und blablabla. Dann kommt deine große Stunde: Sobald das Lämpchen deiner Kamera aufleuchtet, sagst du völlig überraschend, was du schon lange auf dem Herzen hast. Es ist eine Live-Sendung. Wenn du einmal im Bild bist, wird man nicht gleich abblenden. Dein erster Satz kann ihn ruhig in Sicherheit wiegen, also beispielsweise: ›Es war eine schöne Zeit mit Ihnen, Herr Bollberg!‹ Und dann folgt ruck, zuck!, was er für ein Schweinehund war.«

Das stimmte. Ich hatte ein Kind von ihm abgetrieben und war kurz darauf in eine andere Abteilung »weggelobt« worden. Meine Nachfolgerin war ebenso jung und dumm, wie ich es anfangs gewesen war.

Mir klopfte aber jetzt schon das Herz. »Eva, die Idee gefällt mir zwar gut, doch wer bin ich denn, daß ich mich mit den Mächtigen anlegen kann? Erstens verliere ich meinen Job, und zweitens wird mich Bolle wegen übler Nachrede oder Verleumdung verklagen!«

Eva versuchte, mich zu beruhigen. Im Falle einer Anzeige werde man mir die Prozeßkosten und den besten Verteidiger bezahlen. Überdies – sie senkte ihre Stimme zu einem Flüstern – sei die Gratifikation von einmaliger Höhe. Mit roten Ohren nannte sie einen Betrag, den sie mir noch zweimal wiederholen mußte.

Daraufhin beschloß ich, das Wochenende zum Nachdenken zu verwenden. Eva wollte sich am Montag wieder melden.

Natürlich konnte ich nicht schlafen. Wie im Film sah ich mich vor Bolle stehen und ihm meine aufgesparten Vorwürfe mit überschnappender Stimme ins Gesicht speien: wie er besoffen ins Auto gestiegen war, einen Radfahrer angefahren und Fahrerflucht begangen hatte. Wie er seine Frau belogen, seine Sekretärinnen verschlissen und öffentlich gegen Schwangerschaftsunterbrechungen gewettert hatte, die er bei seinen privaten Affären für selbstverständlich hielt.

Gut, da stand ich also als hysterischer Racheengel im Rampenlicht, verbittert, nicht mehr jung, von Eifersucht und Mißgunst gezeichnet. Machte ich eine gute Figur? War eine abgehalfterte Geliebte eine glaubwürdige Zeugin? Die zahllosen verstoßenen Frauen von Königen, Schahs oder Politikern waren nur dann Sympathieträger, wenn sie mediengerechten Glamour wie Lady Di oder Soraya ausstrahlten.

Das allgemeine Mitgefühl und Wohlwollen würde sofort Bolle gelten. Alkohol am Steuer? Ein Kavaliersdelikt; der Radfahrer war ja nicht gestorben. Ein Frauenheld in der Politik? Wie schön! Es gibt in Deutschland viel zuwenig Clintons und Kennedys. Ehefrau hintergangen? Na und? Wer würde diesen arroganten Drachen nicht ebenfalls betrügen? Ausbeutung der Untergebenen? Tut doch jeder, der ein bißchen clever ist. Ohne zu delegieren, ist noch keiner groß geworden.

Die Wahrheit war so banal, daß ich keinen Blumentopf damit gewinnen konnte und auch meine anonymen Auftraggeber keinen Anlaß hätten, eine derart fette Summe auszuspucken. Ich beschloß, mich zu drücken.

Eva war entsetzt. »Auf keinen Fall, ich beschwöre dich! Wie stehe ich da, wenn du auch noch abbröckelst! Bis auf eine einzige Sekretärin haben alle einen Rückzieher gemacht, leider auch Bolles Kollegen! Wenn du nicht genug Mumm hast, um ihm die Leviten zu lesen, dann mach einfach nur ein betont muffiges Gesicht. Denk doch mal: Flug, Übernachtung im Kempinski, Nadelstreifenkostüm. Und als Krönung der Scheck!«

Wer kann bei einem neuen Kostüm widerstehen? Laut Evas Empfehlung wollte ich derart gequält und wortkarg über meine verflossenen Dienstjahre sprechen, daß auch ohne großartige Anklage demonstriert wurde: Das war keine gute Zeit.

Schließlich war es soweit. Mit den anderen Gästen wartete ich in einem Nebenraum des Studios und verfolgte am Monitor den Auftritt unserer Vorgänger. Eva saß bei uns, tat aber vorsichtshalber so, als würden wir uns nur flüchtig kennen. Alles lief programmgemäß. Bolle thronte gutgelaunt mit Ehefrau und Moderator am runden Tisch und trank Mineralwasser, als Profi kannte er kein Lampenfieber. Seine puppig geschminkte Frau weilte wohl dank eines Tranquilizers nicht in dieser Welt, während sich der Ordensbruder als amüsanter Entertainer erwies. Die Tochter mußte sich noch eine Weile mit uns im Warteraum gedulden. Bei Bolles Worten: »Das Wichtigste in meinem Leben war immer die Familie!« sprühte sie in einem Anflug von Wut ihrem Bildschirmvater eine Ladung Cola ins Gesicht, enthielt sich aber eines Kommentars. Das brachte mich jedoch dazu, in aller Eile einen teuflischen Plan zu schmieden.

Gemeinsam mit Bolles jetziger Sekretärin betrat ich schließlich die Arena, angekündigt als die erste und die letzte Schreibtischdame. Zwillingsmäßig gekleidet, identisch frisiert, aber im Alter durch zwei Jahrzehnte getrennt, gesellten wir uns als doppelte Miss Moneypenny zu Bolles Hofstaat.

Ich hörte kaum, was meine Kollegin sagte, sah aber das erwachende Mißtrauen in den Augen von Bolles schläfriger Frau. Als mein Minütchen geschlagen hatte, wußte ich genau, was ich sagen würde.

»Es war eine tolle Zeit«, begann ich und sah Bolle voll ins rote Bulldoggengesicht, »geprägt von Pioniergeist. Ich bewunderte Herrn Dr. Bollberg und vor allem auch seine Frau!« Überrascht blickte sie mich an.

»Ja, Frau Bollberg, ich habe große Hochachtung davor, wie Sie es jahrelang Seite an Seite mit einem Bettnässer ausgehalten haben. Ich hatte bereits nach drei Überschwemmungen die Nase voll.«

Die junge Sekretärin wollte ihrem Chef beistehen und versicherte eifrig: »Bei mir hat er aber noch nie ins Be...«

Da konnte auch ein gewandter Moderator nicht mehr viel retten.

Später erfuhr ich, daß die Einschaltquote 29,7 Prozent betragen hatte. Und wer es nicht am Bildschirm sah, wie Bolle violett anlief und mit geballten Fäusten auf mich losging, der las es am nächsten Tag in der Presse. Ganz Deutschland lachte über meine Lüge. Wie versprochen, wurde ich vorzüglich entlohnt, denn aus dem großen Zampano ist eine lächerliche Figur geworden.

Mein neuer Job in der Werbebranche macht mir viel

Spaß. Dem Prozeß sehe ich mit Gelassenheit entgegen, denn wie soll Bolle beweisen, daß er vor zwanzig Jahren kein Bettnässer war?

Herr Krebs ist Fisch

Wie sollten Sterne lügen können! Sie dienen zwar in der Wüste oder auf See zur Orientierung, aber ansonsten sind sie dumm wie Bohnenstroh. So hatte ich jedenfalls bis vor kurzem gedacht.

Wenn eine meiner ehemaligen Kommilitoninnen mein Horoskop nachlesen wollte, sagte ich im allgemeinen: »Sternzeichen Grottenolm, Aszendent Wildsau.« Später wurde mein harmloser Scherz bösartig kolportiert: »Sternzeichen Lustmolch, Aszendent Schweinigel.«

Als ich eine Stelle als Studienassessor bekam, wurde anfangs alles anders. Man hatte Respekt vor mir und machte keine lausigen Witze. Im Musik-Leistungskurs hatte ich außer zwei faden Jünglingen ein rundes Dutzend derart schöner Schülerinnen, daß ich zum ersten Mal im Leben mit meinem Beruf zufrieden war. Mit scheelem Blick hatte ich früher meine Musiker-Freunde beobachtet: Sie konnten improvisieren, spielten in einer Rockband, und die Groupies liefen ihnen zu wie hungrige Kätzchen. Saxophon zieht temperamentvollere Mädels an als Bach-Trompete.

Die Schönste von allen hatte einen Eso-Tick, was nicht unbedingt gegen Musikalität spricht. Sie spielte ganz nett Klavier, nahm Gesangsunterricht und war im Schulchor die Primadonna assoluta.

Wenn sie sich mit ihren Freundinnen unterhielt, dann ging es allerdings nur um Horoskope. Jeden Donnerstag holten sie sich in der großen Pause den STERN und lasen sich gegenseitig die Aussichten der nächsten Woche vor. Ich hatte ihre Frage nach meinem Sternzeichen wahrheitsgemäß beantwortet: »Nicht immer stimmt der Spruch *nomen est omen*«, sagte ich, denn mein Name ist Thomas Krebs, »de facto fühle ich mich durchaus wohl im Wasser, bin aber kein Krustentier, sondern Fisch. Sozusagen ein toller Hecht. Zufrieden?« – Sie errötete tatsächlich, wozu die Groupies meiner Studienfreunde wahrscheinlich nie imstande wären. Im Geiste sah ich, wie Dankward und Franky bei so viel mädchenhaftem Charme meinen Pädagogenstatus beneiden würden.

Mit ernsthaftem Ausdruck las sie vor, was der STERN diesmal für mich orakelte: »Was Sie hinter sich haben, ist schon nahezu vergessen.«

Fragend schaute sie mich an, ich nickte entzückt.

Wir probten *Wach auf, mein's Herzens Schöne, Herzallerliebste mein* nach einem Satz von Johannes Brahms. Bei der Zeile *Selig ist Tag und Stunde, darin du bist geborn* sah ich sie jedesmal an, dann senkte sie verschämt den Blick.

Natürlich weiß ich um den Zauber, den alle Sänger dieser Welt auf junge und alte Mädchen ausüben. Schon Orpheus konnte die wilden Tiere, die Steine und selbst den Tod betören, wie viel leichter wäre es ihm bei einer Mädchenklasse gelungen. Leider bin ich nie ein Sänger geworden, obgleich ich mich redlich bemüht habe. Es blieb bei Bach-Trompete für kleinstädtische Kirchenkonzerte und Klavier für den Schulgebrauch. Andernfalls hätte ich vielleicht eine unsterblich schöne Eurydike errungen, so hatte ich mich notgedrungen als Dauerverlobter bei einer treuherzigen Organistin breitgemacht. Nun gut, meine Greta war zwar keine Garbo, aber ein zuverlässiger Kumpel: bezahlte ihre Zeche selbst, kochte (wenn auch etwas exzentrisch), nähte meine Knöpfe an und konnte sogar Reifen wechseln. Sollte ich mich beklagen?

Meines Herzens Schöne war sie aber nicht. Immer wunderlich gekleidet: in roten Stiefeletten und Dufflecoat – auch bei Sonnenschein – und mit plissierten Hosenröcken, weder kurz noch lang; es würde sich bestimmt kein zweiter Kandidat für sie interessieren. Zu diesem absonderlichen Outfit wollte ihre obsessive Leidenschaft für diverse Schönheitswässerchen, Cremes und andere duftende Ingredienzen gar nicht recht passen. Ihr eigener Bruder hatte sie Gräta Diäta getauft, aber nicht etwa, weil sie auf Früchtebrot mit Margarine, Hagebuttentee und Graupen bestand. Im Gegenteil: Sie haßte alle Körnerfresser und verbot mir mein seit Jahren geliebtes Müsli, weil sie keine Motten in der Küche duldete. Nein, Greta hatte den Tick, zur Hauptmahlzeit nur Lebensmittel auf den Tisch zu bringen, die die gleiche Farbe hatten. Wobei Safranreis mit Kürbis und Maishähnchen oder Rotkraut vermengt mit roten Bohnen und Corned beef noch zu den kulinarischen Sternstunden gehörten.

Ach, Greta, manchmal wäre ich dich ganz gern wieder losgeworden! Denn wie – um alles in der Welt – konnte ich mit einer siebzehnjährigen Schülerin anbändeln, ohne daß sie es merkte und ohne daß ich strafversetzt wurde?

Vorerst mußten weitere Sternen-Songs her. Ich konnte nicht gut Woche für Woche *Wach auf, mein's Herzens Schöne* proben. Eines Abends, als ich in unserer Wohnküche Grünkohl und Avocados mit grüner Soße löffeln mußte, fragte ich Greta nach astralem Liedgut.

Statt zu antworten, setzte sie sich ans Harmonium und spielte ein Potpourri: *Der Mond ist aufgegangen, die goldnen Sternlein prangen... Wie schön leuchtet der Morgenstern... Weißt du, wieviel Sternlein stehen... Freu dich, Erd und Sternenzelt, alleluja...*

»Hör auf!« befahl ich. »Damit kannst du vielleicht einem Kindergarten, aber keinem Leistungskurs imponieren! Bißchen flotter und nicht so fromm...«

Sie sang: *Du sollst mein Glücksstern sein!* Obwohl es furchtbar aus evangelisch-spröder Kehle klang, hatte sie kein Erbarmen und setzte im Anschluß mit gekünstelter Tiefe ein: *I was bo-horn under a wandering star!* Es war sinnlos, und ich winkte ab, denn ich konnte ihr ja nicht gut den Zweck meiner Sternenlieder erklären. Greta war gekränkt. »Nun habe ich ihm das ganze Firmament in die Küche geholt, aber der Herr ist immer noch nicht zufrieden. Geht es dir wirklich um die Astronomie-AG deiner Schüler oder gar um eine Nova?«

Fast fuhr ich zusammen, denn der Vorname meiner Schönen lautete zufällig Ursula, nach dem Sternbild des Kleinen Bären.

Vor zwei Jahren hatte mir Greta so etwas wie einen Heiratsantrag gemacht. Ob ich nicht finde, daß Greta Krebs lustig klinge, hatte sie schelmisch-verlegen gefragt. Dabei sprach sie Kreeebs auf ihre norddeutsche Art übertrieben gedehnt aus. Ich konterte diplomatisch, daß man hier im Frankfurter Raum sicherlich Gräta Gräbbs sagen würde. Das hatte gewirkt, sie war ja nicht dumm. Das Thema Heiraten war vorläufig vom Tisch, aber ich wußte, daß sie sich Kinder wünschte, und zwar möglichst viele, damit man Hausmusik machen und Kanon singen konnte. Zu Anfang unserer Beziehung hatte sie mich hoffnungsvoll-anzüglich Thomaskantor genannt, das hatte ich mir aber ein für allemal verbeten.

Glücklicherweise ließ sich Mendelssohn Bartholdy als Kuppler einsetzen. Wir sangen in der 6. Stunde *Es fiel ein Reif in der Frühlingsnacht*, was bei romantisch veranlagten Teenagern ja gut ankommt. Beim traurigen Ende: *Sie haben gehabt weder Glück noch Stern, sie sind gestorben, verdorben* war sie es, die mir beim Wort *Stern* verträumt in die Augen schaute. Ursula liebt mich! folgerte ich und geriet eine Weile völlig aus dem Takt. Nach Beendigung des Unterrichts rief ich sie zu mir.

»Sie haben sowohl eine schöne Sing- als auch Sprechstimme, Ursula«, begann ich, »aber das wissen Sie ja selbst. Ich wünsche mir, daß Sie eine ganz besondere Aufgabe übernehmen. Hätten Sie den Mut, bei der Abiturfeier Ihres Bruders ein Rezitativ vorzutragen? Vielleicht aus Haydns *Schöpfung*? Die Proben sollten bei mir zu Hause stattfinden.«

Ganz aufgeregt wälzte ich uralte Noten aus meiner Studentenzeit. Mit dem Chor würde ich, damit es nicht wie ein abgekartetes Spiel aussah, den Satz *Die Himmel erzählen die Ehre Gottes. Und seiner Hände Werk zeigt an das Firmament* einstudieren. Das vorausgehende Rezitativ sollte

Ursula übernehmen, bei den Worten *Den ausgedehnten Himmelsraum ziert ohne Zahl der hellen Sterne Gold* würde ich sie anlächeln. Nach einigen Proben, die ich möglichst so legen würde, daß Greta nicht im Haus war, wollte ich meiner Schönen nah und näher kommen.

Als es endlich soweit war und Ursula an unserer Haustür schellte, war ich aufgeregt wie ein Pennäler. Wohl aus Verlegenheit sah sie mich nur flüchtig an, entdeckte aber sofort das Harmonium in der Wohnküche. »Machen Sie auch Kirchenmusik?« fragte sie. Nein, nein, beeilte ich mich zu versichern, das Instrument stamme aus dem elterlichen Pfarrhaus. Mein Vater – Lokführer im vorzeitigen Ruhestand – würde vom Wunder seiner akademischen Karriere wohl nie erfahren.

Bei dieser ersten Probe gab sich Ursula zwar viel Mühe, aber es war natürlich nicht zu überhören, daß sie keine erfahrene Oratoriensängerin war und keineswegs vom Blatt singen konnte. Zu meinem Befremden sah sie mehrmals auf die Uhr. Eigentlich hatte ich vorgehabt, ihr nach der Probe ein Gläschen Wein anzubieten und sie in ein privates Gespräch zu verwickeln. Etwa so: »Im kommenden Jahr werden wir für Ihre eigene Abiturfeier proben. Was haben Sie für Pläne? Ich nehme an, daß Sie Musik studieren wollen.« Und bei dieser Gelegenheit könnte ich ihr Ratschläge zur Wahl einer geeigneten Hochschule geben, ihr von eigenen Erfahrungen berichten und sie schließlich beim Betrachten von Fotos aus meiner Studentenzeit auf das Sofa lotsen.

Aber mitten im Singen klappte sie nervös die Noten zu, die Stunde war auf die Sekunde genau abgelaufen. »So eilig?« fragte ich verunsichert. Sie wolle auf eine Party, behauptete Ursula, und ob sie vorher noch mal aufs Klo dürfe? Ich wies auf die Toilettentür und blieb anstandshalber nicht direkt davor stehen.

Ursula war in Null Komma nichts fertig, griff im Flur nach Jacke und Plastiktüte und bemerkte kühl: »Ich wußte gar nicht, daß Sie verheiratet sind!« Bei ihrer Feststellung roch ich plötzlich Gretas Parfüm auf fast penetrante Weise an meiner Schülerin. – Aber ganz im Gegenteil, sagte ich mit Nachdruck, ich sei leider immer noch ein Junggeselle, lebe aber aus rein praktischen Gründen in einer Wohngemeinschaft. »Ah so«, sagte sie und war schon fort wie ein Wandering Star.

Kurz darauf und viel zu früh kam Greta nach Hause. Auf die Musikschule war überhaupt kein Verlaß mehr, immer wieder fiel Unterricht aus. Sie schnüffelte bereits in der Diele. »Seit wann nimmst du mein *Divine*?« fragte sie.

Ich hätte lügen und es zugeben sollen, aber geistesgegenwärtig war ich nie gewesen. »Tut mir leid«, sagte ich, »dein Parfümflakon ist mir hingefallen...«

»Kaputt?« fragte sie.

»Nein, nein, reg dich nicht auf! Nur ein paar Tropfen verschüttet!«

Greta war nicht dumm, ich sagte es schon. »Aus einem Zerstäuber fließen keine Tropfen heraus!« sagte sie und hatte wahrscheinlich recht. Ihr Blick schweifte mißtrauisch durch den Raum. »Wieso liegt der STERN auf meinem Hormonium?«

Ich fand ihr Wortspiel längst nicht mehr so lustig wie vor fünf Jahren, als sie mich gelegentlich zu Füßen ihres muffigen Instruments auf meinem ergrauten Flokati verführte. Sie griff sich die Zeitschrift und las belustigt ihr eigenes Horoskop: »Am Donnerstag werden Sie eine große Überraschung erleben!«

Nachdem sie sich eine Stunde lang in der Badewanne eingeweicht hatte, begann Greta endlich mit der Vorbereitung unseres Abendessens. Sie briet Auberginen in Öl, mischte Grießbrei mit Blaubeeren, um die gewünschte Tönung zu erreichen, und schnipselte Pflaumen als Beilage. Plötzlich überkam mich ein Anfall von Verzweiflung und Frust. »Fleisch!« schrie ich. »Heute will ich Fleisch!«

Sie war nicht so leicht aus der Fassung zu bringen, öffnete prüfend das Tiefkühlfach und entdeckte ein vergessenes Schnitzel. Während es in der Mikrowelle auftaute, wühlte sie in der Blechdose mit den Lebensmittelfarben. »Es geht mir völlig gegen den Strich«, murmelte sie, »total unsportlich.« Als das blau gefärbte Schnitzel in der heißen Pfanne schmorte und mir der Duft verführerisch in die Nase stieg, begann sie mich zu erpressen: »Ich esse es selbst, wenn du mir nicht sofort verrätst, wer mit meinem Parfüm geaast hat.«

»Der Dankward!« sagte ich in meiner Not, und ihr blieb der Mund offenstehen.

»Unser Tankwart?« fragte sie ungläubig.

»Nein, mein alter Freund Dankward, der Saxophonspieler!«

Greta war auch darüber völlig verblüfft. »Wer hätte das gedacht! Aber... andererseits... er trug schon immer einen Ohrring.«

Nach dem Essen verlief der weitere Abend ganz friedlich. Greta hatte sich den STERN geangelt und machte sich mit großer Lust an die Lösung des Kreuzworträtsels. Beim Studieren der Kochrezepte geriet sie sogar in freudige Erregung. »Im Süden von Frankreich wachsen Trüffelkartoffeln, wußtest du das?« fragte sie. »Ein Püree daraus hat die Farbe von kandierten Veilchen. Das eröffnet mir völlig neue Perspektiven und Kombinationen!«

Aber als wir schließlich ins Bett gingen, hatte sie doch wieder eine steile Sorgenfalte über der Nase. »Das hat etwas zu bedeuten«, sagte sie, »und ein Psychologe würde sicher einen Grund dafür finden, daß sich Dankward in meinem teuren *Divine* gewälzt hat. Vielleicht will dein Freund meine Rolle besetzen und sich auf geruchlicher Basis an dich heranmachen!« Ich ließ sie in diesem Glauben; immer noch besser, sie hatte Dankward im Verdacht als eine andere Frau.

Die nächste Gesangsprobe hatte ich eine Stunde früher angesetzt, damit mir Greta auf keinen Fall in die Quere kommen konnte. Diesmal erschien meine Schöne zu spät, ließ mich einfach wie einen ungeduldigen Freier warten. Ich stand abwechselnd am Fenster und spähte hinaus oder eilte vor den Spiegel, um mein Aussehen immer wieder zu überprüfen. Obwohl ich im Kollegium der Jüngste war, hielten mich meine Schüler wahrscheinlich für einen alten Knochen, schließlich war ich doppelt so alt wie die meisten von ihnen.

Beim Singen würde Ursula stehen, während ich am Klavier sitzen mußte. Sie sah dann von mir nicht viel mehr als mein allzu früh gelichtetes Haupt. Weder meine unergründlichen Augen noch mein gebräunter Teint oder gar mein jungenhaftes Lächeln konnten zur Geltung kommen. Ich drückte ein wenig Gel aus einer von Gretas fragwürdigen Tuben auf den kahlen Nordpol, um den Sitz einer seitlich hergezogenen Haarsträhne zu fixieren. So sah es aber auch nicht gut aus, sagte mir der Handspiegel, und gerade in diesem Moment klingelte es natürlich.

Diesmal strahlte mich Ursula an wie Sonne, Mond und Sterne. Sie zog die Illustrierte aus ihrer Plastiktüte und las mir vor: »Ein neues Spiel beginnt! Freuen Sie sich auf Donnerstag!« Galt das nun mir oder ihr selbst?

Sie lachte. »Für das Sternbild Pisces!« sagte sie.

Gebildetes Mädchen, dachte ich und wollte mich auch ein wenig profilieren. »Meine liebe kleine Bärin, Sie haben mich immer noch nicht über Ihr eigenes Sternzeichen in Kenntnis gesetzt«, sagte ich, »lassen Sie mich raten! Sagittaria – eine Schützin, die wie der römische Liebesgott mit ihrem Pfeil ins Herz trifft. Oder Lea, eine Löwin, die nur von einem starken Mann gebändigt werden kann...«

»Wir wollen jetzt singen«, sagte sie.

Mit großer Ernsthaftigkeit und Konzentration machte sie sich ans Werk. Zufrieden stellte ich fest, daß sie sich vorbereitet hatte. Loben, loben, loben, dachte ich, das ist der Schlüssel zum pädagogischen Eros. Nach einer dreiviertel Stunde tat ich meine Begeisterung über ihre Leistungsbereitschaft und hohe Begabung kund und schielte begehrlich zu Ursulas Busen hoch. In diesem Moment ließ die jugendliche Sängerin mit einem entsetzten Klagelaut ihre Noten fallen. Was denn sei, fragte ich leicht verstimmt.

»Sie haben da...«, druckste sie herum, »ich glaube fast, bei Ihnen bricht gerade eine furchtbare Krankheit aus...«

»Wie kommen Sie darauf?«

Ursula deutete auf meinen Kopf, und Ekel stand ihr ins Gesicht geschrieben. »Hautkrebs?« diagnostizierte sie unsicher.

Ich rannte ins Bad und begutachtete meinen Schädel. Gretas geheimnisvolle Creme hatte eine seltsame Gallertschicht auf meinem Kopf gebildet, die sich überdies schuppig aufwölbte. Hektisch riß ich die Tube aus dem Regal (dabei polterten auch andere Artikel zu Boden) und las: »Schönheitsmaske. Nach etwa zwanzig Minuten mit einem feuchten Tuch abnehmen...« Als ich gereinigt wieder ins Zimmer trat, war Ursula verschwunden. Im Geist hörte ich sie bereits mit ihren Freundinnen telefonieren: *Nomen est omen*, Herr Krebs hat Krebs.

Pfeifend kam Greta nach Hause, warf mir ihre Baskenmütze zu und zeigte in gleichem Maße gute Laune, wie ich es nicht tat. »Laus über die Leber gelaufen?« fragte sie. »Gleich geht's dir besser, denn ich habe Leber ohne Laus mitgebracht, die ich rosa braten und mit Preiselbeeren und gedünsteten Quitten anrichten werde.«

Schon allzuoft hatte ich gegen ihren monochromen Tick Front gemacht; zermürbt von jahrelangen Kämpfen hatte ich längst aufgegeben. Die Alternative wäre nämlich gewesen, daß ich eigenhändig hätte kochen müssen. Bevor Greta aber im Bad verschwinden konnte, kam ich ihr zuvor, verschloß die Tube und legte alle Tiegel und Töpfe ins Regal zurück.

Wartend saß Greta am Küchentisch und las ihr Horoskop: »Die spontane Idee, die Sie am Freitag haben, sollten Sie sofort in die Tat umsetzen. Es wird sich für alle Beteiligten vorteilhaft auswirken.« Sie versank ins Grübeln. Offensichtlich überlegte sie sich noch vor dem Baden und Kochen eine spontane Idee für morgen.

Freitag nachmittags betreute ich das Schulorchester, die älteren Kollegen waren mit einem günstigeren Stundenplan bedacht worden. Ich kam erst gegen sechs nach Hause und traf Greta beim Verwirklichen der astrologischen Aufgabe an. Sie putzte Silber, polierte Gläser und gab lächelnd zu, daß sie Besuch eingeladen hatte.

»Wen?«

»Sag ich nicht. Überraschung.« Es schien sich jedoch nicht um eine größere Abendgesellschaft zu handeln, denn sie hatte nur drei Fischbestecke herausgelegt.

Als der Tisch gedeckt war, die Kerzen brannten und Greta sogar einige Kapuzinerblüten gefällig auf der lachsfarbenen Tischdecke verstreut hatte, kam der geheimnisvolle Besuch. Zu meiner Verwunderung war es Dankward.

Er hatte seinen Pferdeschwanz mit einer schwarzen Samtschleife zusammengebunden, eine neue knackige Lederhose angezogen und sah ein wenig wie Karl Lagerfeld aus. Ganz gegen ihre sonstigen Gewohnheiten küßte Greta den Gast auf den Mund. Mir war nicht ganz wohl in meiner Haut, denn ich wußte absolut nicht, was sie im Schilde führte. Nach einem Glas Sherry bat sie zu Tisch.

Auf Dankwards Serviette lag ein kleines Päckchen. »Für mich?« fragte er erstaunt. Greta nickte. Ich war gespannt, als er es auswickelte.

»Was ist das?« fragte er. »Rasierwasser?«

»Nein«, sagte Greta, »es ist *Divine*, das du genauso liebst wie ich.«

Dankward schaute mich fragend an. Ich wurde feuerrot; da mich Greta stets im Blick hatte, konnte ich nicht erklärend an meine Stirn tippen. Mein Freund sprühte sich zaghaft etwas Parfüm auf den Ärmel und sagte höflich: »Wunderbar! Vielen herzlichen Dank!«

Leider konnte der arme Dankward aus Gretas Verhalten auch weiterhin nicht klug werden, denn sie sprach die rätselhaften Worte: »Nun duften wir beide gleich, so wie du es dir gewünscht hast!« Dann begab sie sich in die Küche, um das Essen aufzutragen. Ich rannte hinterher.

»Bist du verrückt geworden? Willst du den armen Kerl bloßstellen, nur weil er ein paar Tropfen von deinem Duft geklaut hat?« zischte ich und trat mit dem Fuß die Küchentür zu, damit Dankward uns nicht hören konnte.

»Im Gegenteil«, sagte Greta, »es war ein ebenso spontaner wie genialer Einfall. Der arme Kerl ist einsam, lebt allein, sehnt sich nach Geborgenheit. Um dir näherzukommen, benutzt er mein Parfüm. Warum soll man nicht mal über seinen Schatten springen und ihm auf humorvolle und feine Weise demonstrieren, daß man keinerlei Vorurteile hat, sondern ihn versteht und mag...«

Dankward und einsam! Fast jeden Monat hatte er eine neue Braut. Mit seinem Saxophon konnte er jede Frau aus ihrem Bett heraus- und in seines hineinlocken. Was sollte er davon halten, daß ihm Greta ein teures Damenparfüm schenkte und ihn zu einem *Dinner for three* einlud? »Er wird denken, du hast sie nicht alle...«

Greta bettete den orangefarbenen chinesischen Zierkarpfen und die gedünsteten Mandarinen auf eine ovale Platte und drückte sie mir in die Hand. Sie selbst folgte mit einer Schüssel voll glasierter Karotten. Zum Nachtisch gab es Rüblikuchen.

»Wo gibt es solche großen Goldfische zu kaufen?« fragte Dankward andächtig.

Greta schmunzelte. »Zu kaufen direkt nicht, aber im Schloßweiher tummeln sich Hunderte... Was hast du eigentlich für ein Sternzeichen?«

Das Thema war unverfänglich. Greta behauptete, sie habe in ihrem bisherigen Leben überhaupt nichts auf Horoskope gegeben, sei aber inzwischen eines Besseren belehrt worden. Seit sie im STERN ihr Wochenhoroskop lese, habe sie noch nie etwas Unzutreffendes entdeckt. Alles stimme haarklein, und sie richte sich in letzter Zeit nach den jeweiligen Empfehlungen oder Warnungen und fahre gut damit. Auch der heutige Abend, sagte sie und grinste Dankward herausfordernd an, sei auf diese Weise zustande gekommen. Sie tranken sich zu.

Eine Gräte im Zahnfleisch sowie der Anblick des blankgesäbelten Fischgerippes wurden mir nach einiger Zeit unerträglich, und weil es kein anderer tat, trug ich eigenhändig das stinkige Geschirr in die Küche. Als Greta und Dankward mir schuldbewußt mit schmutzigen Schüsseln folgten, klingelte das Telefon in der Diele. Greta, neugierig, wie sie nun einmal war, spritzte davon.

»Du hast es gut«, sagte Dankward, »ich kannte deine Freundin bisher ja nur oberflächlich. So was von originell und liebenswert! Im Gegensatz zu mir mußt du überglücklich sein!«

Ich war verblüfft. »Na, du kannst dich doch am allerwenigsten beklagen...«, sagte ich.

»Mein Gott, vor zehn Jahren hat es mir gefallen, wenn die Teenies in der ersten Reihe bei meinem Auftritt ›echt süß‹ sagten. Aber inzwischen kann ich es nicht mehr hören. In unserem Alter will man einen geordneten Haushalt und ein geregeltes Liebesleben!«

Bevor ich Gretas Gräte entfernt und mich von meiner Verwunderung erholt hatte, gesellte sich die Superköchin wieder zu uns. »Komische Schüler hast du«, sagte sie, »da wollte irgendeine Tussi den kranken Herrn Krebs aus meiner Wohngemeinschaft sprechen. Natürlich hab ich aufgelegt.« Ich zuckte zusammen: Bestimmt war es die besorgte Ursula, die mich ihrer Anteilnahme und Zuneigung versichern wollte! Ich wurde so böse auf Greta, daß Dankward ihr zu Hilfe kam: »Wenn Schüler so spät am Abend anrufen, dann ist das eine Unverschämtheit. Man darf diesen Kids noch nicht einmal den kleinen Finger reichen, sonst wird es rasch eine Selbstverständlichkeit, daß Lehrer zu jeder Tages- und Nachtzeit verfügbar sind.«

Greta drehte mir eine Nase, holte eine Flasche Sekt und schenkte ein. »Fisch will schwimmen!« behauptete sie und erschien mir reichlich überdreht. »Hast du dein Sexophon dabei?« fragte sie meinen Freund. »Wir könnten doch ein bißchen Musik machen!«

Natürlich trug Dankward sein Instrument bei einer Essenseinladung nicht mit sich herum, aber er setzte sich unverzüglich an unser Klavier, tat so, als ob es ein Keyboard wäre, und fing an zu improvisieren. Neidisch stellte ich wieder einmal fest, daß mir das nicht gegeben war und auch keiner nach meiner Trompete fragte. Greta juckte es sichtlich in den Fingern, ich hatte Angst, daß sie von der Küche aus ihr Harmonium traktieren würde, um sich in Dankwards Rhythmen einzureihen. So weit ging sie zwar nicht, aber sie drohte: »Irgendwo liegt doch meine olle Blödflokke«, und nach kurzem Kramen in der Handschuhschublade fand sie ihre Flöte und legte los. So heißblütig und vital hatte ich Greta noch nie erlebt, außerdem hätte ich mir nicht träumen lassen, daß man auf einer Blockflöte etwas anderes als *Hänschen klein* spielen konnte.

Als schließlich unsere Nachbarn mit dem Besen an die Wand klopften, mußte das Hauskonzert abgebrochen werden. Leider nahm Dankward dieses Signal nicht zum Anlaß, sich davonzuschleichen. Greta öffnete die dritte Flasche Schampus. »Armes krankes Hascherl«, sagte sie und fuhr mir grob über den Kopf, der auf dem Küchentisch ruhte, »vielleicht solltest du dich schon mal hinlegen, du siehst reichlich welk aus.« – Dankward schaute zum ersten Mal an diesem Abend auf mich herunter, wobei er überrascht feststellte: »Früher hattest du mehr Haare.«

Dann erzählte er von unserem ehemaligen Studienkollegen Franky, daß er eine Yamaha-Schule eröffnet habe und jetzt wegen Verführung einer Minderjährigen im Knast sitze. »Geschieht ihm recht!« rief Greta. »Für alte Knacker, die nach Frischfleisch gieren, kann ich nicht das geringste Verständnis aufbringen! In der Musikschule habe ich eine Kollegin, die man gelegentlich mit einem 18jährigen Waldhorn-Schüler im Café sitzen sieht...« – Nun ging sie aber zu weit.

»Wer hätte gedacht, daß du derart prüde und intolerant bist!« schrie ich. »Das ist derselbe Geist, der einen Vater des Mißbrauchs beschuldigt, wenn er mit seiner vierjährigen

Tochter in der Badewanne planscht. Kennen wir doch aus der Zeitung, diese Spießer, die in den harmlosesten Beziehungen gleich Unmoral wittern!«

»Der getretene Hund beißt zurück«, konterte Greta. Dankward sah mich verwundert an, dann erhob und verabschiedete er sich rasch. Ich war stinksauer, aber Greta triumphierte. »Ich glaube fast, daß ich ihn umgepolt habe«, sagte sie, »er hatte insgesamt viel mehr Interesse an mir als an dir.« Sollte sie sich ruhig einbilden, sie hätte eine Eroberung gemacht! Ich war jedenfalls froh, daß sie keine weiteren Anspielungen auf hübsche Schülerinnen machte. Seit meiner Referendarzeit hatte sie einen sechsten Sinn für meine geheimsten Träume entwickelt.

Als ich am darauffolgenden Montag den Musikraum betrat, musterten mich meine Leistungskurs-Schüler mit neugieriger Befangenheit. Um meine Gesundheit zu demonstrieren, erwähnte ich ganz nebenbei eine zweitägige Radtour, die ich am Wochenende unternommen hätte. Zu spät fiel mir ein, daß mir eines der beiden pickligen Jüngelchen in der Nachbarstadt bei C&A begegnet war. Falls er sich ebenfalls erinnerte und seinen Kameraden von meinem Kauf eines karierten Hemds erzählte, würden sie mich wahrscheinlich für einen todkranken Meister der Verdrängung halten.

Bei der nächsten Sonderprobe erklärte ich meiner Herzensschönen, daß ich wegen einer leichten und völlig harmlosen Hautreizung eine spezielle Creme benutzen mußte, deren Reaktion auf meinem Kopf vielleicht einen irritierenden Eindruck hinterlassen habe... Sie schien mir zu glauben, setzte sich nach Ablauf der Stunde sogar freiwillig zu mir an den Küchentisch, lehnte jedoch ein Glas Wein erschrocken ab. Sie sei leidenschaftliche Teetrinkerin. Also suchte ich eine Kanne und kramte in Gretas Vorräten, bis ich auf eine rote Teesorte stieß.

Dann fragte ich Ursula nach ihrer Lebensplanung. Sie habe bis zum Abi ja noch ein ganzes Jahr Zeit, sagte sie. Dagegen sei ihr armer Bruder schon bald mit der Qual der Wahl konfrontiert, zuvor jedoch mit dem anstehenden Abitur samt Musikprüfung. Ich kann im nachhinein gar nicht mehr sagen, wie es geschah, aber irgendwie entlockte sie mir das Abiturthema für ihren Bruder.

Er ahne ja bereits, daß es um Schuberts Liederzyklus *Die schöne Müllerin* gehe, sagte sie. Und ich fuhr fort: »Stimmt genau. Wie ich ihn kenne, wird er meine Fragen mit Bravour beantworten können, denn es geht mir um die Motivik der Klavierbegleitung im allgemeinen und im besonderen!«

»Welches Lied im besonderen?« fragte sie und sah mir tief in die Augen.

Ich pfiff: »Das Wandern ist des Müllers Lust«, und sie schenkte mir ein bezauberndes Lächeln. Dann verschwand sie wieder so rasch wie Aschenputtel nach dem großen Ball, verlor aber keinen Pantoffel, sondern vergaß im Flur eine Plastiktüte.

Greta kam, wie fast immer, fröhlich nach Hause. Sie erzählte stolz, daß sie in der Volkshochschule in Vertretung einer schwangeren Kollegin den Kurs *Das Spiel auf der Sopranblockflöte – Fortgeschrittene* leiten werde. Schon lange war es ihr Wunsch, auch außerhalb der Musikschule Unterricht zu erteilen. Abgesehen davon habe sie nun die Möglichkeit, selbst kostenlos Kurse zu besuchen. Sie schwanke noch zwischen *Schleiertanz-Phantasien* und *Schlemmerfeste im Freien*. Und nach dieser frohen Botschaft packte sie endlich die Lebensmittel aus ihrem Korb und sorgte für Ordnung in Küche, Bad, Schlafzimmer und Diele.

Mir fällt nie auf, wenn etwas herumliegt. Fürs Aufräumen war Greta zuständig. Mit Luchsaugen entdeckte sie sofort alles, was auch nur im geringsten auf die Spur einer anderen Frau hinwies. Eine dritte Tasse in der Spülmaschine, eine Haarklammer im Bad, das rasche Auflegen eines ungenannten Anrufers – stets interpretierte sie solche Belanglosigkeiten als Beweis meiner Untreue. Im Fall Ursula war es aber leider noch nicht zu einer Annäherung, sondern bloß zu drei Gesangsproben gekommen, als Greta die Plastiktüte im Flur erspähte. Ich las gerade in aller Seelenruhe die Zeitung, als ich durch ein unheilvolles Knurren aufgeschreckt wurde. Greta hatte den Inhalt der Plastiktüte auf den Küchentisch geschüttet und untersuchte mehrere triviale Gegenstände mit kriminalistischem Eifer.

Vor ihr lagen Noten, ein Lippen-Fettstift, ein Müsliriegel und eine leere Coladose, eine Packung Tempotücher und ein Notizbuch, das wohl als Terminkalender diente. Greta dachte gar nicht daran, mir das schwarzrote Büchlein auszuhändigen, sondern las laut Ursulas Name und Anschrift vor, denn anscheinend war alles ordentlich auf dem Deckblatt vermerkt. Dann studierte sie aufmerksam sämtliche Eintragungen meiner Schülerin. Als sie endlich fertig war, schob sie mir das kleine Buch über den Tisch und sah mich dabei an wie einen überführten Kinderschänder.

Ich blätterte. Dreimal stand von zarter Hand geschrieben: »Bei Thomas«.

Niemals hatte mich Ursula mit dem Vornamen angesprochen, stets hatte sie völlig korrekt »Herr Krebs« und »Sie« zu mir gesagt. Einerseits besagte die Formulierung, daß sie in Gedanken bereits eine gewisse Intimität zu mir hergestellt hatte, andererseits hatte Greta nun einen mutmaßlichen Beweis für meine Charakterlosigkeit in der Hand.

»Du weißt doch selbst am besten«, versuchte ich mich zu rechtfertigen, »daß junge Mädchen Traum und Wirklichkeit nicht auseinanderhalten können!«

Greta meinte höhnisch: »Du gibst dich also jeden Donnerstag mit einer Schizophrenen ab?«

Ich antwortete nicht und blätterte weiter. »*Krebs = Fisch = Fischschuppenkrankheit*« stand im Anhang zu lesen. Sollte wohl witzig sein.

Mit Greta war heute weniger zu spaßen. Mit finsterer Miene nahm sie Dufflecoat und Baskenmütze vom Haken und verließ wortlos das Haus. Gekocht hatte sie noch gar nichts, wenn auch gewisse Einkäufe auf ein geplantes wollweißes Essen hinwiesen: Teltower Rübchen, Basmati-Reis und Hühnerbrust. Sollte ich selbst kochen? Sollte ich Ursula anrufen und ihr mitteilen, daß sie ihren Krempel vergessen hatte? Ich hatte wenig Lust, am Ende mit ihren Eltern reden zu müssen, und ließ es bleiben. Aufs Kochen hatte ich erst recht keinen Bock, also schmierte ich mir ein Butterbrot, legte außer goldgelbem Gouda rote Tomatenscheiben darauf und streute aufsässig noch grünen Schnittlauch darüber. Dann las ich endlich mein Horoskop: »Single-Fische können mit einer aufwühlenden Begegnung rechnen.«

Nur deshalb wählte ich nach langem innerem Ringen Ursulas Nummer, die ebenfalls im schwarzroten Büchlein stand. »Hallo!« sagte eine weibliche Stimme. – »Ursula?« fragte ich zurück.

Sie sei Ursulas Mutter, kam die Antwort, ihre Tochter sei wie meistens nicht zu Hause. Mit wem sie denn spreche? Ich erschrak maßlos – wie hatte ich bloß dieses burschikose Organ mit Ursulas mädchenhafter Stimme verwechseln können! Aber ich legte blöderweise nicht auf, sondern gab mich als Musiklehrer zu erkennen.

»Gut, daß ich Sie mal an der Strippe habe«, sagte die Frau, »ist es denn wirklich nötig, daß das Kind stundenlang bei Ihnen proben muß! Spätabends und völlig überfordert kommt Ursula nach Hause. Es wäre viel wichtiger, daß sie sich auf die anderen Fächer konzentriert... Im übrigen dachte ich, sie wäre immer noch bei Ihnen!«

Sollte ich meinen Augenstern, der seit vielen Stunden nicht mehr in meiner Nähe leuchtete, schnöde verraten? Ich ging nicht weiter auf dieses Thema ein, sondern sagte bloß: »Sie hat ihre Noten bei mir vergessen. Sagen Sie ihr doch –«

»Ach, und noch was«, unterbrach mich Ursulas Mutter, »auch ein Lehrer sollte mit der Zeit gehen! Händel oder Haydn oder was Sie da mit ihr singen, das spricht doch heutzutage keinen jungen Menschen an. Ich habe das Gefühl, Sie können sich in unsere Jugend überhaupt nicht mehr einfühlen.«

Ursula schien mich als Fossil der Steinzeit geschildert zu haben. Trotzdem versuchte ich, gut Wetter zu machen. »Was würden Sie denn vorschlagen?« fragte ich zuckersüß.

»Auf jeden Fall ein Musical«, sagte sie, »zum Beispiel *Starlight Express*, habe ich neulich in Bochum gesehen. Große Klasse! Leider behaupten unsere beiden Kinder, Musicals seien megaout. Aber man muß ihnen schließlich die Kultur nahebringen, sonst –«

»Nun, wenn Ursula Musik studieren will«, wandte ich vorsichtig ein, »sollte sie auch über die Klassik Bescheid wissen. Und außerdem muß ich mich in etwa an den Lehrplan halten.«

»Musik studieren? Hat sie Ihnen etwa diesen Bären aufgebunden? Nein, unsere Ursula will Stewardeß werden. Bei so einer Figur braucht sich ein Mädchen doch nicht auf der Uni abzuquälen!«

Schleunigst machte ich dem Gespräch ein Ende. Wie alt mochte Ursulas Mutter sein? Höchstens zehn Jahre älter als ich, aber sie tat so, als sei ich ihr Großvater. Meine Schöne hatte zu Hause ein wenig geschwindelt. Wo mochte sie hingehen, wenn sie mich verließ? Und wo war Greta abgeblieben? Auf Weiber war kein Verlaß. Frustriert rief ich bei Dankward an, aber er meldete sich nicht. Ich hatte Lust, mich zu besaufen, fand aber nur Kräuterlikör und Cassis. Den Wein hatte ich bereits intus.

Auf dem Küchentisch lag immer noch das schwarzrote Büchlein. Widerwillig schenkte ich mir ein winziges Gläschen Kräuterlikör ein und blätterte Ursulas Heft ganz langsam und sorgfältig durch. Wie jung sie noch war! Wie kindlich die Schrift! Und wie liebevoll sie die kleinen Zeichnungen und Abziehbildchen eingefügt hatte!

»Mein Geburtstag« las ich auf der Seite für den 18. Januar. Neben diesen wichtigen Eintrag hatte sie brennende Kerzen und so etwas wie einen Ziegenbock mit Sprechblase gezeichnet. Juchuuu! rief das schafsartige Tier. Nach kurzem Grübeln rekapitulierte ich, welches Sternzeichen zuständig war – der Steinbock. Ein inniges Gefühl der Verbundenheit durchströmte mich, weil ich mein Schätzchen durchschaut hatte: Der Steinbock war nichts anderes als ein Selbstporträt. Ich blätterte im lateinischen Wörterbuch und brachte einen Toast auf den Capricornus aus! Erneut schenkte ich mir Likör ein und las endlich Ursulas Horoskop für diese Woche: »Das Alter spielt bei der Liebe keine Rolle. Sie haben den nötigen Elan, um sich gegen die Vorurteile Ihrer Umwelt durchzusetzen. Folgen Sie Ihrem Herzen!«

Ein klarer Befehl. Hoffentlich hielt sich Ursula daran und gehorchte. Als Memento schnitt ich diese Zeilen aus und klebte sie vorsichtig in das reizende Heft. Mit roter Lehrertinte malte ich kleine Herzen als Umrandung und spendierte dem Bock, biologisch unkorrekt, einen riesigen Euter zwischen die Vorderbeine. Schließlich verbrachte ich bei Likör, Cassis und Miniaturmalerei einen wunderbaren Abend. Als Greta um Mitternacht noch nicht zu Hause war, legte ich mich glücklich ins Bett.

Das Erwachen war weniger angenehm. Das Schlafzimmerfenster, das Greta sonst weit geöffnet hielt, war hermetisch verschlossen, die Luft stickig und verbraucht. Mir brummte der Schädel, die Zunge klebte wie ein ausgetrocknetes graues Schwammtuch am Gaumen. Auf dem Weg ins Bad sah ich Greta im Wohnzimmer auf dem Sofa kampieren; flugs schloß ich die Tür und hoffte, daß sie so bald nicht erwachte. Nach dem Duschen stand ich in der Küche und trank literweise Mineralwasser. Um neun Uhr begann mein Unterricht, ich mußte mich sputen. Das Büchlein lag nach wie vor auf dem Küchentisch, aber es war nicht auszuschließen, daß Greta noch zu später Stunde meinen Beitrag entdeckt hatte. Eigentlich hatte ich vorgehabt, die Plastiktüte mit in die Schule zu nehmen und Ursula zu übergeben. Aber als ich das Büchlein erneut zur Hand nahm, schämte ich mich in Grund und Boden – war es wirklich ich, der diese pubertären Anzüglichkeiten und schwachsinnigen Liebesbeteuerungen hineingeschrieben hatte? Großer Gott, da half kein Tintentod, sondern nur noch die radikale Eliminierung. Ich würde standhaft leugnen, daß in der Tüte etwas anderes als Noten gewesen wären.

Schneller als gedacht mußte ich mich rechtfertigen. Vor dem Lehrerzimmer erwartete mich Ursula. »Haben Sie meine Noten?« fragte sie, »meine Mutter –«

»O je, ich wollte sie Ihnen eigentlich mitbringen, aber die Plastiktüte befindet sich wohl noch bei mir zu Hause. Auch Lehrer sind gelegentlich vergeßlich«, sagte ich. »Sie können ja am Nachmittag vorbeikommen, auch wenn heute erst Dienstag ist.«

Sie nickte ein wenig kläglich und eilte davon.

Als ich mittags nach der bewußten Plastiktüte suchte, war sie ebenso unauffindbar wie das Büchlein, dessen umgehende Liquidierung beschlossene Sache gewesen war. Ich stellte fast die ganze Wohnung auf den Kopf, bis ich zu dem naheliegenden Schluß kam, daß Greta dahintersteckte. Also begann ich, ihren Schreibtisch zu durchwühlen. Vergeblich.

Schließlich stand Ursula vor der Tür. »Hallo!« sagte sie, ein bißchen verlegen, wie mir schien. »Ich muß meine Tüte im Flur vergessen haben. Dort – bei den Mänteln!«

Wie idiotisch von mir, daß ich ihre Mutter angerufen und zugegeben hatte, daß Ursula ihre Siebensachen nicht zusammenhielt! Wie sollte ich mich jetzt aus der Affäre ziehen?

»Kommen Sie erst mal herein«, sagte ich liebenswürdig, »ich habe gerade nach Ihren Noten gesucht und sie nicht gefunden. Ich kann es mir nur so erklären, daß meine Putzfrau die Tüte versehentlich in den Müllcontainer geschmissen hat. Natürlich bekommen Sie neue Noten von mir, das ist Ehrensache.«

»Es waren nicht bloß Noten«, sagte Ursula, »viel wichtiger ist mir ein kleines Heft mit meinem Stunden- und Terminplan, mit Adressen und Telefonnummern. Eigentlich nicht zu ersetzen.« Ratlos blickten wir uns an.

»Ich werde weitersuchen und natürlich die Putzfrau befragen«, versprach ich. Ganz plötzlich brach Ursula so heftig in Tränen aus, daß es mir in tiefster Seele weh tat. Behutsam strich ich ihr über das seidige Kinderhaar und sagte tröstend: »Nicht gleich verzweifeln! Falls sich das Büchlein wirklich nicht mehr findet, will ich alles tun, um den Verlust wiedergutzumachen.« Sie nickte, rieb sich die Äuglein und reichte mir zum Abschied ihre klebrig-nasse Pfote.

Kaum war ich wieder allein und kramte verzweifelt weiter, als Greta auftauchte. »Was machst du an meinem Kleiderschrank?« fragte sie scharf. Ich ging sofort in die Offensive: »Du hast die Sachen meiner Schülerin irgendwo deponiert, wo ich sie nicht finden konnte. Dazu hattest du kein Recht.«

Greta beteuerte scheinheilig: »Hab ich doch gar nicht. Ich wollte bloß, daß deine Ursula ihren Besitz umgehend zurückerhält. Ihr Bruder hatte heute bei mir Klavierstunde; war doch praktisch gedacht, ihm die Tüte mitzugeben.«

Ich wurde leichenblaß. Lebhaft malte ich mir aus, wie dieser – sicherlich schlampige – Bruder zu Hause die Tüte fallen ließ, die Mutter sich neugierig darüber hermachte und das Büchlein mit meinen schweinischen Eintragungen demnächst Thema einer Elternbeirats-Sitzung sowie eines peinlichen Gesprächs unter vier Augen mit dem Direktor unserer Schule wurde. Und das war die harmloseste Variante.

»Was hast du?« fragte Greta. »Wirst du krank? Habe ich etwas falsch gemacht?«

Ich mußte tatsächlich ins Bad rennen, weil mir schlecht wurde.

»Na, hat der Fisch die Fische gefüttert?« kalauerte Greta.

Ich stöhnte bloß: »War das Büchlein in der Tüte?« Vielleicht bestand eine geringe Hoffnung, daß es noch irgendwo herumlag.

Greta nickte. »Klar. Du mußt dir keine Sorgen machen, ist alles erledigt.« Anscheinend hatte sie das Heft in die Tüte gesteckt, ohne meine geschriebenen und gezeichneten Beiträge zu entdecken, andernfalls hätte sie nämlich ein solches Donnerwetter auf mich niederprasseln lassen, daß mir Hören und Sehen vergangen wären. Dennoch traute ich ihr nicht über den Weg, denn sie erschien mir allzu harmlos und freundlich.

Wie sich im nachhinein herausstellte, hatte ich recht. Gretas hinterhältiger Racheplan gründete auf Langzeitwirkung. Zwar hatte Ursulas Bruder das Corpus delicti nicht seinen Eltern, sondern direkt seiner Schwester ausgehändigt, aber Ursula begann mich von da an systematisch zu erpressen. Entweder blieb sie dem Unterricht ganz fern, oder sie beschäftigte sich mit Aufgaben aus anderen Fächern. Für die Klausuren mußte ich ihr am Tag zuvor alle Fragen mit den richtigen Antworten auflisten, die sie dann nur abzuschreiben brauchte. Falls sie sogar dafür zu faul war, zwang sie mich trotzdem zur bestmöglichen Bewertung – beim Abitur des Bruders natürlich ebenfalls. Im übrigen erfuhr ich, daß Ursula einen fünfzehnjährigen Thomas liebte, den sie im Anschluß an mich regelmäßig besucht hatte. Seinem jugendlichen Überschwang war sicherlich die von Ursulas Mutter beobachtete Erschöpfung zuzuschreiben, unter der ihre Tochter nach den Proben offensichtlich litt.

Doch in anderer Hinsicht hatte meine rasch erkaltende Liebe zu Ursula viel verhängnisvollere Folgen. Schon wochenlang hatte ich nichts Warmes mehr zum Essen erhalten, sondern mußte jeden Abend schauen, wie ich satt wurde. Die Wohnung war leer, meine Wäsche blieb schmutzig, im Kühlschrank fand ich nur noch ein Glas Gurken. Mir ging es beschissen.

Eines Tages kam ich heim und roch schon in der Diele einen lang entbehrten köstlichen Duft nach Speck, Sahne, Rotwein, Knoblauch und *Divine*. Greta und Dankward saßen in trauter Zweisamkeit auf dem Sofa. »Wir haben mit dir zu reden«, sagte sie. Ich ahnte nichts Gutes.

»Dankward wird heute hier einziehen«, sagte meine langjährige Freundin, »und deswegen mußt du jetzt raus, denn für drei wird es zu eng. Schließlich war und ist es *mei-*

ne Wohnung. Wir haben schon angefangen, deine Sachen zu packen.«

Ich protestierte. Woher sollte ich von einer Minute auf die andere eine neue Bleibe finden?

»*No problem*«, beruhigte mich Dankward, »du kriegst meine Bude, die wiederum für zwei nicht ausreicht. Und falls du wider Erwarten eine neue Partnerin finden solltest, kannst du vielleicht hierher zurückkommen, weil es uns im nächsten Jahr zu eng werden könnte.«

»Aha!« sagte ich. Mehr fiel mir vorerst nicht ein. Aber dann wollte ich doch zeigen, daß ich kapiert hatte und ein fairer Verlierer war, dem das alles nicht das geringste ausmachte. Mühsam scherzte ich: »Für eure künftige Hausmusik müßt ihr aber mindestens Zwillinge kriegen.«

Greta behauptete: »Kanon singen macht bereits zu dritt viel Freude«, drückte mir einen Koffer und die Autoschlüssel in die Hand und röhrte los: »He-joo, spann den Wagen an!« – Und der falsche Dankward brüllte hinter mir her: »Es müssen mindestens Drillinge sein, wenn man eine Big Band plant!«

Ich sagte nichts mehr, aber wünschte insgeheim, daß sie vor lauter Blagen keine Luft mehr kriegen sollten.

Der Wind trieb Regen übers Land, als ich in Dankwards dunkle Stube trat. Mein Flokati – das einzige Stück, das ich zu Gretas Einrichtung beigesteuert hatte – lag bereits grau und schmutzig als Fußabtreter vor der Tür. Kein wärmender Ofen, kein duftendes Essen, kein Stern am Himmel, kein Silberstreif am Horizont, während in meinem ehemaligen Zuhause Greta und Dankward jetzt wahrscheinlich endlos weitersangen und die goldnen Garben einholten.

Es war herbstlich geworden, dieses ungeheizte Loch war eine Zumutung. Hoffentlich hatte mir Greta den dicken Pullover eingepackt. Als ich den Koffer öffnete, lag ganz oben ein Pizza-Karton. Wenigstens brauchte ich heute abend nicht zu verhungern. Begierig klappte ich den Deckel auf und zuckte zusammen.

Von allen monochromen Abendmahlzeiten waren mir die schwarzen Essen stets am widerlichsten gewesen. Vor mir lag eine zu Kohle verbrannte Pizza, garniert mit Lakritzstückchen, die wie Hasenscheiße aussahen. In der Mitte klebte mein Horoskop: »Fische – Wer wird denn gleich schwarzsehen? In Ihrem neuen Ambiente fühlen Sie sich wie ein Fisch im Wasser, und in der Liebe können Sie auf den größten Erfolg Ihres Lebens zurückblicken.«

Heute logen die Sterne wieder einmal das Blaue vom Himmel herunter.

Nasentropfen

Es regnet. An den dicken Eisenstäben vor meiner kleinen Zellenluke perlt das Wasser unermüdlich herunter. Ich singe: »Nasentropfen, die an mein Fenster klopfen...«

An die Nacht, in der das Unheil begann, kann ich mich genau erinnern. Wir waren gerade eingeschlafen, als das Telefon klingelte und ich dringend ins Krankenhaus gerufen wurde. Nun, das kommt vor, im allgemeinen schlummere ich zwei Stunden später bereits wieder friedlich weiter.

Beim Einschlafen pflegte ich auf der rechten Seite zu liegen, meine Frau im übrigen auch. Meine Gedanken kreisten noch um den perforierten Blinddarm, als ich von einem zugigen Lüftchen angefächelt wurde. Hilde schlief sowohl auf der falschen Seite als auch mit einer verblüffend neuen Atemtechnik. Schnarchen konnte man es nicht direkt nennen, es handelte sich um ein aufdringliches »Püü-Haa«. Nur wenige Minuten lang konnte ich es ertragen. Ich stieß sie an, sie drehte sich weg, und der Spuk war zu Ende.

In der nächsten Nacht fuhr mir ein Sturmwind ins Gesicht, das Püü und Haa ging in ein ratzendes Sägen über. Das Weib wendete sich nicht mehr gehorsam ab, sondern wirkte unverdrossen auf meinen Herzinfarkt hin – die häufigste Todesursache bei Ärzten.

Eine nächtliche Bettflucht war unmöglich. Bei meinem Sohn mochte ich nicht um Asyl nachsuchen, seine Socken und Turnschuhe belästigten ein anderes meiner empfindlichen Sinnesorgane. Bei der Tochter ging es schon aus Gründen des Anstands nicht.

Nach schlaflosen Nächten, heftigen ehelichen Auseinandersetzungen und Drohungen beriet ich mich mit einem Kollegen. Er empfahl Nasentropfen. Bereits am nämlichen Abend zwang ich Hilde, das Medikament zu nehmen. Mit Erfolg: Die Nasenatmung funktionierte wieder.

Wenn ich gedacht hatte, das Problem sei hiermit gelöst, so irrte ich. Anfangs nahm meine Frau die Tropfen mit künstlichem Eifer. Als echte Schlampe vergaß sie ihre Pflicht aber schon nach wenigen Tagen und begann wieder zu schnarchen, grauenhafter denn je. Sie mußte von mir gerüttelt, gerügt, ja gewaltsam beträufelt werden.

Dann begann sie mit diesen Ausflügen. Einmal im Monat besuchte sie ihre Freundin in der Stadt und übernachtete dort, obwohl man in zehn Minuten wieder zu Hause sein konnte. Diese Extravaganz bezeichnete sie als ihr gutes Recht. Niederträchtigerweise vergaß sie nie, die Tropfen in den Kulturbeutel zu packen. Bei meinen abendlichen Kontrollanrufen meldete sich niemand, selbst um drei Uhr nachts wurde der Hörer nicht abgenommen.

Sicherlich betrog sie mich. Bei mir wurde auf Teufel komm raus geschnarcht, mein Nebenbuhler dagegen durch lautlosen Schlaf beglückt. Insofern war es nicht verwunderlich, daß ich mich auf Hildes Geburtstagsfeier in ihre sanfte Freundin Sonja verliebte.

Kurz darauf reifte der geniale Plan, mich meiner Frau zu

entledigen, ein für allemal. Vom Anästhesisten entwendete ich ein starkes Muskelrelaxans, das als Narkosemittel in flüssiger Form verfügbar war. Als Hilde erneut den Koffer packte, leerte ich die Nasentropfen aus dem Fläschchen, füllte es mit der gestohlenen Injektionslösung und legte das Überraschungsei in ihre Toilettentasche zurück, nicht ohne einen Markierungspunkt angebracht zu haben. Ich rechnete mit einem nächtlichen Atemstillstand und einem grauenhaften Schock ihres Lovers. Aber meine Frau kam gesund nach Hause.

In meiner Verzweiflung beschloß ich, Gleiches mit Gleichem zu vergelten. Am folgenden Samstag fuhr ich zu Sonja und blieb die ganze Nacht bei ihr. Wenn Hilde schon nicht sterben wollte, so sollte sie in Zukunft zumindest leiden wie ich.

Nach der Liebe schlief ich wie ein junger Gott. Sonja war, trotz einer Erkältung, selbst im Schlaf ein Muster an Disziplin.

Als ich meine Liebste wachküssen wollte, war sie starr und kalt. Auf ihrem Nachttisch standen Hildes Nasentropfen.

Donau so grau

Vielleicht lag es daran, daß ich ohne Schwestern aufgewachsen bin; jedenfalls hat mich erst meine Schwiegermutter über PMS aufgeklärt. Als ich mich als junger Ehemann zum ersten Mal über Marinas patzige Launenhaftigkeit beklagte, behauptete ihre Mutter steif und fest, PMS verschwinde nach dem ersten Kind. Einige meiner verheirateten Leidensgenossen, die ich über das prämenstruelle Syndrom befragte, konnten zwar auch von gelegentlichen Verstimmungszuständen ihrer Frauen berichten, doch in den meisten Fällen schien es sich nur um körperliche Beschwerden zu handeln. Natürlich bohrte sich der Zaunpfahl meiner Schwiegermutter tief in mein Herz, und ich sorgte rasch für das erste Kind. Schon bald erwies es sich allerdings als Fehlschlag, und auch das zweite und dritte Baby hatte keinen Einfluß auf PMS.

Für einen Außenstehenden ist es kaum zu verstehen, wie sehr mich die permanente Verdrossenheit meiner Partnerin bedrückte. Bereits beim Frühstück blickte ich in das Antlitz der Mater dolorosa - wobei das noch die milde Variante war. Abends hatten sich Marinas miesepetrige Züge in die eines kranken Orang-Utans verwandelt, den ich vor Jahren in einem Budapester Zoo bedauert hatte.

Nach Jahren der Duldsamkeit konnte ich es irgendwann

nicht mehr glauben, daß allein die Hormone für Marinas schlechte Laune verantwortlich sein sollten. PMS trat bei ihr nicht bloß 6 bis 8 Tage vor der Regel auf, sondern ging nahtlos in ein intra- und schließlich postmenstruelles Syndrom über. Sollte ich auf die Wechseljahre hoffen? Doch sowohl Meno- als auch Postmenopause waren sicherlich erst recht eine gute Ausrede für Griesgram-Syndrome. Allmählich dämmerte mir, daß Marinas Muffigkeit ein Charakterzug war, der sich nicht ändern ließ.

Unter diesen Umständen war es nicht weiter verwunderlich, daß ich mich in eine junge Frau verliebte, die ein Praktikum in meinem Betrieb absolvierte. Von ihren arktischen Ahnen hatte sie das ruhige Temperament geerbt, ebenso ein plattes Mondgesicht. Doch das tat meiner Leidenschaft keinen Abbruch, denn ich sah mir ihren gar nicht platten Busen sowieso viel lieber an. Mit dem Mut der Verzweiflung suchte ich sogar einen Rechtsanwalt auf, der mich leider belehrte: Finanziell würde mich die Scheidung ruinieren.

Ich war nicht mehr jung, aber meine Freundin Jennifer war es. Wochenlang rechnete ich hin und her und knirschte dabei mit den Zähnen vor Zorn. Da ich ein weitgehend nüchterner Mensch bin, weiß ich durchaus, daß meine Großzügigkeit ein wesentlicher Bestandteil meiner Anziehungskraft ist. Nach reiflichem Überlegen faßte ich den Entschluß, meine Frau durch einen perfekten Mord aus dem Weg zu schaffen.

Einem spurlosen Verschwinden mit zermürbenden und aufwendigen Suchaktionen fühlte ich mich nicht gewachsen. Da man aber im Bekanntenkreis und in der Nachbarschaft Marinas Mißmut seit Jahren als Niedergeschlagenheit interpretierte, konnte ich gezielt ein paar Andeutungen über eine schwere endogene Depression in Umlauf setzen. Im Betrieb, in der Verwandtschaft, selbst bei den eigenen Kindern stieß ich sofort auf teilnahmsvolles Verständnis. Einige Mitmenschen meinten sogar, sie hätten insgeheim längst die richtige Diagnose gestellt. In hohem Maße suizidgefährdet, das mußte nun jeder annehmen und würde es gegebenenfalls bezeugen können.

Auf allen meinen Ungarnreisen hatte ich stets im gleichen Hotel in Buda übernachtet. Der Blick auf die Kettenbrücke und die graue Donau hatte es mir angetan, so daß ich immer auf einem Zimmer in den obersten Stockwerken bestand. Ein Sturz aus dieser Höhe war sozusagen idiotensicher. Glücklicherweise hatte man sich hier noch nicht dafür entschieden, die türhohen Fenster zugunsten einer Klimaanlage zu verrammeln.

Als Täterin kam eigentlich nur meine Geliebte in Frage, die ja auch ein persönliches Interesse an einer sauberen Lösung haben mußte. Da Marina mickerig und schwach, Jennifer dagegen groß und kräftig war, hatte ich rasch einen Plan im Kopf.

Marina war zwar verwundert, als ich ihr eines Tages anbot, mich auf einer sommerlichen Dienstreise zu begleiten, fühlte sich jedoch trotz hämischer Bemerkungen irgendwie geschmeichelt. »Das wurde aber auch mal Zeit«, knurrte sie und überlegte sofort, ob sie für den kurzen Trip nach Budapest neue Garderobe brauche. In einem Anfall von

Großmut gestattete ich ihr zusätzlich den Kauf einer Perlenkette, die sich nach ihrem Tod als hübsches Hochzeitsgeschenk für Jennifer anbieten würde.

Obwohl sich meine Frau und meine Freundin noch nie begegnet waren, buchte ich für Jennifer zwar vorsichtshalber einen separaten Flug, jedoch ein Zimmer auf der gleichen Etage. Ich wußte aus Erfahrung, daß die Stubenmädchen relativ spät zum Aufräumen kamen. Sie trugen alle eine kleine weiße Rüschenschürze; Jennifer hatte sich bereits in Deutschland eine ähnliche besorgt.

An jenem verhängnisvollen Morgen verließ ich gleich nach dem Frühstück unsere Suite, um ein hieb- und stichfestes Alibi zu haben. Seit Ewigkeiten kannte ich Marinas Gewohnheiten und war mir sicher, daß sie vor dem geplanten Spaziergang zur Fischerbastei noch eine Weile herumtrödeln würde. Auf dem Weg zum Lift klopfte ich kurz an Jennifers Tür und übergab ihr meine Hotel-Chipkarte. Sie sollte etwa eine halbe Stunde später bei uns eindringen und Marina ohne viel Federlesen über das Eisengeländer kippen. Natürlich durfte sie bei ihrer Blitzvisite auf keinen Fall beobachtet werden.

Ganz in der Nähe lag das kleine Bistro, in dem ich mit meinem Geschäftsfreund Imre verabredet war. Von dort hatte ich die beste Aussicht auf die oberen Stockwerke unseres Hotels. Leider war ich so aufgeregt, daß ich zu keiner vernünftigen Unterhaltung fähig war und mich Imre verwundert fragte, was denn los sei. Auch mit ihm sprach ich über die schweren Depressionen meiner Frau: Ausnahmsweise hatte ich sie auf die Reise mitnehmen müssen, weil man sie mit gutem Gewissen nicht mehr lange allein lassen konnte.

Zum Zeitpunkt des Sturzes wurde mir die Sicht leider von einem LKW blockiert, aber ich hörte pünktlich zum vereinbarten Termin entsetzte Schreie auf der Straße. Imre ging hinaus, erfuhr durch einen Passanten von einem Unglück im Hotel und rannte mit mir zum Tatort.

Bereits von weitem sah ich, wie man eine Frau in einem blauen Mantel auf eine Bahre hob. Schon die Farbe des Samtmantels hätte mich mißtrauisch machen müssen, denn Marina hatte sich das bodenlange Cape für einen erhofften Opernbesuch gekauft. Es machte keinen Sinn, daß sie sich bereits am hellichten Vormittag derart herausputzte.

Als wir näher kamen und uns einen Gang durch die Menge bahnten, stieß ich auf meine völlig verstörte Frau. Zu dritt steuerten wir das Foyer des Hotels an und ließen uns dort in die Sessel fallen. Marina schluchzte immer wieder: »Sie hatte mein neues Cape an!«

Nach fünf Zigaretten war sie schließlich in der Lage, zusammenhängend zu berichten. Kurz nach meinem Weggehen habe das Stubenmädchen angeklopft, um die Betten zu machen; da sie nicht im Weg stehen wollte, hatte Marina den Raum verlassen. Was dann passiert war, konnte sie überhaupt nicht begreifen, denn sie stand noch mit dem Stadtplan auf der Straße, als ein Körper durch die Luft flog und sie um ein Haar erschlagen hätte. Fassungslos stellte sie fest, daß es das Zimmermädchen war, das seltsamerweise Marinas Abendmantel und ihre Perlenkette trug.

Erst zwei Stunden später hatte ich die Gelegenheit, mit Jennifer zu sprechen. Sie fläzte sich auf ihrem Bett, trug nichts als das weiße Schürzchen und war betrunken. Alles im grünen Bereich, lallte sie, und ihr Pfannkuchengesicht glänzte. Marina habe vor dem Spiegel gestanden und sich selbstgefällig hin und her gedreht. Wie besprochen, hatte Jennifer zügig gehandelt, die kleine Gestalt blitzschnell geschnappt und aus dem bodenhohen Fenster befördert. Kein Mensch habe sie dabei gesehen, versicherte sie stolz, und ihre sonstige Tranigkeit war wie weggeblasen.

»Es war gar nicht meine Frau, du hast ein armes Kammerkätzchen ermordet«, sagte ich aufgebracht und nahm ihr die Flasche weg. »Hör auf zu saufen, gib mir meine Keycard zurück, nimm ein Taxi, und verschwinde!«

Es dauerte relativ lange, bis Jennifer begriff, daß sie alles falsch gemacht hatte. Meine Vorhaltungen brachten sie allerdings in Harnisch. »Hätte ich vielleicht erst fragen sollen, ob es die richtige ist?« brüllte sie.

Mit offenem Mund hörte sie am Ende doch noch zu, wie ich ihr die Situation vor Augen führte: Ein ungarisches Zimmermädchen, das weiß Gott nicht viel verdiente, wollte nur mal den teuren Mantel der Deutschen anziehen und vor dem Spiegel feine Dame spielen. Diese kleine Sünde mußte sie mit dem Leben bezahlen. Bei dieser Vorstellung zerfloß Jennifer auf einmal in Tränen.

Als ich zurück in unser Zimmer kam, sagte Marina: »Der Portier war gerade hier und hat mir meine Sachen gebracht. Vielleicht glaubte diese durchgeknallte Piroschka, das Cape verleihe ihr Batmans Fähigkeiten. Mein Mantel ist völlig hin, aber seltsamerweise ist die Kette heil geblieben. Trotzdem werde ich sie nie mehr tragen. Perlen bedeuten Tränen, also bringen sie Unglück; am Ende falle ich auch noch aus dem Fenster oder gar ins Wasser.«

Gute Idee, dachte ich, als nächstes werden wir es mit der Donau versuchen.

Inzwischen liegt Marina längst auf dem Friedhof und Jennifer von früh bis spät in unserem Doppelbett. Vielleicht hätte ich ihr die Kette doch nicht schenken sollen, denn Marinas Perlen haben tatsächlich Unglück gebracht. Erst nach der Hochzeit kam ich dahinter, daß auch meine zweite Frau unter scheußlichen PMS-Schüben leidet und zwecks Behebung ihrer schlechten Laune zur Flasche greift. Wenn sie richtig blau ist, trällert sie rülpsend den *Donauwalzer*.

Annika

Gegen einen gewissen Kalauer bin ich allergisch, denn jeder meiner bisherigen Freunde meinte, ihn erfunden zu haben. Schon mein Stiefvater witzelte, als ich eine Klassenkameradin mit nach Hause brachte: »Und das ist also Pippi Langstrumpf!«

Meinen Vornamen Annika verdanke ich – wie sollte es anders sein – meiner Mutter, die 1974 als Au-pair-Mädchen nach Schweden ging. Aufgewachsen in einem hinterwäldlerischen Pfarrhaus, hatte sie wohl bis zum Abitur wie in einem vergangenen Jahrhundert gelebt, obwohl sie das bestreitet. Jedenfalls bekam sie von meiner Oma keine Pillenpackung mit auf den Weg, sondern einen Koffer voller Monatsbinden. Was Wunder, daß sie die Hälfte des Vorrats wieder mit nach Hause schleppte und zusätzlich noch ein kleines Souvenir. Die Überlegung ist müßig, ob ich eine spanische Anita oder eine slawische Anuschka geworden wäre, wenn Mutter mich aus einem anderen europäischen Land importiert hätte.

Für den schüchternen Tommy, der Kalauer haßt, begann ich mich erst dann zu interessieren, als er mir sozusagen ein Ständchen brachte. Rein äußerlich hätte er mich wohl kaum beeindruckt, denn Tommy ist ein rotblonder Typ und hat mit seinen 33 Jahren bereits einen gelichteten Haaransatz. Auf der Geburtstagsfete einer Kollegin, die im Stil der fünfziger Jahre gefeiert werden sollte, erhielt er bei kindischen Pfänderspielen eine peinliche Aufgabe. Tommy wurde rot und wußte nicht, was er singen sollte. Passend zum Motto des Abends riet man zu den Capri-Fischern, statt dessen wählte er aber ein Lied, das wahrscheinlich ein paar hundert Jahre älter ist. Bei seiner schamhaft dargebotenen Solonummer schaute er immer nur mich an. Sein »Ännchen von Tharau« trieb mir fast das Wasser in die Augen, ich hätte meinen schwedischen Namen am liebsten eingedeutscht.

Am Sonntag nach der Party lag ich leicht verkatert auf einer Wiese im Englischen Garten und döste gen Himmel. Über mir sammelten und ballten sich weiße Sommerwolken, nahmen Gestalt an und formten Tommys Gesicht; skrupellos griff ich nach dem nächstbesten Gänseblümchen. Das Orakel war eindeutig.

Als ich innerlich beschlossen hatte, mich in ihn zu verlieben, ging ich sofort in die Offensive und sorgte dafür, daß er am nächsten Sonntag neben mir im Gras lag. Natürlich ist es immer etwas umständlich, einen scheuen Mann aus der Reserve zu locken.
»Du siehst aus wie ein Ire«, sagte ich, während ich zählend auf seine Sommersprossen tippte.
Tommy lächelte. »Dich würde man auch nicht für ein Münchner Mädel halten!«

»Kunststück, mein Vater ist Schwede«, sagte ich.
»Meiner auch«, sagte er.
»Meiner heißt Gunnar Ottoson«, fuhr ich fort.
»Meiner auch«, wiederholte Tommy, und wir starrten uns mißtrauisch an. Sahen wir uns etwa ähnlich? Ganz im Gegensatz zu mir wußte Tommy, daß sein Vater in Göteborg lebte.

Am Abend rief ich meine Mutter an.
»Wo wohnt mein Papa?« fragte ich vorsichtig, denn dieses Thema war schon immer ein großes Tabu in unserer Familie. Jedesmal, wenn ich Näheres über den unbekannten Erzeuger erfahren wollte, wurde meine Mutter weinerlich. Auch jetzt fing sie an zu schluchzen. Immerhin erfuhr ich, daß sie den verheirateten Gunnar auf der Göteborger Buchmesse kennengelernt hatte. Das gefiel mir gar nicht.
Tragischerweise mußte ich mir Tommy jetzt aus dem Sinn schlagen, und zwar am besten, bevor es zum Inzest unter Geschwistern kam. Ich schrieb ihm einen schicksalsschweren Brief und offenbarte ihm sowohl meine Liebe als auch die Trauer über ihre Ausweglosigkeit.

Als der zurückhaltende und rührend altmodische Tommy mein Geständnis las, war er überglücklich. Ohne mühselig werben zu müssen, hielt er einen schriftlichen Beweis meiner Gefühle in Händen und konnte seinerseits freudig zugeben, daß er ein wenig geflunkert hatte. Göteborg hatte er gesagt, weil er außer Stockholm keine andere Stadt in Schweden kannte. Sein Vater hieß in Wahrheit Herbert und stammte aus Bremen.

Nolls Nähkästchen

*Wie man von seinen Fans
um die Ecke gebracht wird*

Was macht eine Schriftstellerin, wenn sie nicht schreibt? Sie zieht als Vorleserin von Stadt zu Stadt.

Nach der Veranstaltung gibt's häufig noch ein lustiges Frage-Antwort-Spiel. Erfahrene Buchhändlerinnen bieten ihren ganzen Charme auf, um stumme Fische zum Sprechen zu bringen. Auf jeden Fall kann ich mit der Frage rechnen: »Hat Ihr Mann Angst vor Ihnen?« Mit Sicherheit erwartet man, daß es einem Ehemann mißfällt, wenn seine Frau Mordphantasien hegt. Klar doch, zwar zittern alle Männer vor ihren Frauen, aber der arme Partner einer Krimiautorin kann nur mit Tranquilizern überleben.

Besonders leicht ist die Frage nach meinem Sternzeichen zu beantworten. Wenn ich es aber erraten lasse, tun sich die wißbegierigen Astrologen schwer. Nach vier falschen Ansätzen kommt meine Auflösung: »Ich bin im Schweinejahr geboren.«

Es gibt natürlich Fragen, zu denen mir keine Antwort einfällt. »Warum machen Sie so was überhaupt?« wollte ein sehr junger Mann wissen. »Wie kommt man auf so gemeine Gedanken?« fragte eine Frau. »Woher haben Sie Ihre Phantasie?« eine andere. Eigentlich müßte bei solchen Diskussionen ein Psychologe dabeisitzen und dem Publikum erklären, warum die Autoren so sind, wie sie sind.

Mit den liebenswürdigen Komplimenten, die ich zuweilen erhalte, will ich nicht weiter angeben. Ein Ehemann schalt mich ein wenig, weil seine Frau nachts nicht aufhören könne, meine Bücher zu lesen. Ich sei an seinen unfreiwillig schlaflosen Nächten schuld. Aber manchmal – zum Glück nicht oft – kommt herbe Kritik. Völlig geschmacklos, abscheulich, unter aller Sau. Okay, man kann's ja nicht allen recht machen – aber warum sind die krimihassenden Opponenten überhaupt gekommen?

Nach dem Lesen und Diskutieren folgt das Signieren. »Für meine Mutter« und »Für meinen Mann zum Hochzeitstag« soll ich ins Buch schreiben; nach langen Erklärungen glaubt man mir endlich, daß ich solche Worte für den eigenen Mann und die eigene Mutter aufsparen möchte. Aber im Hotelbett überkommen mich Zweifel. Habe ich überhaupt das Recht, »Für Mechthild« in meinen Roman zu schreiben, wenn ich diese Frau persönlich gar nicht kenne? Wildfremde Leute erstehen meine Romane, und ich tue so, als würde ich sie verschenken. Signieren ist eigentlich Betrug, insofern könnte ich auch gleich »Für Mutti« in die Krimis für unbekannte Mütter schreiben. In der Schweiz, wo mir Urs, Beat, Romanus und Gallus noch hurtig aus der Feder flossen, ich mich aber mit Catherine, Marguerite und Jeannine-Thérèse etwas abplagte, schrieb ich – mürbe geworden – FÜR MI MA auf eine Titelseite. Zu spät erkannte ich, daß es nur eine andere Form für »mein Mann« war, so daß ich im fremden Land zur Bigamistin wurde.

1995 las ich im Deutschen Generalkonsulat in Shanghai, schließlich wurde ich in dieser Stadt geboren. Die Konsulin hatte nicht nur an die deutsche Kolonie, sondern auch an die Universität eine Einladung geschickt, denn es gibt eine Menge junger Chinesen, die dort Deutsch lernen. Zur allgemeinen Verwunderung strömten sie in Scharen herbei. Mit 17 fangen sie an zu studieren und sehen wesentlich jünger aus, die reinsten Kinder in Rüschenkleid mit Schleife im Haar. Vor mir saß also ein gemischtes deutsch-chinesisches Publikum, und ich versuchte, den verschiedenen Ansprüchen gerecht zu werden. Verstanden mich die jugendlichen Germanisten? Unbewegt lauschten sie, kicherten und schwatzten nie, husteten nicht und scharrten auch nicht mit Schuhen und Stühlen. Zwei Professoren zeigten gelegentlich zu meiner Erleichterung die Andeutung eines feinen Lächelns.

Natürlich gibt es in Shanghai keine deutsche Buchhandlung, daher war auch kein Büchertisch aufgebaut. Aber einige deutschsprachige Fans besaßen bereits meine Krimis und brachten sie zum Signieren mit. Da es sich um nicht allzu viele Exemplare handelte, malte ich liebevoll einen Gockel in *Der Hahn ist tot*. Viele dunkle Augen sahen neugierig zu. Wahrscheinlich assoziierten die angehenden Philologen: Der Besitzer dieses Buches wurde im Hühnerjahr geboren!

Alle Studenten bekamen vom Konsulat eine Broschüre geschenkt: Wissenswertes über die Bundesrepublik mit einem Grußwort von Helmut Kohl. Nach kurzem Grübeln fing die erste an, mir das Heftchen hinzuschieben: »Bitte Schlange für Yü!« Und dann ging es weiter, Hase für Mo, Katze für Ping. Sechzigmal habe ich Viecher gezeichnet und »Ingrid Noll« neben »Helmut Kohl« geschrieben.

Sind alle Leserwünsche erfüllt, die Buchhändler mit einem Päckchen signierter Bücher (Vorrat) bedacht, dann geht es zur Belohnung in die Kneipe – zumeist zum Italiener, denn die deutsche Küche hat sich um diese Zeit längst schlafen gelegt. Was aber bettet man gleich nach der Bestellung auf meine Serviette? Das von allen Autoren heißgeliebte Gästebuch. Nervös beginne ich darin zu blättern. Mein Gott, wie geistreich die Kollegen alle waren! Und welch bedeutender Kopf hat sich hier schon verewigt! Wie soll man daneben noch bestehen?! Falls man allerdings das Vergnügen hat, schon viele Gästebücher durchgeblättert zu haben, dann erkennt man, daß auch die anderen nur Menschen sind. So manch origineller Zeitgenosse hat nicht jedesmal eine Erleuchtung, sondern trägt stur sein Standardverslein ins Poesiealbum ein. Wie gut, daß ich auf dem Flohmarkt einen Giftstempel mit Totenkopf erstanden habe – und schon füllen die grimmigen Schädel eine halbe Seite.

Endlich werde ich in einem Konvoi von Buchhandlungs-, Bibliotheks- und Volkshochschulmitarbeitern zum Hotel geleitet. Gelegentlich sind auch einige Fans, die den gleichen Weg haben, dabei. »Wir bringen Sie noch um die Ecke«, versprechen sie.

Wenn ich nach Lesung, Frage- und Signierstündchen, Atzung und Tränkung, nach der Eintragung ins Gästebuch und dem hochheiligen Versprechen, demnächst wieder in derselben Stadt zu erscheinen und aus einem druckfrischen Buch zu lesen, schließlich mutterseelenallein ins Hotelzimmer wanke, dann sinke ich röchelnd, fast entseelt, aufs fremde Bett. Die Fans haben sich an einer vielfachen Mörderin gerächt: Sie hat jetzt ausgeschnauft.

Das Händchen

So müßte man wohnen, sage ich mir, wenn ich bei anderen Leuten in weite leere Räume trete: Lichtdurchflutet, von hohen Fenstern wehende weiße Gardinen, nur wenig Farben in Naturtönen und null Nippes. Bei uns ist alles voller Sachen, was Wunder, wenn man seit über vierzig Jahren verheiratet ist und seitdem oft und gern im In- und Ausland Flohmärkte besucht hat.

Also wäre es nicht schwer, irgendeinen halbantiken Gegenstand aus unserem vollgestopften Haus zu selektieren und über Herkunft und Werdegang zu berichten. Uhren, Dosen, Kästchen, Vasen, Kunst und Kitsch – alles da. Suchend wandern meine Augen über Schätze, die für Puristen wahrscheinlich unsäglicher Plunder sind, und entdecke dabei einmal wieder das Händchen. Niemand mag es, trotzdem fristet es schon lange sein beklagenswertes Dasein zwischen Hüten und Mützen auf dem Dielenschrank.

Als ich vor Jahren durch die Fußgängerzone einer fremden Stadt schlenderte und keine passenden Schuhe fand, wurde meine Frustration durch ein lustiges kleines Mädchen gemildert, das vor einem Laden stand und mit großer Energie immer wieder auf eine Fußmatte sprang. Auf der Matte war ein Pferdekopf abgebildet, und bei jedem Hopser ertönte aus einem unsichtbaren Lautsprecher ein vitales Wiehern. Erst auf den dritten Blick erkannte ich, daß es ein Geschäft für Scherzartikel war. In meiner Jugend wurde ich einmal auf eine Party eingeladen, wo man mit Senf oder Salz gefüllte Pralinen herumreichte. Ich biß herzhaft hinein und hasse seitdem Objekte dieser Art.

Eigentlich wollte ich damals auf der Stelle weitergehen, aber der Inhaber kam heraus und lockte wie eine Knusperhexe. »Gleich gibt es Regen, treten Sie doch unverbindlich ein! Sie werden sich wundern, was man alles bei mir kaufen kann!« Tatsächlich fing es an zu tröpfeln, und ich stolperte ergeben in den kleinen Laden.

Da gab es Gartenzwerge, die exhibitionistisch den Mantel aufhielten oder mit dem Dolch im Rücken am Boden lagen; ich erinnere mich an Aschenbecher, die gräßlich zu husten anfingen, sobald jemand daran die Zigarette abstreifte, und sehe vor allem die vielen Händchen vor mir, die an einer Leine baumelten. Er habe beim Einkauf falsch kalkuliert, sagte der unglückliche Verkäufer, und bei weitem zu viele Hände aus Weichplastik geordert; jetzt müsse er sie unter Wert verramschen. Um die Sache auf den Punkt zu bringen: Zur Überraschung meines Mannes kam ich nicht mit neuen Schuhen, sondern mit einer ekligen und völlig überflüssigen Gummihand nach Hause.

Wer mochte Modell dafür gestanden haben? Die Hand sieht so echt aus, daß man wegen ihrer mangelnden Wärme zusammenzuckt. Ich ordne sie einem taiwanischen Programmierer oder einem japanischen Pianisten zu, denn es ist sicherlich eine Männerhand, allerdings eine sehr feine, elfenbeinfarbene, mit langen Fingern.

Am Tag nach diesem peinlichen Einkauf konnte ich es nicht lassen, das Händchen im Ärmel eines aufgehängten Mantels zu fixieren und damit eine Besucherin zu erschrecken. Auch mein Mann wurde kreativ, ließ die gelblichen Finger unter meiner Bettdecke herausgucken, von draußen ins Klofenster greifen oder, zwischen die Schiebetür geklemmt, eine Zigarette rauchen. Allerdings gelobten wir, das Händchen niemals unter ein Auto zu legen. Freunde baten darum, die Hand mit in den Skiurlaub nehmen zu dürfen, um dort Schabernack damit zu treiben.

Nach einer Weile geriet mein Händchen in Vergessenheit. Aber eines Tages ist es wieder zu Ehren gekommen, weil es vielleicht eine Lungenentzündung verhindert hat. Als ein Fernsehteam einen kleinen Film bei uns drehte, wollte man mich im herbstlichen Garten Blätter zusammenharken lassen, um ganz nonchalant eine Leiche damit abzudecken. Redakteurin und Kameramann sagten einstimmig zum Tontechniker: »Und du machst jetzt die Leiche!«

Der Rasen war naß, die Blätter schmutzig, die Erde ausgekühlt, der arme Mann dauerte mich. Als mir die Erleuchtung kam, waren alle zufrieden: Pars pro toto. Das Händchen ragte täuschend echt unterm Blätterhaufen hervor, und ich ließ es dort liegen. Der Frühlingswind brachte es leider wie neugeboren wieder an die Oberfläche, denn es gibt Dinge im Leben, die trotzen dem natürlichen Verfall und werden niemals der Erde gleich.

An Elise

Warum leben?

Als Du vor wenigen Monaten geboren wurdest, waren wir viele hundert Flugkilometer voneinander entfernt. Du bist jetzt zum vordersten Glied einer langen Kette geworden. In dritter Position stehe ich, strecke den linken Arm nach hinten, um meine 99jährige Mutter mit den Fingerspitzen zu berühren, und den rechten nach vorn zu meinen Kindern und zu Dir, meiner ersten Enkelin. Wen wirst Du einmal an Deinen jetzt noch winzigen Händchen halten, wenn Du so alt bist wie ich?

Zum Millenniumswechsel erhielt ich die Aufforderung, eine persönliche Botschaft an die Zukunft zu schreiben, Mitteilungen an das nächste Jahrhundert. In einem luftdicht verschweißten Edelstahlcontainer wurden bis zu 40 000 verschlossene und adressierte Briefe aus der ganzen Welt in den Untergrund versenkt, die nach 100 Jahren wieder gehoben und an die Adressaten ausgeliefert werden sollen. Manche Briefschreiber wählten als Ansprechpartner wohl Politiker oder andere Persönlichkeiten, die vielleicht in hundert Jahren das Sagen haben werden, wie etwa Führungskräfte der Industrie, Päpste oder Präsidenten. Für mich kam das nicht in Frage, ich schrieb – wie sicher viele Frauen – an die eigene Brut. Politik, Wirtschaft, Kultur und Technik unserer Zeit habe ich ausgespart, das alles kann man ja nachlesen. Falls ich selbst Post von einer längst verstorbenen Urahne bekäme (nicht jeder findet schließlich so schöne Briefe wie die von Frau Aja im Nachlaß seiner Verwandtschaft), dann tät's mich freuen, und ich würde vor allem wissen wollen: Was war das für eine? Hatte sie die gleichen Sorgen wie ich? Bin ich ihr ähnlich? Wie sah ihr Alltag aus?

Bevor ich auch nur eine Zeile des Zukunftsbriefs geschrieben hatte, überkamen mich jedoch Zweifel. Es gab in diesem Augenblick so viel Aktuelleres zu tun, es warteten Freunde und Bekannte auf ein Lebenszeichen, ein Berg an Bürokram war zu erledigen, ein neuer Roman erst zur Hälfte fertig. Von diesem Brief an die Ungeborenen eines anderen Jahrhunderts konnte ich persönlich eigentlich nicht profitieren. Wenn er geöffnet würde, wäre ich längst gestorben. Die Adressaten könnten vielleicht Deine Kinder sein, falls Du nicht hundert Jahre alt wirst und meinen Brief mit zittrigen Händen selbst öffnen kannst. Ist es nicht purer Luxus, an Urenkel zu schreiben? Und am Ende völlig sinnlos, weil sie vielleicht gar kein Deutsch verstehen oder weil es sie schlimmstenfalls überhaupt nicht gibt? Wie viele werden es sein, wo werden sie leben? Ist meine Zeit nicht viel zu schade, um mich mit derart unsicheren Kandidaten herumzuplagen? Kommt nicht der Alltag immer an erster Stelle? Täglich muß das Leben weitergehen – und das heißt: im Beruf stehen und Geld verdienen, Kochen und Einkaufen, Schlafen und Essen, Aufstehen und zu Bett gehen, Schauen, Hören, Reden, Nachdenken.

Das Theaterstück von Thomas Bernhard *Macht der*

Gewohnheit handelt von einem Zirkusdirektor, der seit 22 Jahren mit vier seiner Untergebenen Schuberts *Forellenquintett* erfolglos probt. Inzwischen hassen die Musiker dieses Stück mitsamt ihrem Chef, sie hassen ihre Instrumente, sie hassen letztlich ihr sinnloses Leben. Aber es bleibt ihnen nichts anderes übrig, es muß geprobt, es muß gelebt werden.

Mit einem derartigen Haß im Kopf, jedoch ohne Liebe zu unserer Familie, zu Partnern, Freunden und zu uns selbst kann das Leben nur sehr mühsam bewältigt werden. Für mich gehören sowohl die Verstorbenen als auch die Ungeborenen zur Familie und werden mit liebevollem Respekt behandelt, so daß ich trotz aller Einwände einen Brief an Deine künftigen Kinder geschrieben habe.

Dabei hast Du mich fast auf dem Gewissen, kleine Elise! Kurz vor Deiner Geburt habe ich Deine Eltern besucht. Sie freuten sich auf Dich und waren in allerbester Laune. Auf dem Markt kaufte Deine hochschwangere Mutter lauter kleine wuselige Schildkröten. Sie hatte die geniale Idee, die Tiere aus der Gefangenschaft zu erretten, wieder zurück in den Mekong zu werfen und ihnen lauter gute Wünsche für Dich mitzugeben. Gesagt, getan: Dein Vater und andere junge Leute liefen leichtfüßig und flink ans Ufer, um die Befreiungsaktion zu starten. Leider bin ich weder leichtfüßig noch flink, und das Unheil nahm seinen Lauf. »Schneller, schneller!« rief man mir zu, aber schon sank ich mit beiden Beinen im Schlamm ein, tiefer und tiefer, verlor die Schuhe, kam mir vor wie Rumpelstilzchen, das sich am Ende selbst mitten entzweireißen muß.

Nun, wie Du siehst, wurde ich lebend geborgen. Schade, daß ich deshalb nicht tausend Jahre später als Moorleiche im Museum ausgestellt werden kann; dank helfender Hände und hölzerner Planken bin ich um den Genuß einer gewissen Unsterblichkeit gekommen, denn durch das Schreiben von Kriminalromanen habe ich sicherlich keine Chance, der Menschheit im Gedächtnis zu bleiben. Mein Abenteuer am Mekong war vielleicht ein wenig gefährlich, aber sehr lustig; ich möchte es nicht missen.

Genaugenommen bringt mir fast jeder neue Tag etwas Einzigartiges, aber die beschaulichen Erkenntnisse werde ich jetzt nicht aufzählen, denn Du möchtest lieber von weiteren Abenteuern hören.

Weißt Du, was ich gestern erlebt habe? Als das Telefon klingelte, rief mich mein Mann – Dein Opa – und sagte verschmitzt: »Jemand möchte dich sprechen.«

Ja, wer denn? Er lächelte nur, und erwartungsvoll übernahm ich den Hörer. Waren es Deine Eltern? Oder gar Du selbst, weil sie Dich ans Telefon hielten und brüllen ließen? Es konnte aber auch sein, daß der Jemand eine rechte Nervensäge war und der heitere Gesichtsausdruck meines Mannes pure Schadenfreude bedeutete.

»Jemand«, sagte jemand, als ich mich meldete. Kam mir diese Frauenstimme bekannt vor?

»Wer?« hakte ich nach.

»Ich bin Gudrun Jemand«, sagte sie, »Sie kennen mich nicht!«

Frau Jemand trug mir ihr Anliegen vor. Seit Monaten nahm sie an einem Selbsterfahrungskurs teil, den ein Eskimo leitete. Nein, kein Psychologe, beantwortete sie meine Frage, ein echter Inuit mit fast übernatürlichen Fähigkeiten, von denen ein akademisch ausgebildeter Therapeut nur neiderfüllt träumen könne. Der Inuit habe ihr zur Stärkung des Selbstbewußtseins verschiedene Aufgaben gestellt, die sie bis jetzt alle bravourös gelöst habe. Zum Beispiel hatte sie ihre gesamten Ersparnisse zusammengekratzt, um an einer Hundeschlittenexpedition teilzunehmen, hatte argentinischen Tango erlernt und – leider ohne Partner – in der Fußgängerzone von Dormagen den Passanten einen Beweis ihres Könnens gegeben; schließlich hatte sie als Mutprobe einen Aasgeier an das Finanzamt ihrer Heimatstadt gesprüht. Da sie noch nie eine gute Zeichnerin gewesen war, hatte sie monatelang dafür üben müssen.

»Und jetzt?« fragte ich gespannt.

»Es hat mich viel Mühe gekostet, Ihre Telefonnummer ausfindig zu machen«, sagte sie. »Meine Aufgabe ist nun, Ihnen meinen selbstgeschriebenen Kriminalroman vorzulesen. Und zwar bei Ihnen zu Hause.«

Was soll man machen? Nun hat Frau Jemand bereits drei Prüfungen mit Auszeichnung bestanden, soll sie ausgerechnet an mir scheitern? Ihr Kriminalroman ist sehr dick, sie wird jedes Wochenende auf unserem Sofa sitzen und vorlesen, monatelang. Wenn ich nun eine Moorleiche geworden wäre, käme ich unwiederbringlich nicht in diesen Genuß.

Siehst Du, Elise, es gibt unterschiedliche Gründe, warum ich noch lange auf der Welt bleiben möchte, das Leben selbst mit heiteren, bewegenden, erkenntnisreichen und auch schmerzlichen Situationen ist durch nichts zu ersetzen. Außerdem bist Du ein ganz wichtiger Grund für mich: Ich möchte mit Dir Freundschaft schließen und sehen, wie

Du größer wirst, wie Du laufen lernst, lachst und weinst. Ich möchte mit Dir Bilderbücher betrachten und Dir Geschichten vorlesen. Wenn Du erwachsen bist und längst selber lesen kannst, werde ich – inzwischen uralt – Dir ein Gedicht von Matthias Claudius auf den Nachttisch legen: Es wurde vor etwa 200 Jahren geschrieben.

Der Mensch

> Empfangen und genähret
> Vom Weibe wunderbar,
> Kömmt er und sieht und höret
> Und nimmt des Trugs nicht wahr;
> Gelüstet und begehret
> Und bringt sein Tränlein dar;
> Verachtet und verehret,
> Hat Freude und Gefahr;
> Glaubt, zweifelt, wähnt und lehret,
> Hält nichts und alles wahr;
> Erbauet und zerstöret
> Und quält sich immerdar;
> Schläft, wachet, wächst und zehret;
> Trägt braun und graues Haar.
> Und alles dieses währet,
> Wenn's hoch kommt, achtzig Jahr.
> Dann legt er sich zu seinen Vätern nieder,
> Und er kömmt nimmer wieder.

Weihnachten in China

Meine Eltern hatten es gewiß nicht leicht, Jahr für Jahr ein Gewächs aufzutreiben, das eine gewisse Ähnlichkeit mit einer Tanne aufwies; im allgemeinen wurde das Problem durch einen Lebensbaum gelöst. Wenn man im Ausland lebt, sollen die Traditionen der Heimat ja nach Möglichkeit erhalten bleiben. Andererseits feierten wir Kinder mit Begeisterung das chinesische Neujahrsfest, ließen die Knaller krachen und futterten mit unseren Dienstboten spiralförmige Krapfen und Sesamgebäck. Es war uns durchaus wichtig, welches Geschöpf des Tierkreiszeichens als nächstes an die Reihe kam. Meine Geschwister ärgerten mich oft, weil ich im Schweinejahr geboren wurde; erst als wir 1949 nach Deutschland kamen, erfuhr ich, daß hier das Sternbild der Waage für mich zuständig sein sollte.

Unser großes Haus in Nanking hatte nur einen einzigen Raum, den man im Winter beheizen konnte; dort hatten wir Schule bei unserer Mutter, dort wurde an kühlen Tagen gegessen, und hier thronte auch die kleine Weihnachtskonifere auf einem über Eck gestellten Schreibtisch. Unter diesen Tisch pflegte ich mich zu verkriechen, um in Ruhe zu lesen und Betrachtungen über die dürftig geschmückte

Rückseite des Baums anzustellen. Nach und nach ließ ich alle Glanzstücke der Vorderseite – Sonne, Mond und Sterne – zu mir nach hinten wandern. Unsere Mutter besaß nostalgischen Christbaumschmuck, den sie wie ihren Augapfel hütete. Die bunten Kugeln waren zwar ausgegangen, dafür gab es aber gläserne Eiszapfen und viele Laubsägefigürchen: Teddys, Schlittschuhläufer, Nikoläuse, Rotkäppchen. Außerdem musizierende Engel sowie Lametta in Hülle und Fülle.

Die Geschenke waren in der Regel second hand und stammten von europäischen Familien, die ihre alten Spielsachen auf Basaren verkauften. Heimlich träumten wir zwar von Rollschuhen oder Blockflöten, lasen aber Bücher aus dem 19. Jahrhundert und spielten mit antiken Gliederpuppen und chinesischen Porzellanfiguren, die wir *Shirley Temple, Herr Wang, Heidi, Momotaro* und *Frenchtown* tauften.

Die Rezepte für die Weihnachtsbäckerei stammten von meiner Großmutter. Unser *Boy* brachte die Zutaten ins Winterzimmer, auf dem Eßtisch wurde geknetet und gewalkt, gerollt, gestochen, glasiert und genascht. Für meine Schwestern und mich war es ein besonderes Vergnügen, wenn wir aus den Resten winzige Plätzchen für Shirley Temple, Momotaro & Co zubereiten durften. Bei der Arbeit trugen wir mehlige blaue Schürzen, die unser chinesischer Schneider liebevoll mit einer Osterhasenbordüre versehen hatte.

Das ewige Geschrei unserer Mama, alle acht Kinderpfoten seien zu schmutzig und die Unmengen des stibitzten Teiges hätten einen ganzen Korb voller Gebäck ergeben, habe ich später beim eigenen Nachwuchs übernommen. Wenn alle Kekse adrett auf dem Blech lagen, wurde dem Boy erneut geläutet. Er brachte den ganzen Segen in das Küchenhäuschen, wo der Koch für das eigentliche Bakken die Verantwortung übernahm. Er hätte für immer sein Gesicht verloren, wenn die *Missi* ihn in seinem Reich kontrolliert hätte.

Fast jedes Jahr gab es am 25. Dezember eine gebratene Gans. Sie war uns immer persönlich bekannt, denn sie lebte zuvor im Garten und wurde gemästet. Die Weihnachtsgänse, die stets Babette hießen, waren aggressiv, laut schnatternde Ganter. Wiederholt wurde ich in die Waden gebissen, und bis heute habe ich Angst, wenn so ein großer Vogel mit langgestrecktem Hals auf mich zuspurtet. Bei den anderen Haustieren wäre mir ein Ende im Backofen fatal gewesen, aber bei den Babetten empfand ich reine Schadenfreude.

Den Sommer 1946 verbrachten wir in den Bergen, weil sich mein Vater von einer schweren Tropenkrankheit erholen mußte. Auch ich sah wohl nach vielen Malariaschüben wie ein kleines Gespenst aus. Da uns die Höhenluft in Kuling so guttat, beschlossen meine Eltern, auch den Winter dort zu verbringen. Zum ersten Mal im Leben staunten wir Kinder über die Exotik verschneiter Tannen. Rodeln ohne Schlitten? In der Nachbarschaft gab es verlassene Häuser, die mehr oder weniger dem Verfall preisgegeben waren. Dort entwendeten wir Klodeckel, auf denen man hervorragend die Hügel hinuntersausen konnte.

Weihnachten rückte heran, aber der Koffer mit dem

Christbaumschmuck fehlte. Unser Bruder schnitzte Pilze aus Lindenholz, die ich rot anmalte. Wir Schwestern vergoldeten Nüsse, falteten Sterne und zerschnitten Papas Zigarettenpapier zu möglichst langen Silberstreifen. Unsere Mutter hatte einen Adventskalender gebastelt, für jedes Fenster dichtete unser Vater einen Knittelvers. Allerdings kam mitunter keine Heiterkeit auf, wenn er seine Kinder in gereimter Form ironisch aufs Korn nahm. Wahrscheinlich hielt man es auch für eine besonders clevere pädagogische Masche, wenn der Nikolaus in den aufgestellten Schuhen nicht nur Süßigkeiten, sondern auch Anzüglichkeiten in Form von Nagelbürsten, Lateinbüchern und Waschlappen hinterließ. Meine arme Schwester litt noch lange unter einem roten Kamm mit feinen Zinken.

Meine Sternstunde sollte am 23. Dezember kommen.

Wenn es nun endlich einmal Tannen satt gab, so sollte es diesmal kein Bonsai werden. Unser Bruder war schon sechzehn, und man betraute ihn mit der verantwortungsvollen Aufgabe, einen besonders ebenmäßigen Baum ausfindig zu machen, zu fällen und heimzutransportieren.

Nach vielen Stunden, in denen meine Eltern zu verzweifeln drohten, kehrte Lederstrumpf von seiner Expedition zurück. Er hatte sich lange nicht für den schönsten Baum entscheiden können, denn die Natur kennt keine Perfektion. Also kletterte er schließlich auf das größte Exemplar weit und breit und sägte die kerzengerade Krone ab.

Als der erschöpfte Holzfäller mit einer etwa sechs Meter hohen Tanne im Schlepptau durch hohen Schnee nach

Hause gestapft kam, wurde er nach diesem Kraftakt auch noch gerüffelt, denn unser Christbaum mußte immer wieder um ein Stück kürzer gemacht werden. In jeder Ecke stolperte man über harzig duftende Zweige, an allen Schuhen klebte Sägemehl. Aber letztlich tauchte die entscheidende Frage auf: Wie soll man den Kaventsmann bloß in die Vertikale zwingen? Stundenlang debattierten Vater und Bruder über statische Theorien, vergeblich experimentierten sie mit primitiven Gestellen aus gekreuzten Balken, Haken an der Decke oder Eimern voll Sand. Auf das elfjährige Mädchen, das stumm dabeistand und gaffte, achteten sie überhaupt nicht.

Vor wenigen Tagen hatten wir einen größeren Vorrat an sorgfältig gebündeltem Brennholz erhalten: Die senkrecht gestellten Scheite wurden durch Blechbänder zusammengehalten, so daß die standfeste Konstruktion wie eine überdimensionale Trommel aussah.

»Man könnte doch ein paar Holzstücke aus der Mitte herausziehen und unseren Christbaum in die Lücke stekken«, schlug ich vor. Vater und Bruder hielten mit ihrem Gemurkse inne und schauten mich sprachlos an. Schließlich meinte mein Papa: »Es könnte funktionieren«, und es stimmte.

Noch nie zuvor war ich so stolz über ein Lob meines Bruders wie damals. »Du bist gar nicht so blöd, wie du aussiehst«, sagte er.

Gans en famille

In meinem Elternhaus gab es am 25. Dezember den obligaten Gänsebraten und am Heiligabend die sogenannten Delikatessen. In den fünfziger Jahren verstand man darunter hartgekochte Eier mit einigen Krümeln falschem Kaviar sowie Fleischsalat vom Metzger. Nur die Konservativen mußten partout alles selbst zubereiten, wer modern sein wollte, kaufte Fertiges vom Profi, denn das Wort *Junk-food* war noch unbekannt. Als ich meinen späteren Mann kennen- und lieben lernte, stellte er mir schon früh die Gretchenfrage: »Was gibt es bei euch am Weihnachtsabend zu essen?« Seine Mutter brachte nämlich die Gans nach bewährtem Rezept mit viel Majoran auf den Tisch und war damit aller weiteren Pflichten entbunden, denn am nächsten und übernächsten Tag wurden die Reste aufgewärmt. Ich war entsetzt, denn ich konnte mir den Heiligabend ohne *Delikatessen* nicht vorstellen. »Baum schmücken, Haare waschen, festlich anziehen, Bescherung und die Gans braten – alles an einem einzigen Tag! Kommt für mich nicht in die Tüte!« Ganz wie du willst, sagte mein Mann, dann würde eben nichts aus unserer Hochzeit.

Seit 42 Jahren bin ich jetzt verheiratet, und seitdem spielt eine riesige Gans am 24. Dezember die Hauptrolle, gefüllt mit Kastanien, begleitet von Hefeklößen und Rotkohl. An einem einzigen Abend wird sie von neun bis zwölf Leuten ratzeputz aufgegessen, denn unsere Kinder würden uns niemals mehr die Ehre ihres Besuchs erweisen und mein Mann würde sich scheiden lassen, falls... Beim Abnagen ihres Flügels sagt meine Mutter jedesmal überwältigt: »So eine gute Gans hatten wir noch nie!« Manchmal träume ich von einem Christfest auf einer exotischen Insel, wo statt des Weihnachtssterns der Pfeffer wächst und alle Inselgänse nach Polen und Ungarn ausgeflogen sind.

Wenn man aus einer großen Familie stammt und inzwischen mit vier Generationen feiert, dann gerät die stille Nacht zum bunten Abend. Damit sie sich gelegentlich vom Trubel zurückziehen kann, kriegt meine hundertjährige Mutter ein putziges Extrabäumchen ins Zimmer gestellt. Unsere Gemeinschafts-Konifere muß dagegen Zimmerhöhe haben. Sinnvollerweise hängt ein massiver Haken an der Decke, woran die Tanne auch an der Spitze befestigt wird. Die silberne Rettungsplane auf dem Teppich weht bei jedem Lufthauch in die Höhe, bis sie durch marmorne Aschenbecher und silberne Zuckerdosen an allen vier Ecken gebändigt wird. Leider sieht man nie allzuviel von der natürlichen Tannenfarbe, denn sie wird gründlich überputzt. Das ist Sache unserer Nachkommen, die einen gewissen Ehrgeiz entwickeln, alles, aber auch alles, was sich da in der Weihnachtskiste angesammelt hat, aufzuhängen: Vögel aus Pappmaché, aufgefädelte Apfelkerne aus Grundschultagen, Omas Laubsägefigürchen, Babys aus Kaugummi-Automaten, Insekten aus geflochtenem Gras, Fimo-Bananen und negroide Engel aus Mexiko, ein elektrischer Santa aus Amerika mit dem handgeschriebenen Etikett »doesn't work«, gläserne Elche aus Schweden – kurzum erlesener Kitsch aus aller Herren Länder.

Jahr für Jahr bricht dann der Lametta-Krieg aus. Nicht etwa: ob überhaupt oder gar nicht. Vor über 50 Jahren bekam ich von meinem Vater die Instruktion *Lametta muß geworfen werden*. Mein Mann plädiert dagegen für eine gediegene Knotenlösung. So kommt es, daß die Dekorateure bei seinem Eintreten mit ernstem Gesicht einzelne Silberfäden um Zweige schlingen und bei meinem Auftauchen unter unartigem Gekicher mit verklumpten Strähnen schmeißen. Echte rotbackige Äpfel, Honigkerzen und ein paar Strohsterne – so wollen sie es nicht! Während der Baum seiner Vollendung als Gesamtkunstwerk entgegenschwankt, dudelt das Radio die ganze Bandbreite amerikanischer X-mas-Schlager herunter.

Aber wenn ich schließlich die Gans gefüllt, verflucht und zugenäht habe, wenn mein Mann den Tannenbaum zurechtgehackt und aufgehängt hat und unsere Kinder ihn aufgedonnert haben, gibt es als amuse-gueule gebratene Gänseleber mit Apfelstückchen und Zwiebeln, es wird pausiert und nach der schweren Maloche gepflegt geplaudert: »Noch nie im Leben hatten wir einen schöneren Baum.«

Unsere drei Kinder und ihre Partner, meine Schwester, der Neffe, mein Mann und ich packen noch kurz vor Torschluß in verschwiegenen Ecken die Geschenke ein. Es mangelt meistens an geeignetem Papier, und seltsame Ersatzprodukte mit Osterhasen- und Pagodenmuster oder Einkaufstüten müssen herhalten. Jedesmal nehme ich mir vor, beizeiten einen Vorrat an rotem und grünem Kreppapier zu bunkern. Die überaus schmucken Päckchen lagern schließlich unterm erleuchteten Baum, und nach Glöckchengebimmel beginnt die Zeremonie der stundenlangen Bescherung. Unsere Tochter hat den Part der Verteilerin übernommen. Das Radio ist inzwischen zu *jauchzet, frohlocket* übergegangen, und wir jubeln synchron, wenn ein Geschenk nach dem anderen ausgepackt wird. Keiner darf sich heimlich über die eigenen Sachen hermachen! Auf diese Weise wird die Spannung so lange gehalten, bis sich der Papierberg hoch aufgetürmt hat und auf einmal lüsterne Gedanken an den Gänsebraten aufkommen.

Es riecht schon köstlich! Plötzlich bieten sich hilfreiche Hände an, den Tisch zu decken. Die Söhne wuchten die schwere Holzplatte aus dem Keller, aus dem ganzen Haus werden Stühle eingesammelt. Weihnachten hat ja mit rot und grün zu tun, also kommt das übergroße rote Damasttuch auf unsere verlängerte Tafel, die Servietten sind grün, Mistel- und Ilexzweige bilden ein zierliches Oval. Die knusprige Gans glänzt im Schein der Kerzen, bald strahlen auch unsere Gesichter.

Seit mein Mann Rentner ist, liest er nicht nur mit Begeisterung Kochrezepte, sondern kocht auch immer öfter und immer feiner. Am vergangenen Weihnachtsfest stellte er nach dem altehrwürdigen Festmahl seiner ostpreußischen Ahnen eine unerhörte Frage: »Sollten wir vielleicht im nächsten Jahr die Gans auf provenzalische Art zubereiten?« Fassungslos blickte ich in die Runde. Betretenes Schweigen. Die Partner unserer Kinder enthielten sich bei einem derart delikaten Thema klugerweise ihrer Meinung. Die Mienen der eigenen, sonst so innovativen Brut spiegelten pure Mißbilligung wider; schließlich machte sich der Älteste zum Sprecher: »Keine Experimente, bitte!«

In meiner Kindheit gab es noch wohlgemeinte Geschenke wie lateinische Wörterbücher und feingezinkte Kämme, die nichts als Unmut auslösten. Um das zu vermeiden, wollten wir es bereits vor vielen Jahren bei den eigenen Kindern besser machen. Aber was spricht dagegen, einem lesefaulen Knaben ein unerhört spannendes Buch zu schenken? Er glaubte nicht an meine anpreisenden Worte, und um ihn zu überzeugen, las ich den Anfang vor. Immer noch nicht war das listige Kind gefesselt, ich las auch das zweite Kapitel. Na ja, und so weiter.

Nach diesem Mißerfolg haben wir versucht, nur noch Herzenswünsche zu erfüllen wie etwa Meerschweine, Barbie-Schuhe, Tomahawks und Saxophone.

Je älter die Menschen werden, desto weniger brauchen sie. Meine Mutter möchte gar nichts geschenkt bekommen, denn sie kann ihrerseits nicht mehr einkaufen gehen und andere beglücken. Trotzdem wird sie nicht übergangen, und wenn sie bei jedem neuen Päckchen schimpft: »Aber ich habe euch doch verboten...«, kommt unweigerlich die Antwort: »Das ist wirklich kein Geschenk, sondern nur ein Mitbringsel!« Um sie nicht in Verlegenheit zu bringen, erhält sie bloß Dinge zum raschen Verbrauch – Königsberger Marzipan, Usambaraveilchen oder ein dickes Rätselheft.

Auch mein Mann und ich werden immer bescheidener in unseren Wünschen, denn wir leiden längst unter einem vollgestopften Haus. Aber ganz ohne gegenseitige Überraschung? Niemals.

Dabei ist es besonders schwer, Männer zu beschenken. Leichter tut man sich mit Sammlern. Bei uns tickt es in allen Ecken, denn mein Mann liebt alte kaputte Uhren. Seit er keine Patienten mehr behandelt, muß er wenigstens andere Invaliden wieder heil machen.

Weihnachten hat zwar viel mit Gänsen, aber auch in einer konfessionslosen Familie mit Liebe zu tun. Unser Haus ist offen, da kommen Freunde mit ihrem Nachwuchs, da feiert schon mal die polnisch-jüdisch-australische Schwiegermutter unseres Sohnes fröhlich mit. Christstollen, frisch bezogene Matratzen, erahnte und erfüllte Wünsche – das bedeutet ja letzten Endes: Wir haben uns Mühe für euch gegeben, wir haben nachgedacht, was euch erfreuen könnte, wir nehmen uns Zeit füreinander. Unsere Kinder bringen selbstgebackene Plätzchen mit, gerahmte Fotos, eigene CD-Aufnahmen und als Krönung des Selbstgemachten eine kleine Enkelin.

Traditionen geben Sicherheit und Geborgenheit in der heutigen Zeit, in der Familien zunehmend auseinanderbrechen. Vier Generationen unter einem Dach, das wird immer seltener. Sollte es indes nur an der Zubereitungsart einer Weihnachtsgans liegen, Kinder und Enkel ins Elternhaus zu locken?

Im Januar kommt regelmäßig eine stille, beschauliche Zeit, wo wir nach einem Spaziergang schon nachmittags die Kerzen anstecken, die neuen Bücher lesen und in aller Ruhe Musik hören. Bei einer Tasse Tee und den restlichen Weihnachtsplätzchen freuen wir uns über einen lieben Brief mit den Fotos vom schönsten aller Weihnachtsbäume und dem fettig glänzenden Enkelkind.

Feine Familien

Ein milder Stern herniederlacht

An Weihnachten wollte die Domina heiraten. Sie hatte genug gespart, um allen Sklaven für immer ade zu sagen. Nicht ohne Wehmut verschickte sie die Verlobungsanzeige in Form eines Adventskalenders. Der erste Entwurf war ein bei Edeka gekauftes Märchenschloß, das sie mit einem prächtigen Aktfoto unterlegte. Die geöffneten Fenster zeigten auf dezente Weise nur winzige Details ihres Körpers.

Aber sie war nicht zufrieden. In jede Luke kam nun statt dessen ein bunter Präser, der letzte vom vierundzwanzigsten Dezember mit Juckpulver präpariert. Sie verwarf auch das; die Sklaven sollten den Ernst der Situation erfassen. Aus dem Echtermeyer kopierte sie »Sah ein Knab' ein Röslein stehn«, zerschnitt das Blatt in 24 Puzzlestückchen und verteilte sie. Am Heiligabend konnte ein gebildeter Mensch alle Strophen wiedervereinigen. Insider wurden durch die zarte Anspielung der Zeile »Röslein sprach, ich steche dich« an vergangene Qualen erinnert.

Bald begann ein neues Leben. Sie hatte gut eingekauft und konnte umweltbewußt entsorgen: die Ledersachen den Hell Drivers, die Halsbänder dem Rassehund-Verein, die Peitschen und Klammern dem Zirkus überlassen. Statt der hohen schwarzen Stiefel wollte sie zu Hause nur lila Plüschpantoffeln tragen, kuschelig wie kleine Kaninchen. Die engen Latexhosen und starren Lurexblusen schickte sie nach Bethel und ersetzte sie durch einen Hausanzug aus synthetischem Samt, nachgiebig wie Omas Angora-Unterwäsche. Das endgültige Aus für Strapse, dafür handgestrickte Wollsocken in Norwegermuster. Nicht mehr mit lachsfarbenem Satin, sondern blauweiß kariertem Biber mit aufgestreuten Trachtenblümchen sollten die Betten locken.

Nie wieder frieren, war die Devise, nie wieder hauteng, hart, spitzig, streng, knapp, stramm, scharf, zackig. Dafür weich, gemütlich, labbrig, wattig, wabbelig, schlaff, ausgeleiert. Die Chrom- und Acrylmöbel schleppte ein glücklicher Trödler davon, es entstand ein wohliges Nest mit Chintzgardinen, gediegen, traulich und überheizt. Vor allem der Keller wurde umgerüstet, Haken und Ösen abmontiert, das genagelte Kreuz von der Wand geschlagen, Regale mit Eingemachtem aufgestellt, strenge Gerüche durch gelagerte Boskop und duftende Cox' Orangen vertrieben.

Oliver war eine Seele von einem Mann, der zu allem ja und amen sagte. Er freute sich auf das Kind. Mit siebenunddreißig Jahren und nach zahlreichen Abbrüchen wußte die Domina genau, was sie wollte. Gut, daß er nur eine schwache Ahnung von der Quelle ihres Reichtums hatte.

Sie fand es süß, wie er von Frankreich schwärmte. Vor zwei Jahren war er nach der Gesellenprüfung mit dem Campingwagen in die Provence gefahren. »Die feiern dort Silvester mitten im Sommer!« Die Domina belehrte ihn, daß es sich um den Nationalfeiertag handelte. Sicher gab es Länder, die unsere jahreszeitlichen Feste auf den Kopf stellten, aber europäische Nachbarn gehörten nicht dazu. Oliver fand es praktisch, in lauschiger Sommernacht das Feuerwerk zu genießen und sich nicht regelmäßig die Grippe dabei zu holen. Originellerweise hatte er vorgeschlagen, das Weihnachtsfest dieses einzige Mal auf den Sommer zu verlegen und mit dem frisch geborenen Kind ein ländliches Picknick im Grünen zu veranstalten. Christbaumschmuck und Grillhähnchen ins Auto, und ab in die Natur.

Sie hatte diesem reizvollen Angebot widerstanden. Der Schnee mußte leise rieseln, der See still und starr liegen und ein milder Stern herniederlachen.

Picknick im Grünen – eine windige Erinnerung schoß ihr durch den Kopf. Zwei Herren in korrekter, ja warmer Kleidung, zwei Gespielinnen bibbernd vor Kälte. Das ewige Los ihres Berufs: Frieren. Ein Mäzen der frühen Jahre liebte es, impressionistische Bilder nachzustellen – immer noch nobler zwar als die Wünsche späterer Kunden –, aber die Gemälde waren stets nach den Kriterien weiblicher Blöße ausgesucht. Ein Frühstück im warmen Bett gefiel ihr allemal besser als auf nassem Moos.

Sie würde sich von nun an gehenlassen, nach Lust und Laune fett werden und nie wieder die vorgegebene stolze Haltung annehmen; Bauch und Buckel durften heraustreten, die Brust von verschränkten Armen beschützt werden, so wie das alle anderen Frauen in ihrem Alter taten.

So wie alle anderen wollte sie jetzt auch kochen und Plätzchen backen; das Resultat waren klebrige Fladen, die sich nicht mit jenen kunstvollen Gebilden messen konnten, die ihre Sklaven im Advent mitzubringen pflegten. Es war nicht bloß Neid, der sie plagte, zuweilen war es große Wut auf die selbstgerechten Gattinnen, die das Weihnachtsgebäck so professionell hinkriegten: Sie spielten zu Hause die unterwürfige Dienerin und überließen den Dominas die unangenehme Aufgabe, den Haustyrannen zu züchtigen.

Keine wußte, wie anstrengend die Rolle der stets kreativen Gebieterin war, wie müde die Beine nach vier Stunden in engen hochhackigen Stiefeln wurden, wie einengend die Nietengürtel ... Aber die Domina ahnte, daß auch ihr neuer Status Probleme mit sich brachte.

Schon die Sache mit der Gans. Fünfmal hatte sie mit ihrer Schwester telefoniert, bevor sie sich daranmachte. Das ebenso große wie fettige Tier mußte gefüllt, wieder zugenäht, mit Majoran eingerieben und drei Stunden lang im Backofen gebraten werden. Erst am vierundzwanzigsten kam Oliver von der Montage zurück, sie wollte ihn mit Tannenbaum, Plätzchen und Gänsebraten überraschen; wer hätte gedacht, daß das fast so stressig war wie eine Berufsnacht mit fünf Vermögensberatern.

Aber sie hatte Erfolg. Weil sie es nicht mehr aushielt, zündete sie um fünf Uhr schon die Kerzen an und setzte sich mit Oliver zu Tisch. Er war noch zu jung, um einen Anzug zu besitzen, dafür hatte er sich mit funkelnagelneuen Jeans, einem roten Pullover und weiß getünchten Turnschuhen feingemacht; die Domina umhüllte ein Gewand aus goldenem Nickistoff.

Der Rotkohl von Hengstenberg, die Knödel von Pfanni – das sparte viel Arbeit, und er merkte es nicht. Die Gans war tatsächlich braun und knusprig geworden. Oliver aß, wie es sich für ein körperlich arbeitendes Mannsbild gehört, die Domina ließ sich auch nicht lumpen. Als es mitten beim Essen stürmisch schellte, konnte sie – vollgestopft wie die halbverzehrte Gans – nicht verhindern, daß Oliver schneller aufsprang.

Sie lauschte angestrengt. Oliver sprach mit einem Mann, dessen Stimme ihr bekannt war.

»Sie können mich doch nicht für dumm verkaufen«, sagte der Mann namens Dr. Georg Sempf und las auf dem Namensschild: ANGELA UND OLIVER BIRCHER, »hier gab es noch vor wenigen Wochen einen SM-Club...«

»Was war hier?« fragte Oliver freundlich.

Schon kam die Domina an die Tür und warf Georg einen warnenden Blick zu. »SM heißt Schachmeister«, behauptete sie geistesgegenwärtig. Georg lachte.

Sie schickte Oliver in die Küche, um die Gänsereste in den warmen Backofen zu schieben.

»Hast du meinen Brief nicht bekommen?« fragte sie in alter Strenge. »Ich habe vor drei Wochen aufgehört, ich bin jetzt eine verheiratete Frau.«

»Deine Kolleginnen waren das auch«, sagte Georg, »laß mich rein, ich habe dir ein Lackmieder mitgebracht.«

»Lackmieder, Lackmieder! Ich brauche einen Still-BH.«

Georg begriff nichts mehr, er war drei Monate im Ausland gewesen und hatte die Post nicht erhalten. Er bestand auf seinem Recht, als Stammkunde auch an Feiertagen bedient zu werden.

Die Domina rang die Hände. »Ich habe alles weggegeben, kein Pranger, keine Ketten, kein Rohrstock, keine Nadeln mehr im Haus... Es geht nicht.«

Oliver kam wieder an die Tür. »Du kennst ihn?« fragte er.

Sie nickte. In diesem Moment flippte Georg aus, wochenlang hatte er sich auf Weihnachten im Folterkeller gefreut.

»Wenn ich nicht rein darf, lege ich mich vor die Tür und heule die ganze Nacht wie ein Wolf!« drohte er.

»Ja was wollen Sie denn hier bei uns?« fragte Oliver.

»Von Ihnen gar nichts«, sagte Georg, »nur von ihr! Ich will gedemütigt werden! Ich will ihr Sklave sein!«

»Er ist verrückt«, sagte Oliver und schlug die Tür zu.

Kaum saß er mit der Domina bei der Rotweincreme von Dr. Oetker, als es draußen in der Tat schauerlich heulte.

Ungerührt packte die Domina Geschenke aus: eine bayerisch karierte Schürze und eine Barbie-Puppe für die erwartete Tochter. Sie war begeistert. Oliver hängte die neue Kuckucksuhr auf. Vor dem Haus heulte der Wolf, die Glocken klangen, das Radio dudelte.

Schließlich war die Domina zu erneuten Verhandlungen bereit. Georg fragte: »Irgend etwas wirst du doch noch haben – wo sind zum Beispiel die Tierfelle geblieben?«

»Behinderten-Werkstatt.«

»Und die Videos?«

»Altersheim.«

»Die Masken?«

»Beim Fastnachtsprinzen.«

»Die Augenklappen?«

»Josephs-Krankenhaus.«

Georg weinte. Sie bekam Mitleid.

»Also gut, du sollst am Heiligabend nicht erfrieren. Komm meinetwegen rein, aber nur in die Küche.« Sie drückte ihm die Spülbürste in die Hand. »Kannst schon mal anfangen! Nur keine falschen Hoffnungen bitte!«

Oliver hatte immer noch nicht den richtigen Durchblick. »Woher kennst du den Typ?«

»Ein früherer Kunde.« Ihr Ehemann glaubte, daß sie an einer Bar bedient hatte.

»Beruf?«

»Direktor bei der Volksbank.«

»Dann werde ich sofort zur Sparkasse wechseln!«

»Aber nein«, sagte die Domina, »doch nicht hier bei unserer Bank, ganz woanders natürlich. Außerdem ist er perfekt in seinem Job. Komm, wir schauen mal nach ihm, vielleicht hat er sich beruhigt.«

Das Paar betrat die Küche. Georg schrubbte. Er sah die Domina mit einem hündischen Blick an. »Quäle mich!« jaulte er. Oliver war ratlos.

»Hol die Absperrkette von der Garageneinfahrt!« befahl sie. Irgendwo im Heizungskeller lagen noch die Fußeisen, weil ihr bis jetzt kein geeigneter Abnehmer eingefallen war.

Gemeinsam ketteten sie ihn an die Küchenheizung. Obgleich die Domina erst wenige Plätzchen und eine einzige Gans in ihrem brandneuen Ofen zubereitet hatte, war er schon ziemlich versaut, was vielleicht auf ihre Unerfahrenheit zurückzuführen war. Auch die Backbleche zeigten einen fettig-bräunlichen Belag. Georg bekam Scheuerpulver und eiskaltes Wasser hingestellt und war für die nächste Zeit beschäftigt.

Nach dem Dessert faltete die Domina sorgfältig das Geschenkpapier zusammen, Oliver wickelte die Bändchen auf. So gut es ging, legten sie sich zusammen aufs Sofa und hielten zum x-ten Mal eine Konferenz über den Vornamen ihrer Tochter. Als es zum zweiten Mal klingelte, wollte die

Domina ihren Gatten vom Öffnen abhalten. Oliver hatte aber Geschmack an der Sklavenhaltung gefunden. »Ich muß nach den Feiertagen ins Sauerland«, sagte er, »sei so lieb und laß den Neuen die Winterreifen montieren und den Wagen waschen.« Der kluge Junge hatte begriffen, daß die Befehle nicht von ihm ausgehen durften.

Schwerfällig schlurfte die Domina in den neuen Puschen an die Tür. Dort stand Willi Maser, welch ein Glück, denn er war Chef vom größten hiesigen Autohaus. Sein Geschenk war ein scheuernder Lederbikini. Die Domina ließ sich nicht auf lange Diskussionen ein und wies ihn in die Garage. Damit die Arbeit zur Qual wurde, schüttete sie den Müllsack mit schmierigen Gänseknochen über dem Wagendach aus.

Willi sagte: »Solchen Scheißkram würde ich nicht einmal einem Azubi zumuten!« und wurde mit dem harten Schlag einer abgenagten Gänsekeule bestraft. »Mehr!« verlangte er. »Erst die Arbeit, dann das Vergnügen«, sagte sie, und er legte sofort los.

Danach ketteten sie Georg im Bad an; Klo, Waschbekken und Wanne hatten es nötig. Georg fühlte sich großartig, denn Oliver hatte ihn »Meister Proper« getauft. Mit viel Einfühlungsvermögen überlegte sich die Domina, daß er auch die Stätte seiner früheren Lust – den Keller – ein wenig putzen sollte. Eine Streckbank war noch vorhanden, weil Oliver in Unkenntnis ihres Zweckes einen Gartentisch daraus bauen wollte. Georg durfte sie grün streichen.

»Was machen wir, wenn der nächste kommt?« fragte Oliver fröhlich. In Gedanken gingen sie die einzelnen Zimmer durch. Die Betten konnten frisch bezogen, die Fenster geputzt und die Kühltruhe gründlich gereinigt werden.

»Was haben die anderen für Berufe?« fragte Oliver neugierig.

Die Domina konnte stolz berichten, daß es nur Männer in Führungspositionen waren. »Bis auf einen Studenten, der seine Magisterarbeit über mich schreibt. Der Chefkoch hat schon fünf Sterne errungen, der Finanzmann ist ein ganz hohes Tier.«

»Der könnte die Steuererklärung machen, der Koch ein schönes Essen...«

»Nein, das ist keine Sklavenarbeit.«

In Gedanken ließen sie den Koch die blauen Monteur-Overalls bügeln und den Finanzmenschen Schuhe und Silber putzen. Die ihr zugedachte schweißtreibende Gummi-Unterwäsche wollte die Domina sofort in den Rotkreuzsack werfen.

Schließlich hatten sie genug von derartigen Spekulationen und widmeten sich dem beliebten Spielchen »Ich sehe was, was du nicht siehst«. Die Domina suchte nämlich die Gelegenheit, ihren Mann auf kunstgewerbliche Bijous, Trockenblumensträuße und Keramiken hinzuweisen. Aber Oliver holte die Dominosteine und wollte lieber damit spielen.

Als sie das Personal fast vergessen hatten, traten die beiden Spartakisten plötzlich ins Wohnzimmer, um zu streiken. Willi hatte Meister Proper sowohl losgekettet als auch aufgewiegelt. Sie beschwerten sich. »Wir sind Sex- und nicht Putzsklaven! Wo bleibt die Belohnung?«

»Erst einmal drei Blaue auf den Tisch«, sagte die Domina sanft, »dann könnt ihr euch zur Belohnung ein Plätzchen nehmen.«

In diesem Moment sprang der Kuckuck achtmal aus dem Uhrenhaus.

»Um Gottes willen!« rief Willi. »Ich habe meiner Frau versprochen, um sieben zur Bescherung wieder dazusein! Was machen wir jetzt?«

Alle dachten angestrengt über eine Ausrede nach. Dabei fiel Georg ein, daß er mit seiner Mutter die Christmesse besuchen mußte. Seiner Frau gegenüber war er ohne Verpflichtungen; sie hatte nämlich von seinem Hobby Wind bekommen und war entlaufen.

»Am besten wirkt immer ein Unfall«, sagte Oliver, »dann sind die Angehörigen voller Mitleid und denken gar nicht an eine Standpauke...«

»Woher kennst du dich so gut aus?« fragte die Domina spitz, aber nicht ohne Bewunderung.

»Was für ein Unfall?« fragte der nervöse Georg. »Soll ich mir etwa ein Bein brechen und im Krankenhaus landen?«

»Nein«, sagte Oliver, »Ihr Auto, nicht Sie!«

Für Autos war Willi zuständig. »Nullo Problemo«, sagte er, »wir beide könnten einen Zusammenstoß arrangieren.«

Oliver rieb sich die Hände.

»Aber nicht direkt vor unserer Haustür«, sagte die vorsichtige Domina.

Georg drehte am Radio herum. »Habt ihr schon Weihnachtslieder gesungen?«

Alle sahen ihn verwundert an.

»Bevor wir auseinandergehen, könnten wir doch noch einen vierstimmigen Satz...«

»Bitte«, sagte die Domina, »die Tochter Zion!«

Georg stimmte an, Willi und die Domina freuten sich und jauchzten laut Jerusalem, Oliver kannte solche Songs weniger. Aber auf die Dauer hatten die beiden Unfallkandidaten keinen Spaß an geistlichen Gesängen. »Wer von uns wird der Verursacher?« fragte der Banker fachmännisch.

»Von mir aus meine Wenigkeit«, sagte Willi, »ich fahre einen Vorführwagen, natürlich Vollkasko. Aber dafür müßten Sie mir schon ein bißchen...«

»Ich bitte Sie, das können Sie doch alles von der Steuer absetzen, aber ich werde Ihnen gern behilflich sein«, sagte Georg.

»Na, dann wolln wir mal«, sagte Willi und flüsterte Georg ins Ohr: »Das Studio in der Weststadt hat vielleicht noch auf.«

»Leider nicht, ich habe mich schon erkundigt, die machen Betriebsferien!«

Für den großen Crash zogen sich alle warm an, denn es sollte ja nicht direkt vor der Haustür geschehen. Oliver tauschte mit Willi den Mantel, das heißt, er drängte dem Autohändler kurzfristig und spaßeshalber den eigenen Parka auf und zog dafür dessen Büffellederjacke an.

»Aber erst die Kohle auf den Tisch«, ermahnte die Domina aus Jux und Gewohnheit. Man wußte leider nicht, was sich gehört, am Ende lagen bloß zwei Kippen unterm Baum, und der Zug setzte sich in Bewegung. Die Duellanten besaßen Nobelkarossen, die sie behutsam auf die einsame Landstraße lenkten. Das Fußvolk zockelte hinterher, die Domina aus Versehen in Pantoffeln. »Gut, daß ich ihnen nur Plätzchen gegeben habe«, sagte sie mütterlich, »als hätte ich's gewußt.«

Oliver zeigte, daß er etwas von Organisation verstand. Wie ein erfahrener Sekundant wies er den beiden Masochisten die Plätze an, stellte sich selbst in die Mitte und blinkte schließlich mit dem Feuerzeug, daß mit Tempo losgefahren werden sollte. Als wahrer Kavalier eilte er aber sofort wieder zur Domina, um sie bei einer möglichen Ohnmacht aufzufangen.

Die Spannung wuchs. Wie in einem gefährlichen Stunt schossen die schweren Wagen voran und krachten schauerlich ineinander. »Die Polizei ist bestimmt in Windeseile da«, sagte Oliver, »schnell weg hier!«

»Sieh erst mal nach«, sagte die Domina, »warum sie nicht aussteigen.«

Flink näherte sich Oliver der Unfallstelle und steckte den Kopf abwechselnd in beide Wagen. Erfolglos sprach er auf Willi und Georg ein, keiner von beiden machte Anstalten auszusteigen. Oliver knipste das Feuerzeug wieder an und gab der Domina Zeichen: Daumen nach unten. Ohne jeden Beistand mußte sie in Ohnmacht fallen. Aber auf Zuspruch öffnete sie die Augen und befahl, sofort zu verschwinden, damit sie nicht als Zeugen aussagen mußten. In einer Minute waren sie wieder in der warmen Stube und pellten sich aus Mantel und Jacke.

»Beide ziemlich hin«, sagte Oliver bedauernd. »Schade«, sagte die Domina. Kurz darauf hörte man Sirenen.

Wie ein kindlicher Mystiker grübelte Oliver: »Ob sie in den Himmel kommen?«

Die Domina verneinte: »Die sind in der Hölle besser aufgehoben. Stell dir vor: Eine schwarze Teufelin in hohen Stiefeln piesackt sie unaufhörlich mit einer Mistgabel.«

Oliver nickte versonnen: »Wat dem een sin Ul...«

Schließlich zog er seine schwere neue Jacke wieder an, um die Straßenverhältnisse zu inspizieren. Nach fünf Minuten konnte er berichten, daß die Polizisten verschwunden und die Unfallwagen abgeschleppt waren.

Die Domina öffnete die Haustür und trat an die frische Luft: »Kennst du das Gedicht«, sagte sie und sah nach oben: »Vom Himmel in die tiefsten Klüfte ein milder Stern herniederlacht...«

Oliver zuckte die Achseln und zog die Domina an sich. Beide legten den Kopf zurück und blickten zu den Sternen hinauf. »Freu dich doch«, sagte er, »vielleicht sind sie im Paradies bei der schwarzen Teufelin.«

»Mein lieber Schwan, da scheint mir etwas oberfaul«, sagte die Domina, »das waren doch keine betrunkenen Schüler, sondern erfahrene Männer...«

»Sieh mal, was der Auto-Willi in der Tasche hatte«, sagte Oliver und kramte aus der fremden Tasche ein leeres Ölkännchen, »als ich beim Unfall den Einweiser spielen sollte, habe ich zufällig Willis Öl entdeckt und ganz in Gedanken ein wenig gesprengt.«

Die Domina lächelte wie ein milder Stern. »Aber Schatz, warum eigentlich? Die haben dir doch nichts getan, im Gegenteil – stundenlang haben sie sich nützlich gemacht.«

Oliver zog die Domina hinein und den Büffel aus. »Weißt du«, sagte er, »ich konnte sie nicht ausstehen. Das sollen Männer sein? Kriechen winselnd vor einer Frau im Staub herum und verlangen nach Haue!«

»Du hast recht«, sagte sie, »mein Geschmack sind sie auch nicht. Aber ich muß zu ihrer Entschuldigung sagen, daß sie tüchtige, erfolgreiche Männer mit einem fast intakten Familienleben sind.«

Oliver nahm seine Frau auf den Schoß und herzte sie. Erleichtert fing die Domina an, ein wenig zu beichten. »Es gibt Frauen, denen macht es Spaß – aber nicht mir! Ich hatte nie Gefallen daran, ehrlich! Aber andererseits – es ist immer noch besser als der lausig kalte Straßenstrich.«

»Ich weiß«, sagte Oliver, »im Grunde willst du lieber die Devote spielen; aber du hast mich belogen!«

»Ein bißchen gemogelt«, sagte sie, »ich war niemals Barfrau. Ist das so schlimm?«

Oliver zog ein längliches, liebevoll verpacktes Geschenk unter dem Sofa hervor und überreichte es der Domina. »Böse Mädchen müssen bestraft werden«, sagte er und sah erwartungsvoll zu, wie seine Frau eine nostalgische Wäscheleine aus Hanf und einen fast antiken, geflochtenen Teppichklopfer aus rotgoldenem Weihnachtspapier schälte, »ich weiß doch, was eine Frau sich wirklich wünscht.«

Er fesselte sie mit der kratzigen Leine und legte sie übers Knie, weil die Streckbank noch nicht getrocknet war. Während er wie ein zorniger Nikolaus den Teppichklopfer handhabte, rief er immer wieder: »Eine anständige Frau bringt an Weihnachten kein Dosenrotkraut auf den Tisch!«

Warum heiraten?

So blöde kann auch nur eine Europäerin fragen.
Ich weiß, bei euch lebt man mit einem Typ einfach ein paar Jahre zusammen, und erst wenn man brüten will, wird vielleicht geheiratet. Deinem Freund ist es egal, wie viele Männer vor ihm an der Reihe waren. Bei uns bekäme man nach jahrelangem Zusammenleben kaum eine zweite Chance. Also, um es klar auszudrücken: Ein asiatischer Mann faßt mich nicht mit der Feuerzange an.

Du mit deinen fünfundzwanzig Jahren hast schon mit drei Freunden eine Weile zusammengewohnt, mit weiteren acht geschlafen. »Plump geschätzt«, sagst du, ohne dich zu schämen.

Meine ersten fünf Deutschen waren alle verheiratet. Hans-Dieter ist die Nummer sechs, geschieden und erst zweiundvierzig.

Hast du mein Zimmer gesehen? Ich meine nicht seine Wohnung, sondern das Kämmerchen, in das ich seit Jahren gelegentlich zurückkehren muß. Keine Wasserleitung im ganzen Haus, das bedeutet nachts entweder zwei Häuser weiter aufs Klo gehen oder morgens den Topf leeren müssen. Wenn ich mich waschen möchte, dann muß ich einen Eimer kaltes Wasser holen und in die Emailschüssel füllen. Immer frieren. Keine Heizung. Betonboden. Ein altes Betttuch als Gardine. Drei Mainzelmännchen und ein paar Fotos als Erinnerung an meine deutschen Freunde. Lilly hat wenigstens eine Stereoanlage von ihrem Siemens-Mann.

Seit ich die Badewannen in Hotels und Ausländerwohnungen kenne, weiß ich, was das Ziel meines Lebens ist. Du bist damit aufgewachsen: Kein Tag, an dem du nicht mit warmem Wasser im Winter oder kühlem im Sommer geduscht hast. Wenn mein blonder Freund seine Wohnung verlassen hat, mache ich es mir gemütlich: grüne und meerblaue Badezusätze aus Deutschland, französische Seife, amerikanische Bodylotion. Während ich mich wohlig aale, weichen meine Unterwäsche und meine Seidenbluse in einem Eimer mit deutschem Persil ein.

In einem halben Jahr muß Hans-Dieter wieder zurück nach Bremen. »Komm doch einfach mit!« sagt er scherzhaft. Doch ich kriege niemals ein Visum, es sei denn, er heiratet mich.

Gerade du hast es nötig, von Liebe zu reden. Die eine liebt einen Mann, die andere eine Wanne. Bei uns in China waren Ehen immer Zweckbündnisse. In meinem Fall kriegt er den exotischen Sex und ich die Badewanne, ein faires Geschäft. Du ziehst deinen Mann doch ganz anders über den Tisch: Hast Sex, soviel du willst – und er putzt dir noch dazu die Wanne.

Goldene Löffel

Früher, als Josefa noch lebte, sah es in Cala Barca anders aus: Zwischen Felsküste und Kiefernwald standen nur wenige Villen reicher Ausländer. Josefa putzte die Häuser von fünf Franzosen und einer reichen Gräfin aus Frankfurt, stritt mit dem Gärtner, wenn sie fand, daß er zu schlampig gegossen hatte, und hielt Kontakt mit dem Gasprüfer und anderen kommunalen Abgesandten. Kurz gesagt, es war ein Vertrauensposten, denn die Herrschaften waren ja die meiste Zeit des Jahres nicht anwesend.

So umsichtig wie ihre Vorgängerin war Pilar nicht, schließlich hatte sie noch anderes im Kopf, doch wuchs ihre Achtung vor Tante Josefa postum Jahr für Jahr. Wenn die Gräfin Weihnachten auf Mallorca feierte und ihre deutsche Verwandtschaft anrückte, hatte es Streß für ihre Tante gegeben. Nun hätte man erwartet, daß wenigstens die Trinkgelder reichlich flossen, aber davon konnte nicht die Rede sein. Man ließ sich bedienen und es dabei bewenden. Alle fünf Jahre fand im Sommer ein Klassentreffen statt, auf dem sich die zehn eingeladenen Veraninnen kaum anders benahmen. Schon Tage vor dem Ereignis ließ sich die Gräfin massieren und einölen, um als Schönste unter den alten Krähen zu glänzen.

Irgendwann mußte es selbst der fleißigen Josefa zuviel

geworden sein. Als wieder einmal zwölf oder mehr Personen die Feiertage hier verbrachten, als eine deutsche Köchin eine deutsche Gans zu deutschem Rotkohl bereitete, hatte sie sich derart aufgeregt, daß sie einen Herzinfarkt bekam und starb.

Nach ihrem Tod erbte Pilar nicht nur Josefas Häuschen, sondern übernahm auch ihre Aufgaben und putzte bei denselben Familien. Schon im voraus hatte sie regelrechte Panik vor dem gräflichen Weihnachtsfest: erstens weil ihre Tante anläßlich dieser Überforderung gestorben war, zweitens weil sie nun selbst den gleichen Kraftakt bewältigen mußte. Im Gegensatz zu Josefa hatte Pilar einen Mann und Kinder, die ihrerseits Ansprüche stellten. Sollte sie kündigen? Sie beschloß, sich wenigstens im ersten Jahr der schwierigen Aufgabe zu stellen.

Die Gräfin war kinderlos. Früher war sie wohl mehrmals im Jahr hierhergekommen, jetzt waren ihr die häufigen Flüge zu beschwerlich. Wenn Pilar die Franzosenhäuser in der Nähe saubermachte und sah, daß Esteban in der deutschen Villa die Pflanzen sprengte, dann lief sie schnell auf einen Schwatz hinüber. Der Gärtner war fast so alt wie die Gräfin und erzählte, daß sie dreimal Witwe wurde. »In ihrer Jugend war sie eine bildschöne Frau«, sagte er, und seine trüben Augen bekamen einen feurigen Glanz, »bei den ersten beiden Männern ist sie reich, beim dritten adlig geworden.«

Seit ihrer vierten Gesichtsstraffung konnte von Schönheit allerdings nicht mehr die Rede sein. Ähnlich ihrer Villa war sie renovierungsbedürftig, im Gegensatz zu einem Haus jedoch nicht mehr tauglich dafür. Aber wie in jungen

Jahren fragte sie jeden Sommer: »Esteban, hast du auch das Meer geprüft?« Wenn er keine Quallen gesichtet hatte, auf die sie allergisch reagierte, schwamm sie eine Viertelstunde im warmen Wasser und gerbte dann ihren Eidechsenbauch auf dem Sonnendach. Von dort aus konnte sie direkt das Schlafzimmer betreten, ein rundes Turmgemach mit sechs Fenstern und neun Spiegeln. Es war wohl einmal eine richtige Liebeslaube gewesen.

Da sie nun alt und reich geworden war, klammerte sich die Gräfin heftiger denn je an ihre weitläufige Familie, deren Mitglieder allerdings nicht »von« und »zu«, sondern »Schulz« und »Schmitt« hießen und Hessisch sprachen. Ihre triefäugige Schwester Traudel hatte insgesamt neun Enkel zwischen 15 und 28, die von der Gräfin als Hoffnungsträger und Lichtblick ihres Lebensabends angesehen wurden.

Pilar hatte eine andere Meinung über diese arroganten Herrchen und ihre faulen, aufgetakelten Schwestern. Die Gräfin ging zwar früh ins Bett, aber die jugendlichen Verwandten soffen bis in die Puppen und mußten am anderen Tag zum Nachmittagskaffee geweckt werden. Wenn Pilar saubermachen wollte, wußte sie kaum, wo anfangen. In allen zugänglichen Zimmern stolperte sie über Rucksäcke und Turnschuhe und stieß auf überquellende Aschenbecher und leere Gläser, in die Schlafzimmer traute sie sich erst gar nicht hinein.

Ihr besonderes Mißfallen erregte jedoch der gräfliche Liebling und vorgesehene Erbe. Es war ein junger Mann namens Sascha, mit Pferdeschwanz, Schlapphut und Ohrringen, der nie den langen Mantel auszog und von seinen hilflosen Eltern in ein Internat gesteckt werden sollte. Zu allem Überfluß hatte er einen sabbernden Köter angefüttert, der Pilar stets die Beine ablecken wollte. Da die drei Toiletten dem Ansturm nicht immer gewachsen waren, sah sie Hund und Herrn ungeniert gegen Estebans Schubkarre pinkeln. Zwar hielt sich Sascha für einen lustigen Charmeur, erreichte aber durch Süßholzraspeln und distanzlose Frechheiten bei Pilar das Gegenteil. Als stolze Mallorquinerin, die gut und gern doppelt so alt war, fühlte sie sich in ihrer Würde getroffen, wenn er sie herumkommandierte und Witze über ihre Oberweite machte.

Als wieder Ruhe einkehrte, weil die Heuschreckenplage am 2. Januar glücklicherweise abschwirrte, ging es ans große Aufräumen. Doch als die Gräfin die Bestecke in den Schrank schließen wollte, versuchte sie vergeblich, die geliftete Stirn zu runzeln, denn es funkelten nur noch 23 goldene Löffelchen im Kasten. Nicht etwa, daß man wie im Märchen von goldenen Tellern aß, auch Messer und Gabeln waren vom üblichen 800er-Silber, aber die Dessertlöffel – Adel verpflichtet – waren aus reinem Gold. Natürlich befragte sie zuerst Pilar, die eifrig beim Suchen half. Es fanden sich zwar eine vermißte Brille im Zwiebelkorb, Kaugummis unter der Eßtischplatte, das Foto eines tätowierten Unbekannten und mehrere Taschentücher, Knöpfe und Sektkorken unter Sofas und Teppichen, aber der Löffel war weg. Der arme Esteban mußte den Inhalt eines prallen Müllsacks verlesen, was jedoch auch nichts einbrachte.

Erst als Pilar gute zwei Wochen später Zeit fand, ihren eigenen Haushalt in Ordnung zu bringen, und ihre schmutzige Kittelschürze in die Waschmaschine stopfte, bemerkte sie verblüfft einen harten Gegenstand in der Tasche. Obgleich sie an diesem Tag eigentlich frei hatte, schwang sie sich doch unverzüglich aufs Fahrrad, um der Gräfin die gute Nachricht zu überbringen.

Frohgemut betrat sie die Küche, den goldenen Löffel triumphierend in der Hand, als sie hörte, wie im Zimmer nebenan der Name ihrer Tante ausgesprochen wurde. Pilar hatte keine Probleme mit der deutschen Sprache und verharrte lauschend. Die Gräfin telefonierte offensichtlich mit ihrer Schwester: »Leider hat sich Josefa letztes Jahr an unserer Gans überfressen und ist an einer Gallenkolik gestorben«, vernahm die fassungslose Pilar, denn das stimmte nicht. Die Gräfin fuhr fort: »Aber weißt du, Traudel, ehrlich sind hier alle, Esteban besonders. In all den Jahren ist niemals etwas abhanden gekommen. Josefas dicke Nichte, ich vergesse immer ihren Namen, ist überdies viel zu dumm zum Klauen.« Grimmig steckte Pilar den Löffel wieder ein und spitzte weiter die Ohren. »Ja, natürlich, Löffel geraten schon mal mitsamt dem Joghurtbecher in den Mülleimer, aber ich habe einen ganz anderen Verdacht. Nächstes Jahr werde ich Kusine Martha nicht mehr einladen.« Ohne daß sie bemerkt wurde, verzog sich Pilar.

Eigentlich wollte sie dem ganzen Ärger durch eine Kündigung entgehen, wurde aber erstaunlicherweise vom eigenen Mann zum Aushalten überredet. Immerhin hatte sie zwischen Heiligabend und Neujahr täglich mehrere unvollständig geleerte Schnapsflaschen mit nach Hause gebracht. Inzwischen war auch ein Plan in ihr herangereift.

Im nächsten Jahr war Sascha zwar älter, aber noch aufdringlicher geworden, machte einer 15jährigen Nervensäge namens Mandy den Hof und schickte Pilar zum Zigarettenholen ins Dorf. Selbst die Gräfin betrachtete ihren Favoriten mit leichter Ernüchterung. Diesmal war es kein Zufall, daß zwei goldene Löffel verschwanden. Pilar bemerkte mit Genugtuung, wie die Gräfin auf einem Notizblock die Namen ihrer senilen und infantilen Verwandten auflistete und mit Haken oder Fragezeichen versah.

Ihr rotnasiger Schwager Benno war der zweite, den sie im Visier hatte; schon vor Jahren war er durch betrügerischen Bankrott unangenehm aufgefallen, danach durch permanentes und zudringliches Schnorren. Jetzt, wo er gänzlich unbrauchbar und läppisch geworden war, grapschte er nach halbwüchsigen Nichten. Die Gräfin beschloß, ein für allemal mit Benno zu brechen. Allerdings hatte das zur Folge, daß ihre Schwester Traudel, beleidigt über diesen Ausschluß, nun auch nicht mehr kommen mochte.

Es war schon eine gewisse Erleichterung für Pilar, drei Personen weniger bedienen zu müssen. Trotzdem waren es noch zu viele, wie sie fand, und ein Grund zum beherzten Handeln lag vor.

Zwar mußte sich die Gräfin beim Fehlen von vier weiteren Löffeln eingestehen, daß sie die Falschen verdächtigt hatte, aber da sie den wahren Grund für die abgebrochenen Beziehungen nie ausgesprochen hatte, konnte sie nichts zurücknehmen. Sie kam nicht umhin, auch Sascha zu verstoßen, obgleich es ihr selbst sehr weh tat. Da sich der Junge aber stets im Glanz ihrer Zuneigung gesonnt hatte, forderte er eine Begründung für den Bannfluch. »Du stiehlst seit Jahren meine goldenen Löffel!« bekam er, außer einigen ihm unverständlichen Ausdrücken wie *defraudant* und *cochonnerie*, zu hören. Sascha beteuerte vergeblich seine Unschuld. Auch seine bisher erfolgreichen Schmeicheleien stießen auf taube Ohren, die »beste aller Großtanten« änderte ihr Testament und enterbte ihn.

Pilar überlegte, wieviel man ihr in Barcelona für die Löffel auszahlen und ob die Summe für ein gebrauchtes Auto reichen würde. Die Gräfin hatte sich mit ihrer gesamten Verwandtschaft heillos überworfen und kam fortan nur noch im Sommer nach Mallorca. Sie hatte immer noch genug Goldlöffel, um in diesen vierzehn Tagen jeden Mittag mit einem anderen ihren Zitronensaft umzurühren.

Eines Tages, als Pilar die Einfahrt des Nachbarhauses kehrte, wurde sie von Esteban herbeigewinkt. »Gestern mußte ich sie nach Palma fahren«, erzählte er mit schadenfrohem Grinsen, »und zwar zu einem Antiquitätenhändler, der auf Edelmetalle spezialisiert ist. Um zu wissen, was sie – auf Heller und Pfennig genau – durch den Diebstahl verloren hat, wollte sie ihre Löffel schätzen lassen. Ich stand selbst daneben, als der Fachmann die Lupe nahm, wog und kratzte. Du wirst es kaum glauben, Pilar, die Löffel sind nur mit einer dünnen Goldschicht überzogen und nicht viel wert.« Pilar fühlte sich betrogen.

Doch als kurz vor dem geplanten Klassentreffen eine forcierte Schönheitspflege auf dem Programm stand, wußte Pilar plötzlich, was zu tun war.

Eine glibberig-glasige Qualle wurde mit einem Rest Bodylotion in der Küchenmaschine zu einer perfekten Emulsion verarbeitet. Mit goldenem Löffel füllte Pilar das teuflische Elixier in ein kostbares blaues Glasfläschchen, aus dem sie die allergengetestete Schönheitsmilch entfernt hatte; am

Abend vor dem Eintreffen ihrer Freundinnen würde die Gräfin zweifellos ihre überempfindliche Haut mit einer großzügigen Dosis Quallenmixtur verwöhnen. Es war damit zu rechnen, daß sie ihren Gästen nur verschleiert entgegentreten konnte, falls es nicht weitaus schlimmer kam.

Der Schneeball

Es war Sommer, als ich Claudia kennenlernte. Meine Wohnung war eng, dunkel und hatte keinen Balkon. Es bot sich geradezu an, bei schönem Wetter mit einem Tütchen Himbeerbonbons in der Tasche und dem Laptop unterm Arm das stickige Haus zu verlassen. Gleich um die Ecke gab es einen Kinderspielplatz, wo es meistens erst am Nachmittag laut und betriebsam zuging.

An jenem warmen Julimorgen saß ich auf einer Bank und schrieb an meiner überfälligen Semesterarbeit: »Die militante Kinderstube«. Es ging um Kriegsspielzeug, mit dem seit Ewigkeiten die kleinen Buben auf ihre angebliche Bestimmung vorbereitet werden, so wie man die Mädchen mit Puppenküchen ködert. Auf dem Spielplatz war es angenehm still, nur eine alte Frau saß strickend auf der Nachbarbank und bewachte den Inhalt eines Kinderwagens; ich konnte ungestört arbeiten.

Plötzlich war es mit der Ruhe vorbei. Eine Frau tauchte mit einem Knaben auf, den man schon aus der Ferne brüllen hörte: »Gib mir meine Wasserpistole wieder!« Ich blickte auf. Es war zwar eine schöne junge Mutter, die sich da mit ihrem aufsässigen Sohn abplagte, aber wahrscheinlich hatte es wenig Sinn, hier sitzenzubleiben. Ich kenne solche Situationen: Kinder im Vorschulalter sind Nervensägen und machen ein konzentriertes Arbeiten fast unmöglich.

Gerade wollte ich aufstehen, als der Junge anfing zu singen. Aber im Gegensatz zu anderen Müttern, die sich bei Gesangsdarbietungen ihrer Kids mit stolzem Lächeln nach Publikum umschauen, zischte sie aufgebracht: »Du weißt genau, daß ich dieses Lied nie wieder hören will!«

Nun war ich neugierig geworden. Sang ein Fünfjähriger bereits unanständige Lieder? Oder war die Mutter eine besonders prüde oder humorlose Frau? Ich schaltete mich ein und gab mich als Student der Sozialpädagogik zu erkennen und somit als Profi in der Kindererziehung aus.

Obwohl sie sicherlich ein paar Jahre älter war als ich und im Gegensatz zu mir praktische Erfahrungen im Umgang mit einem Kind hatte, fiel sie sofort darauf herein. »Es ist mir so peinlich!« sagte sie. »Aber Nicos neunzigjähriger Urgroßvater wohnt bei uns im Haus; er macht sich einen Spaß daraus, dem Kind völlig abwegige Gedichte und Lieder beizubringen. Leider ist mein Mann ganz anderer Meinung und findet, ich würde das viel zu ernst nehmen.«

Nico spitzte aufmerksam die Ohren. »Willst du das Lied hören?« fragte er mich wie einen Schiedsrichter.

Seine Mutter schüttelte den Kopf, ich nickte.

Der Kleine baute sich vor mir auf und begann:

> Wer will unter die Soldaten,
> der muß haben ein Gewehr,
> der muß haben ein Gewehr,
> das muß er mit Pulver laden
> und mit einer Kugel schwer...

Sozusagen von Berufs wegen war ich fasziniert, während Nicos Mutter wie ein Teenager errötete. Ich ließ mir den Text noch einmal aufsagen und notierte alles in meinem Laptop.

Die zweite Strophe war ebenso martialisch wie die erste:

> Der muß an der linken Seite
> ein scharfen Säbel han,
> daß er, wenn die Feinde streiten,
> schießen und auch fechten kann…

Mit erstaunten Kulleraugen verfolgte die blonde Frau, wie der anstößige Text auf dem Display erschien und abgespeichert wurde. Vielleicht hielt sie mich in ihrem ersten Schrecken trotz meiner langen Haare für einen Rechtsradikalen und begann sich vor mir zu fürchten. Leicht amüsiert erklärte ich, daß dieses Lied eine gute Ergänzung zu meinem ganz und gar pazifistischen Aufsatz sei, der sich mit den Auswüchsen des Militarismus in der Kinderstube des 19. Jahrhunderts befasse. Es war bemerkenswert, wie rasch ihr Mißtrauen in Bewunderung überging.

Gegen Mittag folgte ich ihr nach Hause, weil sie für den hungrigen Sohn und den zahnlosen Großvater Spaghetti kochen wollte. Ich hätte zwar lieber wie bei meiner eigenen Mutter getafelt, denn Nudeln konnte ich auch selber zubereiten. Aber es schmeckte nicht schlecht, Nico bekam zum Abschluß meinen letzten Himbeerbonbon und ich ein Küßchen.

Es war fast selbstverständlich, daß wir uns am nächsten Tag auf dem Spielplatz wiedertrafen.

Unser Verhältnis dauerte den ganzen Sommer lang. Claudias Mann hatte beruflich in Kanada zu tun und wurde glücklicherweise erst im September zurückerwartet. Gegen elf Uhr nachts, wenn Nico und der Opa schliefen, war meine Stunde gekommen; bevor es hell wurde, schlich ich wieder davon. Es war eine schöne Zeit.

Im Herbst wurde es mir auf dem Spielplatz zu kühl, außerdem besuchte Nico jetzt wieder den Kindergarten. Da der Ehemann und Vater zurückgekehrt war, mußte unsere Affäre abrupt beendet werden. Ich weiß nicht genau, wie es Claudia erging, aber ich litt wie ein ausgesetzter Hund. Es war kein großer Trost, daß meine Arbeit über die militante Kinderstube mit einer sehr guten Note bewertet wurde.

Kurz vor Weihnachten teilten mir meine Eltern schriftlich mit, daß sie in diesem Jahr das Fest im Kreise gleichgesinnter Rentner auf Mallorca feiern wollten. Mit anderen Worten: Sie hielten mich nicht mehr für ihren kleinen Tommy, der an den Weihnachtsmann glaubt. Ich konnte sehen, wo ich blieb. Zwar gab es verschiedene halbherzige Versuche, gemeinsam mit Freunden etwas zu unternehmen, aber schließlich blieb ich doch zu Hause und tat mir leid.

Meinen einsamen Weihnachtsnachmittag gestaltete ich hauptsächlich mit dem Kinderprogramm im Fernsehen, den Abend mit den Resten verschiedener Flaschen. Gegen Mitternacht brummte mir der Kopf, und ich verließ das Haus, um klarer denken zu können. Es schneite seit Stunden, so wie es sich viele Menschen – außer meinen egoistischen Eltern – inbrünstig gewünscht hatten.

Vor dem Haus meiner Geliebten blieb ich stehen; wie ich

wußte, schlief das Ehepaar getrennt. Claudias Schlafzimmerfenster war noch erleuchtet, und ich wurde von sehnsüchtigen Gefühlen geradezu überwältigt. Wie schön wäre es, wenn sie jetzt das Fenster weit öffnen würde, um für die Nacht noch einmal frische Luft hineinzulassen!

Der Schneeball war rasch geknetet und traf perfekt. Aber statt eines sanften, watteweichen Aufpralls, der meine zärtlichen Absichten wie ein Hauch verkünden sollte, schepperte es ohrenbetäubend. Unabsichtlich hatte ich offenbar einen Stein eingebacken und die Scheibe wie mit einem Geschoß zertrümmert.

Gebannt blieb ich stehen, denn Claudia mußte wohl oder übel reagieren, wenn auch sicherlich nicht mit großer Begeisterung. Aber am Heiligabend sollten kleine Sünden ja leichten Herzens vergeben werden.

Statt des beschädigten Fensters wurde jedoch die Haustür aufgerissen, und ein großer Mann in Pantoffeln und Schlafanzug schlappte, so stramm es ging, auf mich zu. Mir rutschte nicht nur das Herz, sondern auch reichlich Schnee in die Hose, denn bei meinem eiligen Start glitschte ich schon nach wenigen Metern aus und fiel rücklings hin.

Claudias Mann war ein Riese, der mich wie einen Zwerg mit einer Hand in die Senkrechte zog. »Das gibt eine Anzeige!« schnauzte er. »Einfach weglaufen, das könnte Ihnen so passen! Sie kommen jetzt mit ins Haus, und ich rufe die Polizei.« Meinen Beteuerungen, den Schaden ersetzen zu wollen, schenkte er keinen Glauben. Kurz darauf saß ich neben einem prächtig geschmückten Tannenbaum und legte dem erzürnten Hausherrn meinen Ausweis vor.

In diesem Moment kam Claudia in einem hellgelben

Negligé herein und brach bei meinem Anblick in markerschütterndes Gekreische aus.

»Leg dich wieder schlafen«, sagte ihr Mann, »die Angelegenheit ist sofort erledigt.«

»Bitte tu ihm nichts!« winselte sie.

»Bloß keine Hysterie, meine Liebe«, sagte er, »es ist nur ein Besoffener, der nach vollendeter Tat schnell abhauen wollte. Vandalismus ist aber kein Kavaliersdelikt.«

Und zu mir gewandt: »Schämen sollten Sie sich! Für Lausbubenstreiche sind Sie zu alt! Wie soll ich jetzt an den Feiertagen und bei diesem Wetter einen Glaser herkriegen!«

Leider verzog sich Claudia immer noch nicht, wie er befohlen hatte, sondern heulte und zitterte, was das Zeug hielt. »Er ist doch gar kein Einbrecher!« schluchzte sie, obwohl das niemand behauptet hatte.

Um sie zu beruhigen, trat ich an den Wandschrank und holte die Wodkaflasche und ein Gläschen heraus.

»Danke, das tut gut«, sagte sie und trank aus.

Nun erst begann ihr Mann, hellhörig zu werden. Er musterte seine Frau argwöhnisch und fragte: »Kennst du diesen hergelaufenen Penner etwa?«

»Nein«, sagten Claudia und ich wie aus einem Munde, aber nun brüllte er: »Wie kann er wissen, wo mein Schnaps steht?«

Wahrscheinlich war er viel zu laut geworden, denn Nico wurde wach und betrat nun ebenfalls die Bühne. Verpennt, zerstrubbelt und barfuß stand er in der offenen Tür und zielte mit einem Plastikcolt direkt auf mein Herz. »Schade«, sagte er und ließ die Waffe sinken, »es ist ja gar kein Räuber, sondern nur der Tommy!«

Nicos Vater packte seinen Sohn am Schlafittchen. »Woher kennst du diesen Kerl?« fragte er.

»Vom Spielplatz natürlich«, sagte Nico, »das ist doch der gute Onkel, der mir immer Bonbons schenkt!«

Natürlich trug diese Aussage nicht unbedingt zu meiner Entlastung bei. Aber jetzt meldete sich erst einmal Claudia zu Wort, um mit einem erzieherischen Anliegen von der eigenen Person abzulenken. »Woher hast du diese schreckliche Waffe?« herrschte sie ihren Sohn an.

»Von Opa natürlich«, sagte Nico und rieb sich die müden Augen.

Das Familienoberhaupt nahm dem Kind die Knarre weg. »Die sind aber heutzutage schwer, diese Dinger«, stellte er fest und gab Nico einen Klaps auf den Po. »Geh wieder ins Bett«, befahl er, »und gewöhn dir ein für allemal ab, auf Menschen zu zielen!«

Nico wandte sich zur Tür, die vielen Fragen und Verbote wurden ihm ohnedies lästig. »Was ist eigentlich *zielen*?« fragte er, wohl um noch ein wenig Zeit zu gewinnen.

»Aber Nico, das weißt du doch genau«, sagte der Vater und richtete den Revolver demonstrativ auf mich, »*zielen* geht sooo...! Und nimm nie wieder von einem fremden Onkel Bonbons an...«

Ich stand auf und wollte mich, gemeinsam mit Nico, aus dem Raum stehlen.

In diesem Augenblick krachte ein Schuß los. Ich spürte so etwas wie einen Schlag am rechten Bein und stürzte gegen den Weihnachtsbaum.

In ihrem panischen Schrecken schrie sich Claudia fast die Seele aus dem Leib, Nico heulte los wie eine Sirene, der schwere Baum neigte sich ächzend aus seinem allzu zierlichen Ständer und donnerte schließlich unter dem nicht enden wollenden Klirren der vielen Glaskugeln zu Boden. Und zu allem Unglück hatte entweder der Baum oder ich die offene Wodkaflasche mitgerissen, so daß sich das helle Wässerchen mit meinem Blut zu einem ekligen Cocktail vermischte.

Die Kugel in meiner Wade mußte operativ entfernt werden, verursachte aber glücklicherweise keine bleibenden Schäden. Am zweiten Feiertag besuchte mich Claudia im Krankenhaus. Sie erzählte, daß sich ihr Mann bisher vergeblich um einen Glaser und um die Einweisung des militanten Großvaters in eine psychiatrische Klinik bemüht habe.

Als ich am nächsten Tag glücklich wieder im Bett meiner ausgekühlten Wohnung lag, erhielt ich einen Anruf meiner Mutter aus Mallorca. Sie schwärmte davon, daß sie den mittäglichen Espresso bei schönstem Sonnenschein auf der Terrasse trinke. Meine Eltern vermißten mich offenkundig nicht sonderlich, aber sie ahnten natürlich nicht, was ein Schneeball alles bewirken kann und wie knapp ihr armer Tommy dem Tod entronnen war.

Mariä Stallwirtschaft

Schon als Teenager wünschte ich mir einen Stall voller Kinder. Ich war eine begehrte Babysitterin. Bei Rebekka, Miriam, Anna, Deborah, Sarah und Hannah habe ich die Kleinen gehütet; ich erschien pünktlich, war eine zuverlässige Aufpasserin, eine geduldige Krankenpflegerin und eine liebevolle Spielkameradin. Die Kinder rissen sich um mich, die Mütter empfahlen mich weiter. Zur Belohnung erhielt ich zwar keine Silbermünzen, sondern Naturalien – drei Ellen rosagrün gemusterten Kattun, frische Feigen und Granatäpfel, ein wenig Haschisch oder Sorbet, Bergamotte-Öl oder Sandalen aus Ziegenleder. Ich sah übrigens mit zwölf Jahren sehr niedlich aus, meine Eltern waren sicher, daß sie einen gesalzenen Brautpreis verlangen konnten. Auf keinen Fall wollten sie diese wichtige Angelegenheit dem Zufall überlassen.

Als ich dreizehn wurde, wußte ich aber bereits genau: Ich wollte nicht heiraten, ich mochte keine Männer. Nein, ich war keineswegs lesbisch, das nun auch nicht. Aber es bereitete mir Unbehagen, wenn ich beim Kinderbetreuen die abgeschirmten Doppelbetten sah, wenn ich Geräusche von nebenan hörte, die mich ängstigten, wenn ich mir vorstellte, was passieren mußte, bevor ein Kind auf die Welt kam.

Meine Eltern lächelten, wenn sie mich hörten. Sie glaubten, ich sei noch zu jung für die Liebe, und waren der festen Meinung, ich würde früh genug meine trotzige Haltung aufgeben.

Eigentlich will ich nicht über die Zeit meiner Pubertät reden. Es war ein einziges Aufbegehren gegen die Pläne meiner Eltern, ein Kampf um meine Selbstbestimmung. Kinder wollte ich zwar, aber keinen Mann. Vater und Mutter hoben die Hände gen Himmel über meine Unvernunft.

»Herr erhöre uns«, beteten sie, »damit unsere geliebte, aber störrische Tochter endlich ein Einsehen hat!«

Es ist hinlänglich bekannt, daß man nicht ihre, sondern meine Bitte erhört hat. Ich wurde schwanger, ohne mich in ein eheliches Lager begeben zu müssen. Höheren Ortes war man schon lange auf der Suche nach einer geeigneten Leihmutter, wie mir ein geheimnisvoller Bote mitteilte, der sich im übrigen ziemlich nebulös ausdrückte. Es mag auch sein, daß ich vor Aufregung nur die Hälfte seines Angebots verstand.

Ganz ohne Kompromisse ging es natürlich nicht: Um einen Skandal zu vermeiden, wurde mir der alte Joseph an die Seite gestellt, der keinen müden Silbersekel besaß. Mein Vater erhielt keinen Brautpreis, ich zur Strafe keine Aussteuer, obwohl ich mir bloß einfache assyrische Alltagskeramik wünschte. Joseph ist mit meinen Eltern ein sogenanntes Gentleman's Agreement eingegangen: Im Tausch gegen die Josephsehe zahlte man ihm eine bescheidene Altersversorgung.

Nun, der Joseph war gar keine so schlechte Wahl, wenn er bloß nicht so unpraktisch wäre. Alles muß man ihm dreimal sagen. In seiner großen Güte wird er beim Krämer beschissen, läßt sich das klapprigste Kamel andrehen und gibt jedem Bettler ein Almosen, wo wir doch selbst nichts als Linsen zu essen haben. Unsere Wohnung in Nazareth verdient diesen Namen kaum.

Joseph hat in den felsigen Boden eine Höhle gehauen, in der es von oben tropft, von vorne zieht und der Boden völlig uneben ist. Die Haustür aus Zedernholz hat sich so verzogen, daß unser Esel den Kopf durch die Ritzen stecken kann. Jede Kerze geht aus, alle Bettdecken werden klamm, das Essen schimmelt. Die Nachbarn haben es immerhin geschafft, daß das Wasser abfließt und gute, trockene Luft einströmt. Ach Joseph! Angeblich soll er auf Zimmermann studiert haben, aber von einem Geodreieck hat er noch nie etwas gehört.

Wenn ich auch eine Volkszählung bloß wegen der blöden Steuererhebung für völlig überflüssig hielt, so war mir die Reise nach Bethlehem in Judäa nicht unwillkommen, denn ich hatte absolut keine Lust, in diesem feuchten Loch meine Tochter zu bekommen. Ein hübsches Hotel mit Bedienung war ganz nach meinem Gusto. Hebammen gibt es schließlich überall. Ja, nun ist es heraus. Ich rechnete selbstverständlich mit einer Tochter. Susanne sollte sie heißen. Mit Jungs konnte ich nie viel anfangen, ihre dämlichen Kriegsspiele mit hölzernen Streitäxten sind mir verhaßt. Kleine Mädchen kann man so viel hübscher anziehen, ägyptisches Leinen in blauem und rotem Purpur oder Karmesin zu winzigen Tuniken verarbeiten! Mit Mädchen kann man Safrantörtchen und Sesamkringel backen, Puppenkleider weben und Blumenkränzchen flechten. Die lästige Beschneidung entfällt. In meiner damaligen Naivität kam ich gar nicht darauf, daß sich ein höherer Herr als erstgeborenes Kind auf keinen Fall ein Mädchen wünscht.

Als wir nach Bethlehem aufbrachen, bereitete ich unser übliches Frühstück aus Oliven und Brot und ließ die Zwiebeln weg, die mir angesichts meines hochgewölbten Leibes nicht mehr bekamen. Joseph kleckerte noch Öl auf die Strohmatte, aber das war mir egal. Dann wurde ich auf den Esel gepackt, und schon war die Katastrophe vorhersehbar. Wieviel komfortabler wäre ein Maultier gewesen! Unser Esel – er heißt Tobias – ist ein Musterexemplar an Dummheit. Bisher hatte er einzig als Lasttier gedient, nun mußte er es sich gefallen lassen, daß ich von Joseph hinaufgehievt wurde. Er warf mich einfach ab – man bedenke, wie gefährlich das war! Ich war schließlich im achten Monat. Wäre Joseph nicht ganz so tölpelhaft gewesen, er hätte mit dem Vieh geübt bis zur Perfektion.

Der Ritt auf dem schwankenden Esel auf holprigen Karawanenwegen, mein ständiger Durst, die fortgeschrittene Schwangerschaft – das alles führte dazu, daß ich häufig trinken oder ein Gebüsch aufsuchen mußte. »Joseph, ich muß mal!« waren auf dieser Reise meine häufigsten Worte.

Nie gehorchte er sofort. Hier könne man schlecht anhalten, da sei kein Schatten oder es wüchse kein einziger Busch in der Nähe. »Warte bis zur nächsten Quelle, der Esel muß dringend getränkt werden!«

Abends wurde gekocht. Wer, wenn nicht ich, hat Feuer gemacht und Wasser geholt? Joseph – zugegebenermaßen mußte er zu Fuß gehen – war immer derart erschöpft, daß er zu keinem Handgriff mehr fähig war. Wenn er kochen sollte, kramte er aus der Satteltasche ein paar Datteln heraus, und das war's. In dieser Hinsicht bedauerte ich es schon, daß man mir keinen jüngeren Kerl verordnet hatte.

Und dann kam die Pleite mit den Herbergen. Alles belegt, und bei mir setzten die Wehen vorzeitig ein. Kein Wunder, wenn man täglich acht Stunden lang auf einem Esel geritten ist! Bethlehem, dieses Kaff mit kaum 1000 Einwohnern, liegt 770 m über dem Meeresspiegel, die letzte Strecke war eine Tortur.

Es war ja noch ein Glück, daß wir auf den Stall stießen, denn ich befürchtete schon, das Kind auf dem Esel kriegen zu müssen, und das ausgerechnet am Heiligen Abend! Ich warf mich aufs Stroh, stöhnte und kommandierte gleichzeitig den Joseph herum. »Feuer machen, Wasser aufsetzen, Krippe putzen, den fremden Ochsen anbinden!« Unser Esel schrie übrigens viel lauter als ich, er fürchtete sich vor dem Ochsen.

Mein Gott, wenn die Hirten nicht gekommen wären, Joseph hätte es nie allein geschafft. Immerhin waren sie erfahrene Geburtshelfer – auf veterinärem Sektor – und hatten schon mal das Wort »abnabeln« gehört. Aber keiner war auf die Idee gekommen, seine Frau zu holen, von einer Hebamme mit Mohnkapsel ganz zu schweigen. Sicherlich, es war gut gemeint, ein paar Geschenke mitzubringen. Aber mußten es ausgerechnet lebendige Lämmer sein! Geschlachtet und ausgenommen, besser noch, gekocht oder gebraten, wären sie viel nützlicher gewesen. Auf die Idee, daß man Weihnachten ganz gern eine Gans essen würde, kam auch keiner. Und ist es nicht naheliegend, ein paar Meter gewebten Wollstoff mitzubringen statt eines Bergs ungesponnener Rohware? Stundenlang wurde mit Joseph über die Reiseroute und das Alter des Esels debattiert, anstatt rasch ein Mutterschaf zu melken. Und wie sie alle den Stern anglotzten! Natürlich verdanke ich jenem Stern auch den Besuch der Heiligen Drei Könige. Ich will es mir ersparen, über ihre Geschenke herzuziehen, immerhin kann man sie bei Gelegenheit verkaufen. Jedenfalls war keine einzige Windel dabei.

Anfangs habe ich von einem Stall voller Kinder gesprochen, aber der Stall war natürlich nicht wörtlich gemeint. Leider ist es insofern fast wahr geworden, als ich in einem Stall hause, wenn auch mit einem einzigen Kind. Wahrscheinlich wird das geniale Arrangement der Jungfernzeugung kein zweites Mal zustande kommen, und ich werde nie ein Mädchen kriegen. Die Männerwirtschaft wird also kein Ende nehmen; ich werde weiterhin alle bedienen müssen, ohne Tochter, die mir auf meine alten Tage zur Hand geht.

Mein kleiner Junge heißt Jesus. Dieser Name wurde ebenfalls von oben angeordnet, obwohl mir persönlich David besser gefallen hätte. Über meinen Sohn läßt sich eigentlich nichts Negatives sagen, obwohl er an all der Aufregung schuld ist. Er ist – Gott sei Dank – relativ pflegeleicht.

Wenn ich an die vielen Kleinkinder denke, die ich als Babysitterin betreut habe, dann schneidet er gut ab. Wenig Geschrei, guter Appetit, fester Schlaf. Auch Joseph sollte mehr als zufrieden sein. Aber, wie alte Männer halt sind, ständig gibt es was zu meckern. Er zeigte sich noch nicht einmal dazu bereit, das Kindlein zu wiegen – er habe Gichtknoten an den Händen, war seine windige Entschuldigung.

Als Jesus zwei Wochen alt war, wurde ein Fest gefeiert. Die Könige hatten – als ob sie nicht schon genug Überflüssiges mitgeschleppt hätten – ein Fäßchen Wein dabei. Einer der Hirten spielte ganz nett auf seiner Doppelrohrflöte.

Es braucht sich nicht unbedingt herumzusprechen, aber ganz unter uns, muß ich es einmal sagen: Es kam zu einem regelrechten Besäufnis. Und der empfindliche Joseph, der doch seinen Schlaf so dringend brauchte, war die ganze Nacht der Lauteste von allen. Nicht etwa daß man mit Esel, Weinfaß und Flöte ein Stück weitergezogen wäre, nein – direkt im Stall wurde gefeiert. Man behauptete, mich und den Kleinen nicht allein lassen zu können. In Wahrheit waren sie zu faul, und bald waren sie auch zu torkelig. Anfangs sangen sie noch ganz hübsche Weihnachtslieder, aber schon bald ging es in solches Gegröle über, daß mein Jesulein brüllte.

Nein, so ein rücksichtsloser Typ soll mein Sohn niemals werden. Ich werde ihn ganz anders erziehen und dafür sorgen, daß er kein Macho wird. Und wenn er selbst einmal Vater ist und mich zur Großmutter macht, dann wird er sehr wohl seine Kindlein wiegen. Das werden wir ja sehen!

Nachweis

Mütter mit Macken
›Falsche Zungen‹, Erstveröffentlichung
›La Barbuda‹, Erstveröffentlichung
›Der gelbe Macho‹ erschien erstmals in *Die Schönen und die Biester*, hrsg. v. Anna Rheinsberg u. Jutta Siegmund-Schulze, Hoffmann und Campe, Hamburg 1995
›Das Wunschkind‹, Erstveröffentlichung
›Maiglöckchen zum Muttertag‹, Erstveröffentlichung

Hobbys und Handarbeiten
›Stich für Stich‹ erschien erstmals in *Emma*, Heft Nov./Dez. 1996
›Die blaurote Luftmatratze‹ erschien erstmals in *Süddeutsche Zeitung Magazin*, 26.7.1996
›Der Schnappschuß‹ erschien erstmals in *Was man sich in den Tälern erzählt. Geschichten aus dem Tessin*, hrsg. von Gerwig Epkes, Grappa Edition Isele, Eggingen 2001
›Der Autogrammsammler‹ erschien erstmals in *Spiegel Special*, 4/2002
›Fisherman's Friend‹ erschien erstmals in *Stich für Stich*, Diogenes Verlag, Zürich 1997

Lausige Liebhaber
›Die Sekretärin‹ erschien erstmals in *Cosmopolitan*, München, Juli 1998, unter dem Titel ›Weggefährten‹
›Herr Krebs ist Fisch‹ erschien erstmals in *Skrupellose Fische*, hrsg. von Thea Dorn, Uta Glaubitz und Lisa Kuppler, Eichborn Verlag, Frankfurt a. M. 2000

›Nasentropfen‹ erschien erstmals im *Tages-Anzeiger-Magazin*, 17/1995
›Donau so grau‹ erschien erstmals im *Stern*, 23. Juli 2003, unter dem Titel ›Durchgeknallte Piroschka‹
›Annika‹ erschien erstmals in *Amica*, November 2000

Nolls Nähkästchen
›Wie man von seinen Fans um die Ecke gebracht wird‹ erschien erstmals im *Darmstädter Echo*, 6. September 1997
›Das Händchen‹ erschien erstmals in der *Stuttgarter Zeitung*, 29. April 2000
›An Elise‹ erschien erstmals in *Warum leben?*, hrsg. von Regula Venske, Scherz Verlag, Bern 2001
›Weihnachten in China‹ erschien erstmals in *Eltern*, Dezember 2002, unter dem Titel ›Die Gans hieß immer Babette‹
›Gans en famille‹ erschien erstmals in *Brigitte*, November 2001

Feine Familie
›Ein milder Stern herniederlacht‹ erschien erstmals in *Still und starr ruht der See. Kleine Frauenkrimis zum Fest*, hrsg. v. Gabriele Wolff, Fischer Taschenbuch Verlag, Frankfurt a. M. 1994
›Warum heiraten?‹ erschien erstmals in *Warum heiraten*, hrsg. von Regula Venske, Ingrid Klein Verlag, Hamburg 1997
›Goldene Löffel‹ erschien erstmals in *Brigitte*, Hamburg, 13. Mai 1998
›Der Schneeball‹ erschien erstmals in der *Berliner Morgenpost*, 24. Dezember 2000
›Mariä Stallwirtschaft‹ erschien erstmals in *Schrille Nacht, Heillose Nacht*, hrsg. von Anne Ederlein und Cornelie Kister, Ullstein Verlag, Berlin 1997

Ingrid Noll
im Diogenes Verlag

»Sie ist voller Lebensklugheit, Menschenkenntnis und verarbeiteter Erfahrung. Sie will eine gute Geschichte gut erzählen und das kann sie.«
Georg Hensel / Frankfurter Allgemeine Zeitung

»Wer einmal anfängt, ihre Romane zu lesen, hört nicht mehr auf, ja wird süchtig nach mehr. Sie erzählt temporeich und spannend und immer mit Ironie.«
Christa Spatz / Frankfurter Rundschau

»Weit mehr als für Leichen interessiert sich die Autorin für die psychologischen Verstrickungen ihrer Figuren, für die Motive und Zwangsmechanismen, die zu den Dramen des Alltags führen.«
Klaus Reitz / Mannheimer Morgen

»Eine fesselnd formulierende, mit viel schwarzem Humor ausgestattete Neurosen-Spezialistin in Patricia-Highsmith-Format.«
Markus Vanhoefer / Münchner Merkur

Der Hahn ist tot
Roman

Die Häupter meiner Lieben
Roman

Die Apothekerin
Roman

Der Schweinepascha
in 15 Bildern. Illustriert von der Autorin

Kalt ist der Abendhauch
Roman

Röslein rot
Roman

Selige Witwen
Roman

Rabenbrüder
Roman

Falsche Zungen
Gesammelte Geschichten

Doris Dörrie
im Diogenes Verlag

»Doris Dörrie ist als Erzählerin Spezialistin in diffizilen Angelegenheiten der kleinen Rache und gezielten Ohrfeigen zum Zwecke der Unterstützung des eigenen Selbstwertgefühles. Sie ist eine sehr gute Kurzgeschichten-Schreiberin mit der erforderlichen Prise Selbstironie und mit stilistischer Eleganz.«
Annemarie Stoltenberg / Die Zeit, Hamburg

»Eine der gegenwärtig besten Erzählerinnen in deutscher Sprache.« *Walter Vogl / Die Presse, Wien*

»Es ist vollkommen gleichgültig, ob Sie Doris Dörrie in der Badewanne, im Intercity-Großraumwagen, im Lehnstuhl oder in der Straßenbahn lesen, nur: Lesen Sie sie!« *Deutschlandfunk, Köln*

Liebe, Schmerz und
das ganze verdammte Zeug
Vier Geschichten

»Was wollen Sie von mir?«
Erzählungen. Mit Fotos von Helge Weindler

Der Mann meiner Träume
Erzählung

Für immer und ewig
Eine Art Reigen

Love in Germany
Deutsche Paare im Gespräch mit Doris Dörrie. Unter Mitarbeit von Volker Wach. Mit 13 Fotos

Bin ich schön?
Erzählungen

Samsara
Erzählungen

Was machen wir jetzt?
Roman

Happy
Ein Drama

Das blaue Kleid
Roman

Mitten ins Herz
und andere Geschichten. Herausgegeben von Daniel Keel. Mit einem Nachwort der Autorin

Kinderbücher:

Mimi
Mit Bildern von Julia Kaergel

Mimi ist sauer
Mit Bildern von Julia Kaergel